Hilde Veeren

Duinroos

XANDER

Uitgegeven door Xander Uitgevers
www.xanderuitgevers.nl

Omslagillustratie: © 2023 Matt Johnson | www.mattillustration.uk
Afwerking omslag: Select Interface
Auteursfoto: Maarten Vis
Zetwerk: Mat-Zet, Huizen

Deze uitgave kwam tot stand door bemiddeling van
Marianne Schönbach Literary Agency B.V.

Eerste druk 2023

ISBN 978 94 0161 963 9 | NUR 301

Voor papa

1

Molly schoof de deuren van haar kamer open. De gordijnen bolden op in de wind en ze snoof de frisse zeelucht op. Als Lucas dit eens kon zien... Hij had mee gekund, maar was te druk geweest met werk. Zonde, want van alle hotels die ze had bezocht was dit toch wel een van de mooiste. Ze had dit graag met hem willen delen.

Molly schrok abrupt op uit haar overpeinzingen toen er werd geklopt. 'Roomservice!' hoorde ze aan de andere kant van de dikke houten deur. Een ober kwam binnen met een enorm dienblad. 'Waar zou u uw ontbijt willen, *ma'am?*'

Ze wees zwijgend naar het balkon. Niets lekkerder dan eten met uitzicht op een azuurblauwe zee. In de verte zag ze een zeilboot met witte zeilen voorbijglijden en in de tuin van het hotel settelden andere gasten zich met een boek aan het zwembad.

Het was op dit soort momenten dat ze zich realiseerde hoeveel geluk ze had met haar baan bij het tijdschrift *Vagabond*. Elke maand vulde zij er de boekenpagina's en het reiskatern in. Ze was dol op lezen, ook al was het natuurlijk weleens stressvol om twaalf boeken in een maand uit te lezen. Maar die enkele slapeloze nacht had ze er graag voor over.

Voor de reisverslagen stuurde ze weleens een freelancer op pad, maar als het uitkwam probeerde ze zo veel mogelijk zelf op reis te gaan. En nu zat ze in het super-de-luxe La Reserve Ramatuelle. Terwijl ze jam op haar croissant smeerde, zuchtte ze tevreden. Dit was een hotel waar normaal gesproken alleen de *rich and famous* een kamer wisten te bemachtigen. Ze was de dag ervoor opgehaald door een privéchauffeur, een gratis service van het hotel. Toen ze de lobby in liep, had ze haar ogen niet kunnen geloven. Een enorme open hal, waar je van achter een glazen pui meteen de zee en de felgroene naaldbomen eromheen kon zien. Ze had een glas huisgemaakte limonade gekregen, waar een klein dennentakje in was gestoken. En toen ze na het inchecken op haar kamer kwam, was haar koffer al uitgepakt en hingen haar jurken netjes in de kast. Ze zou hier best aan kunnen wennen.

Molly dacht even aan haar appartementje in Amsterdam. Dat was net zo groot als haar hotelkamer, maar die vierkante meters waren ingericht met een woonkamer, slaapkamer, keuken en badkamer. Lucas had het ooit gekocht en zij was een jaar geleden bij hem ingetrokken. De inrichting was niet helemaal haar smaak geweest: enkel een grijze Ikea-bank, een enorme Picasso-poster aan de muur en een zwarte gelakte tafel. Het enige wat zij uit haar eigen huis had meegenomen, was een oud Hindeloopen-kastje van haar ouders en een stoel die ze ooit op straat had gevonden en opnieuw had laten bekleden. Ze was nog altijd van plan om de boel wat meer naar haar eigen smaak in te richten. De kleuren van dit hotel stonden haar wel aan. Een mooie witte bank, veel houttinten. En prachtige zwart-witfoto's aan de muur. Ooit misschien. Voor nu kon ze in ieder geval een paar dagen doen alsof het haar huis was.

Haar telefoon pingde. *Are you ready for your massage?* Ze keek op de klok. Was het al zo laat? Snel at ze het laatste puntje van haar croissant op, trok haar badjas aan en liep door de tuin met fonteinen naar de spa.

'Nee niet nodig. Ook niet nodig. Oeh, wel heel mooi, maar ook echt niet nodig.' Molly liep over de markt van Saint-Tropez. Ze was nog helemaal rozig van haar massage en haar huid rook naar een mix van dennen en lavendel. Ze had eigenlijk maar één missie: een zonnehoed kopen. Bij de hoedenkraam vond ze een eenvoudig exemplaar met een lint van lichtblauw linnen. Die paste mooi bij haar blauwe kaftan. Ze was de hare vergeten mee te nemen en vanmiddag zou ze naar het strand gaan. En dus had ze die vintage Dior-zonnebril die ze zojuist had gespot laten liggen. Wel nam ze een paar zakjes lavendel mee voor in haar koffer; een truc die ze ooit had geleerd van een Engelse reisjournalist. Stop genoeg zakjes lavendel tussen je kleren en je koffer rook zelfs na een trans-Atlantische vlucht nog heerlijk als je hem opendeed. Die tip was ze nooit vergeten.

Op het strand werd ze verwacht bij de strandclub van het hotel, waar je met je voeten in het zand kon genieten van romige burrata, courgette gevuld met gekruide ricottakaas en de knapperigste truffelfrieten die ze ooit had geproefd. Molly nipte van haar versgeperste abrikozensap terwijl ze naar een presentatie over de duurzame missie van het hotel luisterde. Ze probeerde haar aandacht erbij te houden, maar staarde ondertussen richting het water. De zee was nog fris, maar toch zag ze verschillende badgasten een duik nemen.

Ze stuurde Lucas een foto: *Jij en ik volgende keer samen, hoor!* schreef ze erbij. Aan de bolletjes in het scherm kon ze zien dat hij een antwoord aan het typen was, maar er kwam niets en de bolletjes verdwenen weer. Even later verscheen alleen het woordje *leuk* op haar scherm. Ze wist dat hij druk was met zijn werk, maar ze had eigenlijk wel een iets enthousiastere reactie verwacht. Flauw.

Molly zuchtte even, gooide toen haar telefoon in haar tas en besloot een duik te nemen. Daar knapte iedereen van op. Ze liep langs de bedjes richting de zee en voelde de eerste golf haar voeten prikkelen. Na een keer diep adem te halen telde ze tot drie en dook toen in het koude, blauwe water.

Toen ze even later terugkwam bij het strandbed knipperde haar telefoon: een voicemail van kantoor. 'Hoi Molly, met Maxime. Laten we volgende week even zitten over de plannen voor dit jaar en een paar grote veranderingen binnen het bedrijf. Schikt maandag negen uur?'

Molly wist dat de uitgeverij bezig was met de aankoop van meerdere titels. De mediawereld en vooral tijdschriften hadden het moeilijk en er stonden dus veel titels te koop. Max Magazines, de uitgeverij van Maxime, was een van de weinige die nog winst maakte en groeiende cijfers kende. Ze wist ook dat ze bezig waren met de aankoop van *Voyager*, een van de grootste reistijdschriften. Ze durfde het bijna niet te denken, maar dit zou weleens een enorme stap kunnen betekenen voor haar carrière. Ze zag het ineens helemaal voor zich. *Molly Winter, hoofdredacteur.* Dat betekende dat ze eindelijk een eigen kantoor zou krijgen. En een eigen team. Ze zou de redactievergaderingen leiden en bepalen welke onderwerpen er in elk nummer aan bod zouden komen.

Nu ze erover nadacht, had ze al meteen een heleboel ideeën. Ze pakte haar notitieboek erbij en begon te schrijven. Wat zouden ze tevreden zijn als ze maandag compleet voorbereid het gesprek in zou gaan. Ze zou natuurlijk professioneel reageren. Verrast, maar niet té, want ze had immers genoeg ervaring voor zo'n serieuze positie. Daarna zou ze meteen met een plan komen. Hoe groot ze dacht dat haar redactie moest zijn. Welke freelancers ze zou inhuren. O, en niet te vergeten haar looks. Kon je als hoofdredacteur nog wel op gympen lopen?

Ze opende de Net-a-Porter-app. Voor een serieuze functie had ze natuurlijk serieus nieuwe schoenen nodig. En ze had die vintage bril vanochtend niet gekocht, dus technisch gezien had ze nu budget over voor een nieuwe outfit voor haar nieuwe baan. Aaah! Molly slaakte hardop een gilletje en maakte een kleine juichbeweging met haar handen. Op de homepage knipperde de tekst: *De klassieke foot-*

wear-update, met een heel goede reden. Nou, als ze nu geen goede reden had... Ze tikte op de boodschap en er verscheen een hele pagina met pennyloafers in alle kleuren. De tekst die erbij stond was al net zo overtuigend als de modellen:

Een perfecte pasvorm voor vrouwelijke looks. Combineer met een pak in pyjama-stijl, of een boho-zomerjurk. Deze schoen is een go-to optie die je nooit zal misstaan, een klassieker die het beste in je naar boven haalt – van dat belangrijke sollicitatie gesprek, tot on-the-go perfectie.

O mijn god, dacht Molly. Deze schoen was haar op het lijf geschreven. Sollicitatiegesprek, check. Al was het in feite natuurlijk geen echte sollicitatie. Zij hadden háár immers gevraagd. Nou ja, een soort van. Bijna. Het kon bijna niet anders. En *on-the-go* was ook al helemaal waar. Ze zou als hoofdredacteur van een van de grootste reistijdschriften natuurlijk niet alleen veel op reis zijn, maar ook regelmatig overleg hebben met haar Amerikaanse collega's.

Ze slikte even toen ze de prijs zag. Bijna vijfhonderd euro was natuurlijk niet niks. Maar ja, dan had je dus wel tijdloze klassiekers van een designermerk. Schoenen waar ze over tien jaar waarschijnlijk nog steeds op zou lopen. En ze zouden haar dan altijd herinneren aan dat mooie moment dat ze het beste nieuws ooit kreeg, terwijl ze op een strandbedje in Saint-Tropez lag. Snel verdwenen de schoenen in haar winkelmandje. Ze bestelde er ook meteen een boho-jurk bij van een Amerikaanse designer. Een merk waar ze normaal gesproken alleen van kon dromen, maar dat nu natuurlijk helemaal bij haar nieuwe functie en imago paste. Een rib uit haar lijf, maar ze zou natuurlijk ook meer gaan verdienen en dit was dan alvast een cadeau aan zichzelf van haar eerste nieuwe salaris. De roze jurk was versierd met bloemen, met een grote strik in de taille, en paste perfect bij de cognackleurige loafers. Ja, ze moest wel! Ze tikte op *next day delivery* en rekende af met haar creditcard. Toen stopte ze haar telefoon in haar tas en haalde diep adem. Dit was haar geluksdag, en maandag zou helemaal fantastisch worden.

2

'Goedemorgen!' Molly danste zo'n beetje de lift uit. Ze voelde zich fantastisch in haar nieuwe jurk en schoenen, en waande zich ook wel een beetje een echte *business woman*. Toen ze langs het kantoor van Maxime liep, zag ze haar collega Rebecca daar zitten. Vreemd, het was bijna negen uur, en ze was er eigenlijk van uitgegaan dat zij het eerste gesprek van de dag zou hebben. Het leek ook wel alsof Rebecca zat te huilen, maar ze kon het niet goed zien door de spiegeling van de glazen deur. Misschien waren het wel tranen van geluk. Zou zij ook promotie maken, net als Molly?

Snel liep ze door naar haar computer. Het was ongewoon stil op de redactievloer, waar vier tijdschriften bij elkaar zaten aan verschillende bureau-eilanden. Het was natuurlijk nog vroeg; maandagochtend kwam niemand binnen voor half tien. Molly zelf meestal ook niet, maar dit was een speciale aangelegenheid.

'Erg hè?'

Ze schrok. Barbara, de officemanager en een enorme roddeltante, was ongemerkt achter haar gaan staan. 'Wat is erg?' vroeg Molly.

'O, je hebt nog niks gehoord?' zei Barbara. 'Nou, dan heb je het niet van mij...'

Molly wilde haar net vragen wat ze bedoelde toen Rebecca de redactie op kwam lopen. Haar ogen waren nog een beetje rood, maar Molly kon verder niets aflezen aan haar gezicht.

'Maxime vraagt of je bij hem wilt komen,' zei ze met schorre stem, zonder Molly aan te kijken.

Heel even bekroop Molly een akelig gevoel. Heel even maar, want ze mocht niet vergeten waar haar gesprek over zou gaan: haar nieuwe positie als hoofdredacteur! Ze smeerde snel een nieuw laagje lipgloss op, pakte haar notitieboek en liep zelfverzekerd richting het glazen kantoor.

Molly snapte het niet helemaal. Ze zat al bijna een kwartier bij Maxime, maar hij had nog niks gezegd over de aankoop van nieuwe titels of haar functie. En *Voyager* was überhaupt nog niet ter sprake gekomen. Hij was begonnen met een verhaal over de websites en dat die maar niet meegroeiden. Dat de verkoopcijfers van de titels tegenvielen en dat de markt aan het veranderen was. 'Je bent niet de enige die we vandaag slecht nieuws moeten bezorgen,' zei hij.

'Ik zie het verhuizen naar een nieuwe titel helemaal niet als slecht nieuws,' antwoordde Molly opgewekt.

'O?' zei Maxime verrast en zijn uitdrukking leek zelfs bijna opgelucht. 'Nou, dan is dit gesprek een stuk minder lastig dan ik dacht.'

Zie je wel, dacht Molly. Ze hebben wel die nieuwe titels gekocht, maar zijn natuurlijk bang dat mensen hun oude vertrouwde titel niet willen verlaten. Ze zou hem wel even geruststellen, dat kon ze best. 'Ik denk dat verandering goed is voor de mens,' zei Molly vriendelijk, maar toch kon ze haar nieuwsgierigheid niet bedwingen. 'Hoe gaat mijn nieuwe functie er precies uitzien?' O, ze kon niet wachten op het antwoord!

'Je nieuwe functie?' vroeg Maxime, zichtbaar nog verbaasder dan net.

'Ja, jullie gaan *Voyager* aankopen, en dan word ik de nieuwe hoofdredacteur, toch? Of adjunct in het begin, dat vind ik natuurlijk ook prima.' Shit, dat had ze niet moeten zeggen.

'Hè? Molly, je zit hier omdat we je helaas moeten laten gaan.'

Molly knipperde met haar ogen. Dit had ze vast verkeerd gehoord. Ze hadden haar toch uitgenodigd voor een nieuwe baan? Het stond duidelijk op haar voicemail! Molly kende het bericht inmiddels uit haar hoofd en dacht aan de boodschap: *Laten we volgende week even zitten over de nieuwe plannen en een paar grote veranderingen binnen het bedrijf...*

O nee! dacht Molly verschrikt. Ze hadden het helemaal niet over een nieuwe functie gehad. En ze hadden ook niets gezegd over nieuwe tijdschriften. Maar ze wist toch bijna zeker dat ze dat had gehoord. Hoe had haar hoofd zo op hol kunnen slaan?

Er viel een lange stilte. In die tien seconden viel ineens het kwartje: Rebecca die zat te huilen, Barbara die meelevend had gevraagd of ze het al had gehoord... Molly kreeg het ineens snikheet en voelde aan haar klamme huid dat de eerste rode vlekken zich langs haar kaaklijn begonnen te vormen. 'Maar...' Haar stem sloeg over en plotseling leek de kraag van haar jurk strakker te zitten.

'Ik heb je net uitgelegd dat we alleen maar verlies maken,' zei Maxime geïrriteerd. 'We moeten bij elke titel een vaste redacteur laten gaan. En aangezien jouw rubrieken het makkelijkste te schrappen zijn, ben jij het bij *Vagabond*.'

Molly liet haar hoofd in haar handen zakken en had daardoor zicht op haar veel te dure nieuwe schoenen en jurk. Shit. Shit. Shit. Geen baan maar wel een enorme creditcardschuld. Geen mooie reisjes meer. En ook geen stapels boeken meer in de post. Zonder het te voelen zag ze dat een eerste traan een ronde waterige plek op haar jurk maakte. Geeft geen vlekken, dacht ze meteen. Bijna moest ze om zichzelf lachen: ze was net ontslagen en zij dacht aan vlekken in haar kleding. Goed, dat was nu niet belangrijk. Sterker nog, ze moest haar hoofd erbij houden, want Maxime was alweer aan het praten.

'... en dan heb je natuurlijk je vakantiedagen nog. Dus wat mij betreft kun je vandaag al je spullen pakken en dan heb je nog twee maanden salaris.'

Molly perste moeizaam een lach op haar gezicht, schoof haar stoel naar achteren en gaf Maxime een hand. *Dank u wel, meneer*, wilde ze bijna zeggen, maar gelukkig kon ze zich nog net inhouden. Alsof ze hem ergens dankbaar voor moest zijn op dit moment.

De gang terug naar haar bureau leek eindeloos. Het was inmiddels half tien, dus haar collega's konden elk moment binnendruppelen. Het bureau van Rebecca was al leeg en Barbara was, aan het gerommel van de afwasmachine te horen, druk in de keuken. Ze had geen zin in een confrontatie. Of een gesprek vol medelijden, waarbij ze haar best moest doen om niet in huilen uit te barsten. Zo snel als ze kon pakte ze haar spullen en holde naar de lift. Ze hoorde nog net dat er een groepje collega's lachend uit de andere lift kwam.

De tramrit naar huis leek uren te duren. Eigenlijk ging ze altijd op de fiets, maar met haar nieuwe jurk had ze daar geen zin in gehad. De hele rit brandden haar ogen, maar ze barstte pas echt in tranen uit toen ze de voordeur opendeed. Ze stortte bijna de gang in en ging op de grond zitten. Zomaar met haar nieuwe jurk op de houten vloer. Dat zou ze normaal echt nooit doen.

Snikkend schopte ze haar schoenen de gang in, toen haar oog op iets blauws viel op de vloer. Het was een envelop van de Belastingdienst, waar met dikke stift haar naam op stond. Ongeduldig keek ze erin, maar de envelop was leeg. Pas toen ze de envelop omdraaide, zag ze dat er op achterkant een slordig geschreven boodschap stond:

Sorry, Molly, ik weet niet hoe ik het moet zeggen, maar ik kan dit niet meer. Je bent een lieve meid, maar ik zie geen toekomst voor ons samen. Lucas

Molly staarde met open mond naar de envelop. Ze wist even niet of ze nog harder moest huilen, of juist moest lachen. Wat een belachelijke situatie. Had hij niet eens even een wit vel papier kunnen pakken? Daar zat ze dan, ontslagen én gedumpt… Via een envelop van de Belastingdienst, nota bene!

3

'Ik heb die Lucas nooit gemogen,' zei Molly's vader de volgende ochtend bij het ontbijt.

Molly was de dag ervoor compleet gebroken bij ze aangekomen en had meer dan vierentwintig uur in bed gelegen. Nu zat ze hier, met ongewassen en ongekamd haar, uitgeput aan de keukentafel.

'Hij vroeg nooit hoe het met ons ging en zat altijd maar op te scheppen,' vervolgde haar vader verhit. 'Hij kon slecht tegen zijn verlies... Weet je nog, die keer met Triviant? Dat hij beweerde dat het antwoord op het kaartje niet klopte. En dat Google ook ongelijk had. En dat aanstellerige knotje op zijn hoofd vond ik ook maar niks.' Hij stopte even met zijn tirade om een slok koffie te nemen.

Over een nieuwe baan maakte hij zich duidelijk een stuk minder druk. 'Met jouw schrijftalent heb je zo weer een nieuwe baan. Bij een baas die je wel weet te waarderen,' was het enige wat hij erover had gezegd.

Molly was daar echter niet zo zeker van.

'En weet je,' zei Molly's moeder, terwijl ze Molly's mok nog eens volschonk met thee. 'Je kunt hier zo lang blijven als je wilt. Ik zal je kamer in orde maken, zodat je je helemaal thuis voelt.'

Molly lachte beleefd. Haar moeder had ongeveer driehonderd keer gezegd dat ze kon blijven zolang ze wilde, maar na de dertiende keer had ze Celine, haar beste vriendin, stiekem ingeschakeld. Eigenlijk wilde ze vandaag al terug naar Amsterdam om op zoek te gaan naar een nieuw huis.

Ze kende haar al sinds haar zestiende. Celine had destijds verkering met een van de populairste jongens van de klas en Molly was verliefd op zijn beste vriend. De jongens hadden een *double date* gepland in de plaatselijke kroeg. Molly had Celine meteen aardig gevonden. Niet alleen om haar gedurfde kledingstijl – ze droeg die avond een jeans vol scheuren – maar vooral omdat ze altijd eerlijk en direct was en je ontzettend met haar kon lachen. De verkeringen waren twee weken later uitgegaan, maar zij waren sindsdien beste vriendinnen.

'Ik weet op dit moment helemaal niets!' had Celine geroepen toen Molly haar gebeld had. 'Ik bedoel, ik weet natuurlijk wel waar je de lekkerste R&T nipt, welke sneakers helemaal van nu zijn en hoe je ze als eerste koopt, zonder wachtrij, welke koudgeperste *green shake* helemaal hot is en waar je de leukste mannen spot, maar een huis...' Een diepe zucht volgde. Celine had haar eigen pr-bureau en werkte zo'n tachtig uur per week. Ze woonde midden in het centrum van Amsterdam, in een door haar ouders gekocht grachtenpand, en wist altijd alles. 'Maar ik hou mijn oren open, hoor. Voor je het weet heb je je eigen huisje. Zonder zwarte tafel en grijze bank!'

Natuurlijk wist ze precies wat Molly van de inrichting van Lucas' huis had gevonden. Op dat moment had Molly heel even een sprankje vreugde gevoeld. Het idee van haar eigen huis met eigen meubels was fantastisch! Die vreugde was echter snel weggezakt. Ze had nog zo veel te regelen...

'Een R&T?' vroeg ze snel voordat Celine ophing.

'O, G&T's zijn best wel heel erg ouderwets. Je drinkt je tonic tegenwoordig met rum.'

'IK HEB NIEUWS!' Nadat ongeveer alle apparaten in huis op vol volume hadden gerinkeld, verscheen tante Louise op het scherm van haar moeders iPad.

'Nieuws?' antwoordde de moeder van Molly. Toen ze het praat-niet-zo-hard-gebaar van Molly zag, fluisterde ze: 'Ik wil er alles over horen!'

Tante Louise liep altijd in wijde rokken en had niet misstaan op een Carl Larsson-schilderij. Als je een verjaardagskaart kreeg, stond er steevast een gedicht op over de natuur, of een haiku met een wijze levensles. Ze woonde al jaren in Somerset, in een typisch Engelse cottage met de naam Island Cottage. Het lag niet echt op een eiland, maar wel aan zee en bij vloed kon je het huis alleen bereiken via een loopbrug in de haven. Ze was er ooit naartoe verhuisd om een boek te schrijven over het leven op het Engelse platteland, maar na drie hoofdstukken had ze besloten dat ze veel liever écht genoot van het buitenleven in plaats van er achter haar computer over te schrijven. Hierna was ze nooit meer teruggekomen naar Nederland.

'Nou,' begon Louise, 'Ik ga verhuizen.'

'Kom je terug naar Nederland?' vroeg Molly's moeder hoopvol.

'Nee.' Louise kuchte en keek wat gespannen de camera in. 'Ik ga naar India.'

'Naar India?!'

Molly schoof iets dichter naar haar moeder toe om mee te kunnen kijken op het scherm. Daar zat haar tante in haar cottage. Haar roodgeverfde haar hing in een lange vlecht over haar schouder en ze droeg een geborduurde kaftan die versierd was met spiegeltjes. Het was alsof ze helemaal niet in die cottage thuishoorde. Achter haar zag Molly een gezellige keuken, waar gebloemde kop-en-schotels en grote glazen potten met kruiden en thee de planken sierden. Dat was meer de tante Louise die ze kende.

'India?!' riep Molly's moeder nog een keer. 'Wat moet jij nou in India?!'

Louise vertelde dat ze tijdens een van haar wandelingen een man had ontmoet. Hij had doodstil op het keienstrand gezeten. Toen ze hem een paar uur later op de terugweg nog steeds had zien zitten, was ze naar hem toe gelopen om te checken of alles wel goed ging. 'Hij zat daar al meer dan vier uur,' zei Louise. 'Te mediteren. Zo knap! Natuurlijk was die meditatie meteen afgelopen toen ik gillend aan kwam lopen en vroeg of alles wel in orde was. Om het goed te maken, heb ik hem in de pub getrakteerd op een kop thee. We hebben de hele middag gepraat en hadden een enorme klik.'

'Maar waarom heb je me niet eerder verteld dat je iemand hebt leren kennen?' vroeg Molly's moeder.

'Ik heb je nog niet eerder gesproken, toch?' merkte Louise schouderophalend op.

'Ik spreek je elke week,' zei Molly's moeder verontwaardigd.

'Maar ik heb hem ook pas afgelopen maandag ontmoet!'

Molly's moeder bleef stil, en Molly keek met grote ogen toe.

'Ik weet dat het snel is,' zei Louise, 'Maar ik voel dat dit het is. We gaan in Kerala een yogaschool openen. We vliegen er volgende week naartoe om een pand te bekijken en een huis te zoeken.'

Molly hield het niet langer. 'Maar Louise, wat is het dan voor man?' vroeg ze.

'O, hallo Molly! Ben jij op bezoek bij je ouders?' vroeg haar tante opgewekt, alsof ze haar nog helemaal niet gezien had.

'Molly is ontslagen én haar verkering is uit,' zei haar moeder dramatisch.

Molly wapperde afwijzend met haar hand. Dit was precies niet waar ze het nu uitgebreid met haar tante over wilde hebben.

'Arm kind,' zei Louise. 'Maar weet je, niets is voor niets, hè. Waarschijnlijk moet jouw pad zo lopen en leidt je hart je binnenkort naar de ware liefde van je leven. Net als bij mij!' Ze zette er een wijze, zangerige stem bij op.

Niemand antwoordde. Molly voelde zich er wat opgelaten bij.

'Wat ga je eigenlijk met de cottage doen als je weg bent?' vroeg Molly's moeder.

'Ik heb waarschijnlijk al een huurder, iemand die hier elk jaar op vakantie komt en graag een eigen huisje heeft. Als alles goed gaat, woon ik binnen nu en een maand in India. Daar moeten jullie natuurlijk allemaal langskomen!'

Toen ze hadden opgehangen, was iedereen in rep en roer. 'Ik hou niet eens van curry!' had Molly's moeder geroepen.

De volgende ochtend stuurde Molly een bericht naar Lucas: *Niks meer van je gehoord. Ik kom vanmiddag mijn spullen halen.* Ze zag dat hij haar bericht had gelezen, maar het duurde zeker twee uur voor hij antwoordde: *Het spijt me, Molly. Ik zal ervoor zorgen dat ik dan niet thuis ben, zodat je rustig kunt inpakken.*

Dat was het dan. Geen smeekbede of ze alsjeblieft bij hem wilde blijven. Hij wilde niet eens echt afscheid van haar nemen. Ze probeerde zo veel mogelijk redenen te verzamelen die het makkelijker zouden maken dat het over was. De afgelopen vierentwintig uur had ze er al heel wat verzonnen, maar hoe lang de lijst ook was, het hielp haar niet minder verdrietig of geschokt te zijn.

Toen ze bij hun – nee, zíjn! – huis kwam, had hij al een stapel verhuisdozen voor haar klaargezet. Beledigd schopte ze er even tegenaan. Had hun relatie dan zo weinig voor hem betekend? Zo snel ze kon pakte ze haar kleren en boeken in. Een paar fotolijstjes, haar jassen van de kapstok. Haar favoriete mokken en alle prulletjes en souvenirs die ze van haar reizen had meegenomen of op rommelmarkten had gevonden. Toen schoof ze de kussens, het kastje en het stoeltje naar de gang. Vijf dozen: twee met kleren en schoenen en drie met boeken. De onderkant hield het bijna niet. Niet veel later deed ze de deur voor de laatste keer op slot. Dat was het dan, het stukje van haar leven met Lucas. Over; alsof het er nooit was geweest.

Toen ze thuis aankwam om de dozen en spullen op te slaan deed haar vader open. 'Ssst,' gebaarde hij. 'Je moeder is weer met Louise aan het bellen. Ik waarschuw je vast: volgens mij hebben ze een plannetje voor je bedacht.'

Molly liep de woonkamer in en hoorde haar moeder zeggen: '... even een andere omgeving. Ze heeft geen inkomen en eigenlijk niets wat haar hier houdt. De frisse lucht zal haar ook goed doen. Ze ziet zo bleek de laatste tijd van al dat reizen en het harde werken. En bij jou kan ze doen wat ze het liefst doet. Eindeloos lezen!' Toen haar moeder Molly zag staan, zette ze snel de iPad uit.

'Kom zitten, kom zitten... Ik heb een idee. En zeg nou niet meteen nee.'

Molly ging met haar armen over elkaar naast haar moeder zitten. Voordat haar moeder iets kon zeggen flapte ze eruit: 'Ik ga echt niet naar Engeland.'

'Luister nou eerst eens even,' zei haar moeder en ze legde haar het plan voor.

4

'Tuurlijk ga je niet naar Engeland!' Celine rolde overdreven met haar ogen. 'Jij in je eentje buiten de stad? Dat hou je nog geen week vol!'

'Nou zeg,' protesteerde Molly. Ze was echt niet van plan om naar Engeland te verhuizen, maar dat ze het niet zou volhouden vond ze wat overdreven.

Samen hadden haar moeder en tante bedacht dat Molly zo lang ze wilde op de cottage in Engeland kon passen, zodra Louise naar India was vertrokken. Maar Molly wilde niet. Het was zo ver weg van... alles, eigenlijk. Van haar vrienden, haar ouders, en misschien zelfs wel Lucas. Stel nou dat hij... Nee. Stop. Ze wilde hem niet terug en hij zou haar ook echt niet terug willen. Toch?

Molly logeerde inmiddels al een paar dagen bij Celine, en als ze niet kon slapen dacht ze hele scenario's uit waarbij Lucas haar smeekte om hem terug te nemen. Ze zou het natuurlijk eerst niet doen, maar uiteindelijk gaf ze toch toe en was alles weer goed. Nee, beter zelfs dan het was. Eén keer dacht Molly zelfs dat ze Lucas onder het raam van Celines huis hoorde roepen, maar toen ze de balkondeuren opengooide stond er een groepje dronken toeristen op de stoep.

'Ha, precies wat ik nodig heb!' riep Celine, terwijl ze lui in haar badjas op de bank lag.

Molly was een rondje gaan hardlopen en had een koffie to go gehaald bij het nieuwe koffietentje in de straat.

'Mijn koffie is op en ik probeerde al een Starbucks te bestellen, maar ze bezorgen niet. En gek genoeg vinden ze het ook niet oké als ik een taxi stuur voor mijn koffie.' Celine rolde overdreven met haar ogen.

'Nou, geniet er maar van, want dit is mijn eerste en laatste traktatie. Hierna moet ik op rantsoen. Als ik niet snel een baan vind, heb ik geen geld meer om van te leven,' zei Molly weemoedig.

'Alles op zijn tijd. Kom zitten,' zei Celine en ze klopte met haar hand op de bank. 'Ik ben vast voor je op huizenjacht gegaan. Er zijn echt best wel leuke dingen te vinden.'

Celine kon goed in oplossingen denken; een van de redenen waarom Molly zo dol op haar was. Celine deinsde nergens voor terug, en Molly had zo iemand nodig in haar leven.

Ze schopte haar hardloopschoenen in de hoek en plofte op de bank. Ze keek haar vriendin even van opzij aan en keek hoe ze gedecideerd door een selectie huizen scrolde. Wat moest ze toch zonder haar?

'Kijk!' riep Celine enthousiast. 'Een tweekamerappartement met open keuken, een nieuwe badkamer en dakterras in Oost. Helemaal hip.'

Molly bekeek de foto's. Niet slecht. De vloeren waren witgeverfd, niet helemaal haar smaak, maar er lag tenminste geen linoleum of tegelvloer in. De ramen waren groot en ook de keuken zag er gezellig uit. 'Hoeveel vierkante meter is het?' vroeg ze.

'Veertig,' zei Celine.

'Precies genoeg voor mij alleen,' antwoordde Molly tevreden.

'Er is echt heel erg veel beschikbaar. Hoe dichter je bij het centrum komt, hoe duurder natuurlijk, maar in West en Oost heb je volgens mij morgen een nieuw huis.'

'Laat eens kijken?' Molly pakte de laptop en tuurde naar de foto's. De ene woning was nog mooier dan de andere. Dat had ze niet verwacht. 'Wat zijn de huurprijzen?' vroeg ze. 'Die zie ik nergens staan.'

'O ja,' antwoordde Celine. 'Dat komt doordat ik een filter heb ingesteld. Dit is allemaal rond de vijftienhonderd euro per maand.'

'Vijftienhonderd euro! Maar dat heb ik helemaal niet.' Molly staarde geschrokken naar het scherm. 'Ik heb twee maanden salaris meegekregen en krijg een paar maanden een uitkering. Met dat geld wil ik zo lang mogelijk doen.'

'Tja,' zei Celine voorzichtig. 'Dit is wel wat je minimaal kwijt bent in Amsterdam... Als je niet buiten de ring op een piepklein kamertje wilt zitten, tenminste.'

Molly paste het bedrag aan naar maximaal zeshonderd euro per maand, haar uiterste budget (en dat had ze eigenlijk al niet eens), en keek bedroefd naar de zoekresultaten.

'Laat zien.' Celine griste de laptop terug en bevroor. 'O.'

'Ja, "o".' Molly liet zich zuchtend achterover vallen.

Op het scherm stonden drie zoekresultaten. Een garage in Diemen, net buiten de ring. Een kamer in een studentenflat met gedeelde badkamer en keuken. En een appartement op zolder bij mensen in huis in Badhoevedorp.

Celine klapte de laptop dicht. 'Je kunt altijd nog even hier blijven, hoor,' zei ze.

'Ik geloof dat ik geen keus heb,' zei Molly bedroefd. 'Ik kan natuurlijk ook altijd bij mijn ouders logeren, of...' Ze maakte haar zin niet af.

'Engeland?' vroeg Celine spottend. 'Laat me dat huis dan eens zien. Waar ligt het eigenlijk precies?'

Molly opende de mail die haar moeder haar eerder had gestuurd. Er zaten foto's bij van het huis van haar tante: een typisch Engelse cottage met een woonkamer, landelijke keuken en twee slaapkamers.

'Best leuk, eigenlijk,' zei Celine aarzelend. 'En kijk!' Ze wees naar de logeerkamer met eigen badkamer. 'Ik kan zo bij je komen logeren!'

Molly scrolde nog een keer door de foto's. Het huis was inderdaad ideaal voor een vakantie, maar om er nou echt te gaan wonen? Ze googelde Porlock, het plaatsje waar haar tante bij in de buurt woonde.

'Aha,' zei Celine. 'Dat is wel echt, eh... een toplocatie!'

'Een toplocatie in the middle of nowhere bedoel je zeker,' zei Molly. Ach, Porlock was niet groot, maar er was in ieder geval een hoofdstraat met een supermarkt en een paar pubs. Het huis van haar tante lag iets verderop in Porlock Weir, aan het strand. Er stonden misschien twaalf huizen, een pub en een hotel dat volgens haar tante na jaren verval eindelijk zou worden opgeknapt.

'Ik heb een idee,' zei Celine plotseling. 'We gaan er samen naartoe op vakantie en daarna zien we wel weer verder. Drie weken. Je hebt toch niets te doen.'

'Kun jij dan zomaar weg?' Molly kon haar oren niet geloven. Celine nam nooit vakantie. Als ze al eens op reis ging, dan was het om een of andere club of drankmerk in het buitenland te promoten.

'Ik ben eigen baas, toch?' Celine lachte. 'Bovendien, ik kan overal mijn werk doen.'

5

'We zijn echt belachelijk vroeg!' klaagde Celine, terwijl ze in de rij voor de incheckbalie haar mascara probeerde op te doen. Tegelijkertijd duwde ze met haar voet haar enorme koffer steeds iets verder vooruit.

'Beter dan ons vliegtuig missen,' antwoordde Molly schouderophalend. 'Bovendien heb ik nu nog tijd om een boek uit te zoeken voor tijdens mijn vlucht.' Molly vond vliegvelden heerlijk; ze verheugde zich er altijd enorm op om de extra tijd in een van de boekenwinkels door te brengen.

'Ik ga wel bij Starbucks zitten,' zei Celine en ze rolde met haar ogen.

Molly verdacht haar ervan dat ze voor het laatst een boek had gelezen op de middelbare school.

Toen Molly haar ouders had gebeld om te vragen of ze ook een tijdje op vakantie kon naar de cottage, waren ze dolenthousiast geweest. 'O lieverd,' had haar moeder geroepen. 'Hier zul je geen spijt van krijgen. Ik weet zeker dat je besluit langer te blijven!' Echt niet, had Molly meteen gedacht, maar dat had ze natuurlijk niet gezegd.

En nu stonden ze om vijf uur 's ochtends op Schiphol om de eerste vlucht richting Bristol te nemen. Ze hadden alvast een taxi geregeld die hen naar Porlock zou brengen. Ter plaatse mochten ze gelukkig de oude auto van haar tante lenen. 'Voorzichtig, hoor,' had ze gezegd. 'Het is een klassieke Morris Minor, daar zijn er niet veel meer van op de wereld.'

Molly vond het stiekem toch wel een spannend avontuur. Ze ging op vakantie zonder dat ze daarna plannen had. Geen baan om naar terug te keren. Geen deadlines. Geen huis. En geen relatie. Ze werd er een beetje verdrietig van, maar tegelijkertijd voelde ze hoe vrij ze was. Stel je voor dat ze het inderdaad heel erg naar haar zin had, dan bleef ze gewoon tot ze niet meer wilde.

'Sorry, mevrouw, ik kan niet verder,' zei de chauffeur. 'U kunt het beste de haven volgen en dan de loopbrug oversteken. De cottage staat daarachter.' Hij wees naar een rijtje cottages aan de andere kant van de haven.

Molly wierp een nerveuze blik op hun grote rolkoffers achterin en de tassen met boodschappen die ze alvast gedaan hadden – de taxichauffeur had gewaarschuwd dat morgen alles dicht zou zijn.

Even later probeerden ze met de brede koffers over de voetgangersbrug aan de andere kant van de haven te komen. De vissersbootjes dobberden in een ondiep laagje modderig water. Molly las de namen op de zijkanten van de bootjes: Living Mary, Baby Whale, Poseidon. De vlaggen aan de mast waaiden zachtjes heen en weer. Tegenover de loopbrug aan de andere kant van de weg spotte Molly de pub. Ha, dacht ze. Niemand hoeft dus te rijden vanavond. Achter een van de ronde raampjes zag ze iemand bewegen. 'Volgens mij worden we nu al uitgelachen door de locals,' zei ze.

'Niks van aantrekken,' zei Celine. 'Ze mogen blij zijn met jong bloed hier. Ik durf te wedden dat de gemiddelde leeftijd in dit gehucht niet lager ligt dan zestig.'

Molly stapte de brug af en sleepte zo charmant als ze kon haar enorme koffer en alle boodschappen over het grasveld naar het rijtje cottages. Het waren er drie naast elkaar, allemaal met rieten daken en omgeven door lichtroze duinrozen. De cottage van haar tante had een felblauwe deur en aan het hek naar de voortuin hing een oranje reddingsboei. Achter de cottage zag ze het keienstrand en de zachtgrijze zee die perfect overliep in de wolken, waardoor de horizon bijna niet te onderscheiden was.

'Dit,' bracht Celine hijgend uit, die er op haar hoge hakken iets langer over had gedaan haar koffer tot het hek te slepen, '... is nou wat je noemt wonen aan zee.'

'Ja, hè?' zei Molly. Ze opende het poortje en zocht naar een blauwe bloempot. Haar moeder had haar wel drie keer verteld dat de sleutel daaronder zou liggen, maar er stond helemaal nergens een blauwe bloempot.

'Weet je zeker dat het een blauwe bloempot moet zijn?' vroeg Celine.

Molly liet haar de berichtjes van haar moeder zien.

'Ah,' zei Celine. 'Dan blijven we zoeken.'

Samen doorzochten ze de hele tuin en tilden zelfs alle andere bloempotten op. Na twintig minuten hadden ze nog steeds geen sleutel gevonden.

'Sorry hoor, maar ik kan niet meer. En ik moet supernodig plassen,' zei Molly wanhopig.

'Zullen we eerst maar naar de pub gaan?' vroeg Celine.

'Ja, wie weet dat iemand daar meer weet over een blauwe bloempot.'

Ze verstopten hun koffers en boodschappentassen achter de struiken en liepen over de loopbrug terug richting de pub. Het was een typisch Engelse pub, wit geverfd van buiten met de naam in grote zwarte letters op de muur geschreven: The Ship Inn. Buiten stonden grote picknickbanken en overal bloeiden bloemen in grote potten. Molly opende de krakende zijdeur en stapte naar binnen. 'Het lijkt wel een filmset,' fluisterde ze.

'Alsof we in een romcom zijn beland!' zei Celine. 'Nu maar hopen dat Jude Law hier achter de bar staat.'

'*Can I help you?*' De barman, een oude vent met een baard en een enorme buik, kwam met een dienblad vol soep de keuken uit gelopen.

'Hmm, misschien geen Jude, maar wel lekker eten,' zei Molly, terwijl ze de geur van de soep opsnoof.

'Zouden we hier kunnen lunchen?' vroeg Celine meteen.

'*Sure!* Kies maar een tafel uit...' riep de barman, terwijl hij de soep naar een tafeltje verderop bracht.

'Kies jij een tafel?' vroeg Molly. 'Dan ga ik snel plassen.' Ze rende een smalle gang in op zoek naar een wc.

Met twee dampende kommen paddenstoelensoep, grote hompen versgebakken brood en een kop warme thee voor hun neus – het was nog iets te vroeg voor wijn – zaten ze even later op een van de houten banken in een hoek van de pub. Celine probeerde verbinding te maken met het internet en liep voor de derde keer naar de barman om het wachtwoord van de wifi te vragen.

'Dat mensen nou niet gewoon die code veranderen, in plaats van al die stomme cijfers, letters, hoofdletters en tekens!' mopperde ze. 'Ze weten hier ook niets van een sleutel onder een blauwe bloempot, trouwens.'

Molly haalde haar schouders op en bestudeerde een tijdschrift dat ze op de leestafel had gevonden. 'Kijk! Er is binnenkort een *country fair*.' Molly draaide het blad om en liet Celine een foto zien van een grasveld vol kraampjes, vrouwen in bloemetjesjurken en mannen in geruite overhemden.

Celine wierp kort een blik op de pagina. 'Wat prachtig! Helemaal Dolce & Gabbana, die jurken. Kunnen we ons ook nog leuk aankleden!'

Molly knikte. Zo had ze het nog niet bekeken, maar als Celine enthousiast was, was zij het ook. Ze wierp nog eens een blik naar buiten en keek toen weer naar het blad. 'Blijkbaar kun je vanaf de pub ook de mooiste wandelingen maken. Ik zie er hier een, die is niet zo ver, die kun jij zelfs.'

Celine gaf haar een por. 'Alsof ik niet kan wandelen! Ik train twee keer per week met mijn personal trainer en doe drie keer per week aan hot yoga. Ik ben superfit!'

'Ja, dat is misschien wel zo. Maar je kunt hiervoor niet een of ander designerpakje aantrekken en je loopt deze tochten meestal door de modder. Het regent hier bovengemiddeld vaak, ben je daarop voorbereid?' plaagde Molly.

Celine stak haar tong uit. 'Wacht maar af. Wij gaan morgen wandelen.'

'Laten we eerst maar eens de sleutel vinden, anders gaan we helemaal nergens heen. Dan hebben we niet eens een plek om te slapen.'

'Ik heb echt alle bloempotten omgekeerd, nergens een sleutel.' Vermoeid zakte Celine voor de deur op de drempel en trok haar laarsjes uit.

Molly keek op haar horloge. Het was bijna vier uur. 'We hebben nog drie uur voordat het donker wordt. Als we de sleutel echt niet kunnen vinden, moeten we een kamer boeken boven de pub.'

'En de ramen?' vroeg Celine.

'Gecheckt. Allemaal potdicht,' antwoordde Molly.

'Weet je wat grappig zou zijn?' zei Celine opeens.

'Nou?' vroeg Molly.

'Als de deur helemaal niet op slot zou zitten. Dit lijkt me echt zo'n dorp waar iedereen altijd zijn deur open laat staan.'

Molly stond op en draaide aan de klink. De deur piepte even, maar zwaaide toen in één keer open. Met open mond staarden ze elkaar aan voor ze in lachen uitbarstten. 'Dit meen je niet!' riep Molly.

'Stel je voor dat we echt een kamer hadden geboekt!' Celine sprong op, pakte haar spullen en volgde Molly naar binnen. 'Wauw. Het is vanbinnen nog mooier dan vanbuiten!' zei ze bewonderend.

'Ja, hè?' antwoordde Molly, die haar koffer in de gang had geparkeerd en het huis begon te inspecteren.

De cottage was niet groot, maar had in Molly's ogen alles wat je nodig had. Je kwam binnen via een kleine hal, waar een kapstok volhing met wandelstokken, vilten en rieten hoeden en een geruite jas. Onder de kapstokken stond een rij groene regenlaarzen en op een houten bankje in de hoek lag een stapel dekens.

Vanuit de hal liepen ze rechtstreeks de woonkamer in. Er hingen lindegroene fluwelen gordijnen voor de ramen. Onder de schouw stond een ouderwetse houtkachel, waar aan weerszijden houtblokken lagen opgestapeld. Molly had nu al zin om die aan te steken en op de enorme gestreepte sofa te gaan zitten. Niet dat je die echt goed kon zien, want er lagen wel twintig kussens op met geborduurde figuren, ruitpatronen en bloemenprints.

Naast de houtkachel hingen planken van vloer tot plafond, waar honderden boeken op stonden. Op de schouw stonden oude foto's en tekeningen en aan de muur hing een oude landkaart van de omgeving.

Via een afstap kwamen ze in de oude keuken, met boerenkastjes en een grote houten keukentafel in het midden. Tegen de muur stond een enorme open kast waar een vrolijk servies in stond uitgestald. En daar, op de keukentafel, stond een bos veldbloemen in een kan, naast een dienblad met twee glazen en een grote fles appelcider. Er lag een envelop bij. Had tante Louise dat allemaal voor haar klaargezet? Maar wanneer dan?

Molly scheurde de envelop open en las hardop het briefje voor:

Dear Molly and friend,

So nice to welcome you in Island Cottage. I hope you enjoy your stay. Please let me know if you need anything else.

Best, Jim (your next-door neighbour)

'Oeh!' riep Celine. 'Een buurman die een fles cider voor je neerzet? Dat moet wel een lekker ding zijn.'

'Jij denkt alleen maar aan knappe mannen. Ik kom hier juist om even niet met mannen bezig te zijn,' verzuchtte Molly.

'Wacht maar af,' zei Celine. 'Als je er niet naar op zoek bent, kom je ze vaak juist tegen!'

'Ja, zoals die oude vent uit de pub zeker,' antwoordde Molly lachend.

'Wie weet,' zei Celine onheilspellend. 'Kom, we gaan boven kijken. Ik ben toe aan een douche en schone kleren. En als het dan nog licht is, kunnen we de omgeving verkennen.'

Ze liepen de kleine houten trap op naar boven. Onder het schuine dak waren twee slaapkamers met elk een eigen badkamer. Molly keek om de hoek van beide kamers. De ene had een vintage Laura Ashley-behang van groene klimop met gele bloemen. De andere was versierd met roze pioenrozen. Beide kamers hadden dezelfde fluwelen gordijnen en een groot houten bed. In de klimop-kamer stond een oud bureautje met ook hier weer een vaas met verse veldbloemen. De roze kamer werd bijna helemaal ingenomen door het bed en een geruite fauteuil, en... een losstaand bad in de badkamer.

'Het bad heeft gouden poten!' riep Celine verrast. 'Dat verwacht je toch niet in een cottage!'

Heerlijk, dacht Molly, hoef ik tenminste niet te wachten met douchen 's ochtends als Celine zich aan het optutten is.

'Welke kamer wil jij?' vroeg Molly.

'Kies jij maar eerst. Jij bent zielig.'

Molly pakte die kans gretig aan. Ze wist het meteen: de roze kamer met het bureau had uitzicht op zee, terwijl de groene kamer uitkeek op de haven en de pub. 'Ik neem de roze kamer,' zei ze.

'Mooi,' zei Celine. 'Dan kan ik vanuit mijn kamer precies in de gaten houden wie de pub in en uit lopen.'

Molly pakte haar koffer uit; iets wat ze altijd deed als ze op reis was, want je aankleden vanuit een koffer vond ze heel irritant. Je was altijd alles kwijt en bovendien kwam geen enkel kledingstuk er ongekreukt uit. Ook op perstripjes volgde ze dit ritueel. Meteen na aankomst bestelde ze dan een kop earl grey via de roomservice, zette de balkondeuren open om de buitenlucht binnen te laten – zelfs als het geen mooi weer was – en pakte haar koffer uit. Jurken op de hangers, shirts, broeken en ondergoed in de laden of op de planken. Wel altijd met servetten of handdoeken als ondergrond, want, nou ja, je wist natuurlijk nooit of het wel echt helemaal schoon was.

Voor deze trip had ze niet enorm veel kleding meegenomen: een spijkerbroek, een wollen vest, wandelkleding en twee jurken, voor als het onverwacht warm lenteweer zou worden. Een van die jurken was gemaakt van frambozenroze linnen stof, bedrukt met zachtroze bloemen. Er zat een bijpassend jasje bij dat vanbinnen gevoerd was met gestreepte zijde. Ze had het ooit tijdens een persreis gekocht in Florence. Tijdens een wandeling door de tuin van de familie Lappadini had Molly de dochter ontmoet, die haar in gebrekkig Engels had verteld over het stoffenbedrijf van haar en haar moeder. Haar moeder ontwikkelde prints, gebaseerd op de bloemen in de tuin, en de dochter maakte er stoffen van voor kussens, gordijnen en kledingstukken. Die items werden verkocht in een exclusieve boetiek verderop in de straat.

Toen de reisbegeleider iedereen had geroepen om weer in de bus te stappen, pakte ze haar kans en zei dat ze liever alleen terug wandelde naar het hotel. Ze had het adres opgezocht en was linea recta naar de boetiek gelopen. Daar was ze op slag verliefd geworden op de frambozenroze jurk en ze had zich door de verkoper laten overhalen ook het bijpassende jasje te passen. Het zat allemaal als gegoten en in een opwelling had ze het gekocht.

God, wat miste ze die persreizen nu al. Ze had er zo veel mooie dingen door meegemaakt!

‘Wat sta je daar nou met die jurk in je hand te dromen?’ Celine kwam met een handdoek om haar lijf Molly’s kamer in gelopen.

Molly schrok op. Hoelang had ze daar gestaan? Ze wierp een blik de kamer in en het losstaande bad leek aanlokkelijk haar naam te roepen. ‘Oké, ik ga nú in bad!’ riep ze vastbesloten.

6

De avond ervoor was het laat geworden. Toen Molly zich eindelijk uit het warme bad had gehesen, was het al donker buiten. Ze had een legging en een grote wollen trui aangetrokken en was naar beneden gelopen, waar Celine in de keuken was. Die had alle koekjes, crackers en kaasjes die ze eerder hadden gekocht op een schaal gelegd en de fles met cider opengemaakt. Alle kaarsen waren aangestoken en Celine zat in kleermakerszit op een van de grote keukenstoelen. Het idee was aanvankelijk om een borrel te drinken in de pub en daarna te gaan eten, maar ze waren helemaal niet meer de deur uit gegaan. Ze hadden uren gekletst, en na de fles cider was er ook nog een fles rode wijn opengegaan.

Molly deed voorzichtig één oog open. Alles leek normaal. Ook bij het openen van haar tweede oog begon de kamer niet te draaien. Gelukkig. Niet dat ze zó veel had gedronken. Ze was altijd al een langzame drinker geweest, en voor elk glas wijn dat ze dronk, sloeg Celine er drie achterover.

Ze keek op haar telefoon. Het was pas acht uur en het begon net licht te worden buiten. Voorzichtig stapte ze uit bed en sloop naar het raam. De houten vloer kraakte onder haar voeten. Buiten was de zee kalm en er hing een grijzige mist over het strand. *Real English weather*, zou haar moeder hebben geroepen. Molly vond het heerlijk; ze kon niet wachten om naar buiten te gaan. Snel trok ze haar trui en dikke sokken aan, deed haar haar in een knot en liep naar beneden. Daar pakte ze de geruite jas van de kapstok en stak haar voeten in de groene Hunter-laarzen. Te groot, maar dat maakte niet zoveel uit. Lang zou ze toch niet wegblijven.

Voorzichtig trok ze de voordeur achter zich dicht en slofte om het huis heen het keienstrand op. De mist begon langzaam iets op te trekken en ze zag dat de zon waterig op de bijna vlakke zee schitterde. Ze liep terug langs de cottage en via de ijzeren brug richting de andere huizen.

In de wolwinkel brandde licht en Molly zag een vrouw achter het raam die bezig was om de etalage te veranderen. Het gaf haar een heerlijk behaaglijk gevoel, al die mensen die aan hun dag begonnen. Ze liep verder richting het hotel en tuurde door een van de stoffige ramen. Binnen zag ze een enorme hal met houten trap en een open haard waar grote fauteuils omheen stonden. Het zag er stil uit. De barman van de pub had hen de vorige dag verteld dat het pand al jaren leegstond, maar dat het ooit een heel chic spa-hotel was geweest, waar mensen van heinde en verre naartoe kwamen om de plaatselijke oesters te proeven. Molly had het graag willen zien.

De pub was nog donker. Molly's te grote laarzen schraapten over de kiezels terwijl ze langs een rij witte cottages verder de straat in liep. Hier en daar zag ze mensen druk bezig in de keuken of met een krant voor het raam zitten. De straat boog verder omhoog langs het keienstrand, waar kleine cottages plaatsmaakten voor drie riante huizen met enorme voortuinen. Daarna liep de weg steil omhoog en hielden de huizen op. Meer dan tien woningen had Molly niet geteld.

Toen ze terugliep langs de cottages, zag ze een oud Citroën-busje op de parkeerplaats stoppen. Er stapte een man uit, die een gestreepte luifel opzette en grote manden op een tafeltje voor de bus tilde. Molly rook het al: versgebakken brood! Precies wat ze nodig had na de maaltijd en drank van de avond ervoor.

'*Are you open?*' vroeg Molly, terwijl de man druk bezig was glazen flessen sap op de tafel uit te stallen.

'*Sure, love*,' antwoordde hij en hij veegde zijn handen af aan zijn broek en trok zijn pet recht. 'Wat mag het zijn, op deze grijze ochtend?'

Molly was meteen door hem gecharmeerd, met zijn vrolijke gezicht en grijze stoppelbaard. 'Wat ben ik blij u te zien.' Ze lachte. 'Ik begon net trek te krijgen.'

'Ik maak bijna altijd iedereen blij met mijn komst,' vertelde hij. 'Of nou ja, het zijn eigenlijk de bakkunsten van mijn vrouw die dat effect hebben op mensen. Zij staat in de keuken, ik breng al het lekkers rond.' Hij vertelde over zijn tearoom in het dorp en was erg benieuwd wat Molly hier kwam doen.

'Ik ben gisteren aangekomen en verblijf een tijdje in Island Cottage,' antwoordde Molly.

'Dan moet jij Molly zijn, het nichtje van Louise. Ze vertelde me al dat jij hier een tijdje zou komen wonen.'

'Ik kom hier niet wonen, hoor,' verbeterde Molly hem snel. 'Ik heb even geen verplichtingen thuis, dus ik ben hier een paar weken op vakantie.' Ze sprak het woord vakantie extra duidelijk uit.

De man keek haar even meelevend aan. 'Deze krijg je van mij,' zei hij. Hij stopte twee croissants, twee scones, een potje jam, *clotted cream* en een fles versgeperst appelsap in een juten tas. 'Ik ben trouwens George,' voegde hij eraan toe en hij stak zijn hand uit.

'Staat u hier elke ochtend?' vroeg ze, terwijl ze hem de hand schudde.

'Alle dagen behalve maandag,' antwoordde George.

'Dan zie ik u vast dinsdag weer.' Molly zwaaide en liep met de verse broodjes richting de brug.

Toen Molly terugkwam in de cottage, was het nog steeds stil boven. Ze probeerde even op Celine te wachten, maar ze werd al snel onrustig en dus trok ze zo stil mogelijk haar hardloopkleren aan. Een rondje rennen zou vast helpen. Ze volgde het paadje achter het huis richting het strand en jogde voorzichtig over de hobbelige stenen. Al snel bleken de stenen alleen te groot om fatsoenlijk over te rennen. 'Godver,' mompelde ze in zichzelf. Voorzichtig klauterde ze de andere kant weer op. Misschien was het grassige dijkje een betere optie.

Om daar te komen, moest ze eerst een stuk strand oversteken dat bij vloed volledig onder water liep. Het was prachtig. De stenen leken wel licht te geven door het felgroene zeewier dat er in geometrische patronen op groeide. Molly draaide zich om om een foto te maken met haar telefoon, maar zag daardoor een uitstekende rots over het oog. 'O, nee!' riep ze, terwijl ze achteroverviel. Haar enkel zat vast tussen twee stenen, en ze kreeg hem met geen mogelijkheid los. Een scherpe pijnscheut trok door haar voet. 'Au!' riep ze, terwijl ze het nog eens probeerde. Ze slaakte opnieuw een kreet toen er plotseling twee handen om haar middel gleden.

Voor ze er erg in had, werd ze naar de kade gedragen en voorzichtig op een bankje gezet. 'Gaat het?' Twee felgroene ogen keken haar bezorgd aan.

'Eh... Ja. Ja, dank je,' stamelde Molly overdonderd. De man was vreselijk knap. Waar was hij zo opeens vandaan gekomen? Ze had helemaal niemand op het strand gezien.

'Laat eens kijken,' zei de man en voorzichtig schoof hij haar sok een stukje naar beneden. Zachtjes betastte hij haar enkel. 'Doet dit pijn?' vroeg hij.

Molly schudde haar hoofd. Ze bekeek de man die haar zojuist gered had nog eens goed. Hij had lang haar dat wild op zijn hoofd stond, door de wind en het zoute zeewater. Hij droeg een wetsuit en liep op blote voeten. 'Was je aan het surfen?' Molly keek verbaasd richting de zee. Niet echt veel golven hier.

'Nee, ik was aan het kajakken.' Hij zwiepte zijn natte haar uit zijn gezicht en wees naar de oranje kajak op het strand. 'Heerlijk, zo vroeg in de ochtend.' Hij stak zijn handen uit om haar overeind te helpen en Molly pakte ze maar wat graag aan. 'Kun je lopen?' Met zijn warme handen om de hare probeerde ze voorzichtig een paar passen te zetten.

'Het gaat geloof ik wel,' zei ze aarzelend.

'Mooi, red je jezelf zo? Kan ik je alleen laten?'

Nee! wilde Molly roepen. Dan was het moment met deze perfecte vreemdeling voorbij... Misschien kon hij haar naar huis dragen? *Kom op, Molly, dit is geen romcom*, sprak ze zichzelf streng toe. Ze kon zichzelf prima redden. 'Ja, hoor,' antwoordde ze daarom stoer.

Zijn groene ogen bleven nog even onderzoekend op de hare rusten voor hij haar handen losliet. 'Oké, maar wees voorzichtig!' zei hij, voordat hij zich omdraaide. Soepel liep hij op zijn blote voeten over de stenen naar de zee.

Molly keek toe terwijl hij in zijn kajak stapte en wegroeide. Voorzichtig liep ze terug naar de cottage, haar gedachten bij die doordringende groene ogen. Was dit nou wat mensen bedoelden met liefde op het eerste gezicht?

Celine lag nog steeds in bed, dus zette Molly water op voor thee, maakte een pot sterke koffie en dekte hinkend op één been de tafel. De open houten kast in de keuken stond vol handbeschilderd servies: mokken met vogels en bloemen, antieke borden met blauwe randjes en grote kannen die met de hand gevormd leken te zijn. Ze vulde een van de kannen met appelsap, zette twee grote mokken thee op tafel en legde de scones en croissants in een schaal waarop een winters tafereel van roodborstjes stond afgebeeld. De koffie goot ze in een grote rustieke mok.

De geur van verse koffie was het enige wat Celine wakker kon krijgen. Ze sloop naar boven, zette de mok op haar nachtkastje en ging beneden aan de keukentafel zitten met haar boek. Nog geen minuut later hoorde ze gestommel boven.

'Ik geloof niet dat een wandeling er echt in zit vandaag,' riep Celine met schorre stem. 'Ik voel me nu net Bridget Jones,' zei ze toen ze even later in joggingpak aan tafel schoof. 'Wat zullen we gaan doen vandaag?'

'Nou, een wandeling zit er voor mij ook niet in, hoor.' Molly vertelde over haar avontuur van die ochtend en haar pijnlijke enkel.

'O!' riep Celine. 'We zijn hier nog geen dag of je hebt al een knappe vent gevonden!'

'Ja, ja, daar gaan we weer,' zei Molly nonchalant, maar iets in haar maag fladderde toch even. 'Laten we Porlock en de omgeving verkennen,' zei ze snel. 'Ik wil weleens weten wat hier allemaal te doen is. De Morris Minor staat op de parkeerplaats en de sleutel hangt deze keer gewoon aan het sleutelrekje in de gang. Net als de huissleutel, trouwens.'

Celine trok haar wenkbrauwen op. 'Als we dat hadden geweten...'

De donkergroene Morris Minor was net zo klein als een ouderwetse Fiat 500, met houten deurbeslag en een houten stuur. Celine zat met haar lange benen tegen het dashboard aan, maar het was alsof Molly voor de auto gemaakt was.

Na het ontbijt had ze voor de vorm haar haren gekamd voordat ze naar buiten gingen.

'Ho, ho. Wat nou als je net je *prince charming* tegen het lijf loopt?' had Celine geroepen, die een strakke spijkerbroek, zwarte laklaarzen en een geruite trenchcoat had aangetrokken voor de gelegenheid.

'Doe normaal, we gaan gewoon sightseeën in de Britse *countryside*!'

Mokkend was Molly naar boven gelopen om haar sportkleding te verwisselen voor een donkergroene broek en haar nieuwe loafers; dan had ze die toch niet helemaal voor niets aangeschaft. Ze trok er de geruite jas van de kapstok en een wollen trui bij aan. Voor de gelegenheid had ze ook haar bruine lakleren zadeltas meegenomen. Die maakte elke look af. Tenminste, dat had de moderedacteur bij *Vagabond* haar verzekerd.

'Da's beter,' zei Celine toen ze de deur uit liepen. 'De perfecte mix tussen Ralph Lauren uit de jaren tachtig en een Britse royal die undercover in de Cotswolds op vakantie is.'

Molly rolde met haar ogen. Ze was zelf dol op mode, maar Celine dacht altijd in looks. Als ze uit eten gingen, checkte ze altijd eerst het interieur van het restaurant op Instagram om daar haar outfit op af te stemmen. Voor elke reisbestemming had ze ook een heel eigen garderobe. Wit linnen en kant voor Ibiza. Prints van citrusvruchten voor Toscane. En laatst ging ze voor een belangrijke klant naar Kopenhagen en had ze speciaal allemaal zwarte, rechtlijnige looks besteld.

Molly startte de auto en reed voorzichtig de parkeerplaats af. Mooi. Lopen ging dan niet zo soepel, maar dit ging tenminste in één keer goed.

'Moet je de zee zien!' riep Celine, maar Molly concentreerde zich op het rijden. Ze had nog nooit links gereden, laat staan in een oude auto, waar ze alles met haar linkerhand moest bedienen. Als ze maar bleef herhalen wat ze moest doen, dan lukte het vast wel. 'Links rijden, rechts kijken, links rijden, rechts kijken.'

Boven op Porlock Hill was het uitzicht spectaculair. Molly parkeerde de Morris met horten en stoten in de berm. Ze stapten uit en liepen over smalle paadjes door de heide naar het punt waar je de hele omgeving kon zien: de zee, de baai van Porlock Weir en kilometers brem en heide die hier zomers felgeel en paars in bloei stonden.

'Weet je,' zei Celine. 'Ik snap wel dat je tante verliefd is geworden op dit gebied. Dat ben ik zelf eigenlijk ook wel een beetje.'

'Ik ook,' verzuchtte Molly. 'Dit is liefde op het eerste gezicht.'

'Misschien heb je inderdaad geen man meer nodig in je leven. Maar is dit' – ze maakte een breed armgebaar naar de omgeving – 'wel genoeg voor een mens.'

'Stop!'

Molly trapte zo hard ze kon op de rem. 'Wat?!' riep ze geschrokken en ze tuurde door de voorruit, bang dat ze een dier had aangereden zonder dat ze het had gemerkt.

Celine grijnsde en wees naar buiten. Ze stonden pal naast een winkel waar met grote letters COFFEE TO GO op het raam geschreven stond. 'Sorry hoor, maar die koffie van vanochtend was nog erger dan een kop slappe thee. Ik moet nú een shot cafeïne, anders kom ik de dag niet door. Kunnen we meteen testen of ze hier wel weten wat goede koffie is.'

'Ga nou niet arrogant lopen doen, hè?' antwoordde Molly. 'Het is een dorp en ze drinken hier natuurlijk voornamelijk thee.'

Maar Celine in haar lakleren laarzen beende al op het tentje af. 'Mag ik een skinny latte, alstublieft?' Celine lachte vriendelijk naar de vrouw op leeftijd, die met haar bloemetjesschort en een theepot in de hand de keuken uit kwam schuifelen.

'*Oh, sure*,' zei de vrouw. Ze zette de theepot op de counter en liep terug naar de keuken.

'Wedden dat ze met een thermoskan koffie terugkomt en daar een scheut lauwe koemelk bij giet?' fluisterde Celine.

Molly zuchtte. 'Sinds wanneer ben jij zo'n koffiesnob geworden?'

'Ik heb gewoon heel veel ervaring met koffiedrinken. En als je eenmaal zelfgebrande koffie met magere havermelk hebt geproefd, die elke dag precies op de juiste temperatuur voor je wordt geklopt… Tja…'

Celine zag niet dat er achter haar een luik werd geopend, waardoor je zo de keuken in kon kijken. De vrouw stak haar hoofd erdoorheen en vroeg: 'Nou, wat voor koffie hadden jullie precies gewenst? Een latte macchiato, een cappuccino of een ristretto? Nog een voorkeur voor bonen? En willen jullie daar dan volle melk, magere melk, amandelmelk, hazelnootmelk of havermelk bij?' Ze keek zichtbaar tevreden.

Celines mond viel open. Achter de vrouw stond een supersonisch glimmend koffieapparaat. Celine was even stil voor ze antwoordde: 'En ik maar denken dat u alleen maar koffie uit een thermoskan zou schenken!'

De vrouw lachte. 'Ik ben zelf dol op koffie en reis elk jaar naar Oregon voor de nieuwste koffietrends. Dit apparaat is de Jaguar onder de koffieapparaten.'

'Nou, dan graag twee skinny lattes met havermelk, alstublieft,' zei Celine.

'O nee,' onderbrak Molly haar. 'Voor mij thee alstublieft. English breakfast, als u die hebt.'

'Ja, maar ik neem er twee,' verbeterde Celine haar. 'Dan kan ik even vooruit.'

7

'Als je lekker wilt lunchen, moet je bij Bossington Tea Garden zijn,' had George haar die ochtend getipt. Bossington leek wel een filmset uit een romantische komedie, door de botergele cottages met namen als Rose Cottage, Bluebell en Ivy.

'Kijk, daar zie ik het staan!' Molly wees op het bord. 'Bossington Tea Garden.'

'Ha, nou, dit is toch een wonder.' Celine lachte. 'Het zou echt iets voor ons zijn om in een gehucht met één straat de tearoom niet te kunnen vinden.'

Molly duwde tegen de zware houten poort en hinkte via een paadje de tuin in. 'Ik begin steeds meer te begrijpen waarom mijn tante nooit meer thuis is gekomen,' zei ze en ze wees naar de tuin, die vol stond met rozen en witte rotan zitjes.

'Anders ik wel!' fluisterde Celine en ze gebaarde met haar hoofd richting het keukenraam.

Molly wilde net een flauwe opmerking maken, maar ook haar blik bleef hangen op de man. 'Een soort Viking, hè?' zei Molly en ze hield haar adem in. Want de knappe man gooide net een theedoek over zijn schouder en kwam de tuin in gelopen.

Molly slaakte een gilletje. 'Dat is hem!' siste ze.

'Wie?' vroeg Celine.

'Die man van vanochtend. Ik herken hem ineens.'

Hij had zijn wetsuit verwisseld voor een oude spijkerbroek met een grofgebreide trui.

'O, *hello*,' hoorde ze Celine zeggen, die met haar handen door haar haar woelde en sexy naar de man opkeek.

'Goedemiddag,' zei hij met een zwoele, diepe stem. 'Jullie zijn zeker door George gestuurd?' Hij keek Molly indringend aan. 'Kennen wij elkaar?'

'Eh, ja,' zei Molly, een beetje beledigd dat hij het niet meteen zag.

'Jij hebt haar gered vanochtend,' zei Celine.

'Op het strand,' voegde Molly er behulpzaam toe. 'Nog bedankt. Ik ben Molly en dit is Celine.'

'Ik ben Atlas,' zei hij en weer keek hij haar met die indringende blik aan.

'Dan weet je vast alle hoofdsteden van alle landen uit je hoofd,' flapte Celine eruit.

O nee, dacht Molly, niet van die flauwe grappen. Ze stompte Celine waarschuwend in haar zij.

Atlas lachte. 'Als je het echt wilt weten: mijn moeder was nogal dol op de Griekse mythologie.' Hij draaide zich naar Molly en vroeg: 'Hoe gaat het met je enkel?'

'Een stuk beter,' antwoordde ze vrolijk, opgelucht dat hij haar toch niet meteen vergeten was.

'George vertelde me al dat jij nu in Island Cottage zit. Van je tante?'

'Ja,' zei Molly. 'Daar zijn we op vakantie, voor drie weken.'

'Of misschien wel langer,' vulde Celine aan.

Ze bestelden een huisgemaakte limonade en hij gaf ze de lunchkaart. 'Op het bord naast de roze rozen staan de specials van vandaag. Ik ga even de oven checken en kom zo terug, oké?' Hij knipoogde en liep terug naar de keuken.

Molly en Celine keken hem dromerig na.

'Ik weet wel wat ik bestel voor de lunch,' verzuchtte Celine, terwijl ze hem overdreven een luchtkus na blies.

'Doe alsjeblieft een beetje normaal,' zei Molly bezorgd, bang dat haar vriendin haar volledig voor schut zou zetten tegenover deze goddelijke man. De vlinders die ze die ochtend had gevoeld, waren weer net zo hevig teruggekeerd.

Ze bestelden allebei een sandwich met kaas en chutney van rode ui, die heerlijk was, maar ze waren vooral druk met Atlas.

'Kijk, kijk, kijk!' siste Celine, toen hij met gemak een enorme terracotta pot optilde. 'Zelfs door die wollen trui heen kan ik zijn spierballen zien.'

Molly keek hoe hij even later in de keuken een enorme bakplaat met koekjes uit de oven schoof.

'Echt hoor... Als jij het er niet op waagt, dan doe ik het wel. Een man naar mijn hart,' zei Celine. 'Looks, check. Kookkunsten, check. En hij runt een eigen business, wat wil je nog meer!?'

Molly schudde haar hoofd.

'Ga nou niet weer dat verhaal ophangen over je ideale man op dat bankje in het park en die boeken,' verzuchtte Celine.

'Wat is daar mis mee?' protesteerde Molly. 'Ik weet gewoon zeker dat ik mijn ideale man tegenkom in het park, terwijl hij op een bankje Tolstoj zit te lezen. Of een andere klassieker.'

'Net als Lucas zeker!' Celine keek Molly met opgetrokken wenkbrauwen aan.

Ja, oké. Ze was Lucas niet in een park tegengekomen en hij had al helemaal niet op een bankje gezeten met een of andere klassieker in zijn handen. Lucas hield niet zo van lezen... En dat was meteen ook Molly's grootste ergernis geweest. Ze was zelf dol op boeken en lezen en om dat met iemand te kunnen delen zou fantastisch zijn. Ze had Lucas ooit een speciale uitgave van de sciencefictionklassieker *Dune* cadeau gedaan. Hij was dol op sciencefictionfilms, dus ze wist bijna zeker dat dit boek een schot in de roos was. Maar hij had het boek precies één keer aangeraakt en dat was toen hij het had uitgepakt.

'Er is een pubquiz vanavond in The Ship Inn,' zei iemand achter haar plotseling.

Molly schrok. Celine was even naar de wc gegaan en zij was zo in gedachten verzonken geweest dat ze Atlas niet had horen aankomen.

'Ik kom met mijn broer en je moet met zijn vieren zijn om een team te vormen. Dus als jullie zin hebben om te komen...'

Zijn vraag bleef in de lucht zweven, terwijl Molly hem aanstaarde. Ze kon geen woord uitbrengen. Atlas, de knappe Viking, vroeg hen mee naar de pub vanavond?

'Dat vinden we enig!' riep Celine, terwijl ze heupwiegend achter hem aan kwam lopen.

'Ja, leuk,' zei Molly snel. Ging ze dit echt doen?

'Oké! Ik zie jullie om acht uur vanavond.' Hij lachte naar hen beiden en ging vervolgens weer aan de slag.

Celine at haar sandwich in drie happen op, maar Molly kreeg geen hap door haar keel. Elke keer als ze Atlas door het keukenraam zag, werd haar mond iets droger en kneep haar buik zich samen.

Toen ze na de lunch de poort uit liepen, kwam Atlas achter ze aan gerend. 'Wacht even!' riep hij. 'Ik had dit geleend van je tante en moest het nog steeds een keer aan haar teruggeven. Zeg maar dat ik er enorm van heb genoten.' Hij drukte Molly een in bakpapier gewikkeld voorwerp in de hand, draaide zich om en verdween weer door de poort.

Molly trok het bruine papier van het pakketje af en staarde naar de cover van *Oorlog en vrede*.

'Wat moet ik in godsnaam aan?' Celine had zich al tien keer omgekleed en kwam in de zoveelste creatie de trap af, nu in een blouse met extra brede schouders en grote ruches op het voorpand.

'Eh...' zei Molly. 'Het is een pubquiz, hè? Geen vip-event bij de

Fashion Week.' Ze zat heerlijk op de bank met een kop thee en het boek dat ze had gekocht op Schiphol. Het was de nieuwste van Raynor Winn, *Landlijnen*. Haar eerste boek, *Het zoutpad*, was een bestseller geworden en ging over hoe de schrijfster en haar man Moth na een investeringsfout alles waren kwijtgeraakt. Daarnaast kregen ze het verschrikkelijke nieuws dat Moth ongeneeslijk ziek was. Ze besloten het South West Coast Path in Engeland te wandelen met niet meer dan elk een rugzak. Het was een prachtig verhaal en nu kon Molly niet stoppen met lezen. Ze zou er bijna de pubquiz voor afzeggen. Bijna.

Molly bedacht zich ineens dat dat kustpad achter Island Cottage langsliep. Ze zou morgen het exacte deel uit het boek opzoeken, maar nu was Celine aan haar derde outfit toe, die uitgebreid werd geshowd onder aan de trap. Een leren jumpsuit.

'Te warm, hè?' zei ze zelf al.

Molly hoefde alleen maar te knikken.

Het was al tien voor acht toen Celine eindelijk naar beneden kwam in een jurk met luipaardprint. 'Met deze look winnen we sowieso.' Ze smeerde een dikke laag rode lipstick op en hees Molly aan haar arm van de bank.

'Is het raar als ik mijn boek meeneem?' probeerde Molly nog.

Celine trok het zonder iets te zeggen uit haar handen en zwiepte het op de bank. '*Off we go!*'

Precies om twee voor acht liepen ze de pub binnen. Atlas zwaaide vanuit de hoek. Naast hem zat een man die als twee druppels water op hem leek, maar dan ruiger: hij had een ongeschoren baard en zijn lange haar zat vastgebonden in een wilde knot.

'Oeh,' zei Celine zacht tegen Molly. Hij was helemaal Celines type; Molly had het zelf sinds Lucas niet meer zo op die aanstellerige knotjes.

'Denk maar niet dat we nu wéér gaan dubbeldaten hoor,' siste Molly snel, voordat ze breed glimlachend op de mannen af liepen.

De pubquiz vloog om, maar ze hadden nauwelijks punten verdiend. Celine was vanaf het eerste moment diep in gesprek geweest met Atlas' broer, die Bay bleek te heten, terwijl Molly haar best had gedaan om een goed teamlid te zijn. Maar ze wist te weinig van sport, kon niet op namen van filmsterren komen en zelfs toen er een vraag over literatuur kwam, wist ze het antwoord niet. Misschien was het de cider die ze had gedronken, maar het kon ook Atlas zijn geweest, die door het krappe bankje waar ze met zijn vieren op zaten de hele tijd met zijn been tegen het hare was gekomen. Of zijn arm, die telkens als hij een slok had genomen en zijn glas terugzette haar blote arm had geraakt. Ze had er steeds van moeten blozen en ze hoopte maar dat hij het niet had gemerkt.

Uiteindelijk had ze zichzelf in de spiegel van de wc streng toegesproken: 'Hou op, Molly. Het is nog geen twee weken uit met Lucas. Je bent niet op zoek naar een nieuwe vlam. Bovendien ben je hier op vakantie en heeft het geen zin om nu aan te pappen met iemand die je nooit meer ziet.' De preek was tevergeefs. Aan de twinkeling in haar ogen en rode wangen kon ze zelf ook wel zien hoe laat het was.

Ze namen een afzakkertje met de laatste mensen die waren blijven zitten en steeds meer gasten voegden zich bij hun tafel. Molly werd voorgesteld aan Kate, de vrouw die een kunstgalerie runde in het dorp.

'Je tante is nog maar net weg, maar ik mis onze gesprekken nu al. Als er iemand veel wist over kunst, reizen en boeken, vooral boeken, dan was zij het wel,' zei ze. 'Nu we het er toch over hebben,' ging ze verder en ze haalde een boek uit haar handtas. '*The Shell Seekers*. Die had ik van haar geleend.'

Die avond kwamen er nog drie mensen naar Molly toe met een boek dat ze van tante Louise hadden geleend. Wilkie van de ijzerhandel was nooit een fanatiek lezer geweest, vertelde hij, maar door de tips van Louise had hij zijn liefde voor thrillers ontdekt. En Jules, de manager van de *village green* en *event planner* van het dorp, had een oude uitgave van Jane Austens *Emma* bij haar neergelegd. 'Tegen niemand zeggen, hoor. Louise heeft me geheimhouding beloofd. Als mijn vrienden erachter komen dat ik dol ben op Jane Austen, dan lachen ze me uit. En mocht je nog een nieuw boek hebben, dan hou ik me aanbevolen. Ik heb *Pride & Prejudice* en *Sense & Sensibility* ook al gelezen.'

Molly was een beetje beduusd. Iedereen die een boek had ingeleverd, had ook meteen om een nieuw boek gevraagd. Had ze nou zomaar ineens de beste manier ontdekt om vrienden te maken in dit dorp? Dit zou weleens heel leuk kunnen worden.

'Had je nou toch allemaal boeken meegenomen?' Celine staarde haar verbaasd aan.

'Nee, die boeken zijn schijnbaar allemaal ge...' wilde Molly antwoorden, maar Celine was alweer innig verstrengeld met Bay, wat tot luid applaus van de andere gasten leidde.

'Kijk maar uit, hoor, voor die knappe jongens,' fluisterde Kate in Molly's oor. 'Ze zijn superaantrekkelijk en ze weten het. Maar er klopt iets niet... Dat gevoel heb ik al sinds ze hier een paar maanden geleden zijn aangekomen.' Terwijl ze het zei, knipoogde Atlas van de andere kant van de tafel naar haar.

Molly lachte naar hem en dacht tegelijkertijd: knipoog maar zoveel je wilt. Mij lok je niet in je charmante val. Met je mooie ogen, gespierde armen en perfecte smaak voor boeken...

Shit. Ze had hem iets te lang aangestaard.

Kate liep zuchtend weg. Over haar schouder riep ze nog: 'Ik heb je gewaarschuwd!'

8

Molly keek op haar sporthorloge: acht kilometer. Niet slecht, na een week vol eten en alcohol. Ze was nooit een fan geweest van bier, maar de zoete cider uit de pub was best lekker en ze was elke dag gestart met een scone van George. Haar sportlegging sneed inmiddels in haar taille en haar buik voelde met de dag iets voller. Wat beweging kon geen kwaad.

Met haar telefoon maakte ze een foto van het uitzicht; een uitgestrekte lichtblauwe zee, waar witte streepjes de zachte wind van de dag verrieden. De klim naar de top was best steil, maar nu stond ze op de oude uitkijktoren op Hurlstone Point en kon ze vanaf driehonderd meter hoogte Porlock Weir zien liggen. Ze had eerst een stuk langs de weg omhoog gerend, via West Porlock, een gehucht met niet meer dan tien huizen, waarvan de meeste een prachtig uitzicht hadden over zee. Daarna was ze links afgeslagen en een smal boerenpad afgedaald richting een soort moeras. Het waren weilanden die bij vloed onderliepen en waar je bij droog weer zoals vandaag door een zompig landschap rende. Sommige delen waren zo nat geweest dat de modder centimersdik aan haar hardloopschoenen bleef kleven. En bij een stuk ondergelopen pad had ze haar schoenen en sokken moeten uittrekken en tot haar knieën door het ijskoude water moeten waden.

De route was verdergegaan over een vlonder en uiteindelijk was ze via een weiland met een paard uitgekomen bij het strand. Ze had het weggetje, dat bijna geheel overwoekerd was door bramenstruiken, gevolgd tot ze bij een dorpje uitkwam, waar de tuinen van de cottages vol stonden met rozen, stokrozen en hortensia's. Pas toen ze er rustig doorheen had gejogd, kwam ze er tot haar verbazing achter dat het Bossington was. Ze was hier rennend bijna sneller dan via de kronkelwegen met de auto!

'Je moet het pad door het bos volgen, dat leidt naar Hurlstone Point,' had een vrouw met een hond haar toegeroepen en dus was ze de brug over gegaan, door het steile bos gerend en nu probeerde ze te genieten van het uitzicht. Dat lukte niet helemaal. Haar gedachten waren ergens anders: bij het moment dat Celine twee dagen geleden schreeuwend de trap af was komen rennen.

'Dit geloof je niet!' had ze uitgeroepen.

Molly dacht dat het om Bay ging, die ze elke avond in de pub hadden gezien en met wie ze – dat moest Molly toegeven – een enig stel vormde. 'Wat?' had Molly gevraagd.

'Ik heb de klant! Ze willen mij!' riep Celine.

'Waar heb je het over?' vroeg Molly verbouwereerd.

'Een champagnemerk. En niet zomaar een, het meest prestigieuze, niche champagnemerk ooit. Ze kunnen werken met wie ze willen, maar ze kiezen mij. De familie heeft speciaal om mij gevraagd!' Ze had een vreugdedans door de keuken gemaakt en stond toen ineens stil. 'Shit, dat betekent dus wel dat ik geen drie weken kan blijven. Ze willen dat ik ze overmorgen al ontmoet.' Haar gezicht betrok.

Molly had even niet geweten wat ze moest zeggen of doen. Er ging van alles door haar hoofd. Natuurlijk was ze blij voor Celine. Ze wist hoe hard ze werkte voor haar klanten, en dan deed ze dat allemaal ook nog eens in haar eentje. Maar Molly had zich ook verheugd op deze weken samen… Wat moest zij nu doen? Ging ze mee terug naar Amsterdam? Of bleef ze alleen in de cottage? Ze had haar handen voor haar ogen geslagen.

'Ben je aan het huilen of aan het nadenken?' vroeg Celine.

'Allebei, misschien,' antwoordde Molly. 'Ik vind het zo knap van je, maar ik baal natuurlijk ook een beetje. Ik weet even niet wat ik moet doen.'

'Hoe bedoel je?' vroeg Celine.

'Nou, of ik met je meega of hier nog blijf,' antwoordde Molly.

Het bleef even stil. Eigenlijk wist Molly het antwoord al. Na een week al naar huis gaan was gewoon geen optie. Niet dat ze per se iets wilde bewijzen, maar wat had ze nou helemaal bij thuiskomst? Geen werk. Geen huis. Geen relatie. Hier had ze in ieder geval een tijdelijk onderkomen, én ze moest stiekem toegeven: het idee dat ze Atlas ineens niet meer zou zien, beviel haar niets. Niet dat er iets gebeurd was. Ze hadden niet eens gekust. Maar er werd wel degelijk geflirt… En meer had Molly voorlopig niet nodig.

Dus had ze Celine twee avonden geleden uitgezwaaid vanaf de parkeerplaats. Dat hele eind over de snelweg in het donker naar het vliegveld had ze in de oude Morris Minor niet aangedurfd.

Die avond had ze in haar eentje voor de televisie zitten huilen. Ze had een herhaling zitten kijken van *Say Yes to the Dress* – waar ze altijd al tranen van in haar ogen kreeg, het moment dat de bruid dé jurk vond – maar het had eigenlijk niet uitgemaakt waarnaar ze had gekeken. Ze moest bij alles huilen. Na een tijdje had ze zich vermand. 'Kom op, Molly!' zei ze streng tegen zichzelf. 'Je reist in je eentje de hele wereld over voor je artikelen en dan ga je moeilijk doen over een paar weken Engeland?'

Natuurlijk was een reis voor werk anders. Tijdens zo'n persreis werd alles tot in de puntjes voor je geregeld. Je ticket werd naar je toe gemaild, er werd zelfs voor je ingecheckt. Bij aankomst stond er meestal een chauffeur voor je klaar. En op je hotelkamer – bijna altijd een luxe suite – stonden vaak allemaal cadeaus klaar. Nu niet. Nu had ze haar cottage, de boeken van haar tante en een paar nieuwe vrienden. En Atlas. Zucht.

Haar blik gleed nog eens over het uitzicht; het strand, de zee, de grijze lucht. Deze keer dwong ze zichzelf om echt te kijken. Ze ademde diep in, iets wat ze heel snel vergat, vooral als ze gestrest of gespannen was. Voor haar gevoel had ze dat al twee weken niet gedaan. Even sloot ze haar ogen en liet de frisse zeebries haar bezwete hoofd afkoelen. Ze voelde zich altijd goed als ze had gesport. Alsof alle zorgen uit haar poriën sijpelden en ze ruimte kreeg voor positieve dingen. En ineens kreeg ze zin om plannen te maken. Plannen voor als ze weer naar Nederland ging. Eerst een huis. Dan een baan. En dan… Nou, dat wist ze nog niet precies. Molly sprintte de heuvel af.

9

'Nee. Ook niet. Die al helemaal niet...' Molly stond voor de boekenkast van haar tante in zichzelf te praten. Ze was op zoek naar een nieuw boek voor Atlas.

'De tips van je tante zijn altijd *spot on*,' had hij gezegd.

Molly wilde hem niet teleurstellen en dus staarde ze al een kwartier naar de volle planken. Wat was nou een goede opvolger van Tolstoj? Weer een klassieker? Of juist een moderner werk?

De andere keuzes waren een stuk makkelijker geweest. Zo had ze voor Jules een nieuwe Jane Austen klaargelegd: *Mansfield Park*, Austens minst populaire boek, maar een favoriet van Molly. Ze had er een klein briefje in gedaan met een boodschap voor Jules, waarin ze uitlegde waarom zij het boek zo goed vond en dat Fanny Price misschien wel haar favoriete Jane Austen-personage was.

Voor Wilkie van de ijzerhandel had ze *Murder on Mustique* geselecteerd, de nieuwste thriller van Lady Anne Glenconner. Een klassieke whodunnit, met een hedendaagse Miss Marple als detective. Het las heerlijk weg, en extra leuk was dat Molly ooit zelf Lady Anne Glenconner had geïnterviewd voor haar eerste boek, *De hofdame*. In het boek (en het interview) had ze alle anekdotes over haar leven als hofdame van prinses Margaret en haar leven op het eiland Mustique beschreven. De auteur had dus een speciaal plekje in haar hart en ze hoopte dat Wilkie haar ook in zijn hart zou sluiten.

Ook Kate was makkelijk geweest: de keuze viel op *The Guernsey Literary and Potatoe Peel Pie Society*, een prachtige briefwisseling die zich voornamelijk afspeelde op het eiland Guernsey tijdens de Tweede Wereldoorlog.

Maar voor Atlas wist ze het even niet.

Ze probeerde net een stapel omgekeerde boeken van de bovenste plank te pakken toen haar telefoon ging.

'Molly!' De lijn kraakte. 'Ik ben het, Louise, vanuit het zááálige India!'

'Hé Louise, wat klink je ver weg!'

'We zijn nog bezig met de telefoonlijnen en het internet, maar de yogaschool ziet er al fantastisch uit. We hebben allemaal tenten gekocht en buiten een yogazaal gebouwd met een rieten dak.'

'Zelf gebouwd?' vroeg Molly.

'Nee, nee, laten bouwen natuurlijk, door een enorm team,' zei Louise. 'Maar ik ben wel al op verschillende markten geweest om stoffen en lampen in te kopen. Het wordt allemaal zo prachtig!'

Molly moest lachen om het enthousiasme van haar tante. 'Wanneer is het af?' vroeg ze.

'Ik denk dat we over een paar weken open kunnen. Op dit moment wordt de website ontworpen en dan kunnen mensen gaan boeken. En daar bel ik eigenlijk ook over.' Haar tante bleef even stil voor ze verder praatte. 'Je hebt nog geen nieuwe baan, toch?' vroeg ze uiteindelijk.

'Eh... Nee, helaas nog niet,' antwoordde Molly. *En ook nog geen huis*, voegde ze er in gedachten aan toe.

'Zou jij misschien de teksten voor onze website willen schrijven? Ik kan je een briefing mailen en wat foto's, zodat je een idee krijgt. En ik heb een lijst met alle lessen die we gaan geven en de arrangementen die mensen kunnen boeken. Ik dacht: als iemand dat een beetje leuk kan opschrijven, dan ben jij het!'

'Ik weet het niet,' zei Molly. Ze was altijd een beetje huiverig als het op schrijven van teksten voor bekenden aankwam. Als het niet goed was, werd dat ongemakkelijk.

'Je krijgt ervoor betaald, natuurlijk,' zei Louise. 'Zeg maar wat je normaal als freelancer zou vragen.'

Molly bleef even stil. Ze keek om zich heen en liet haar blik door de cottage glijden. Ineens voelde ze zich zo stom en ondankbaar. 'Natuurlijk hoef ik er geen geld voor, ik verblijf gratis in je huis! En natuurlijk help ik je met de teksten.' Hoe kon ze überhaupt twijfelen? Haar tante was zo vrijgevig geweest. Dit was wel het minste dat ze kon doen.

Ze spraken af wat er nodig was en wilden net ophangen toen Molly ineens iets te binnen schoot. 'Louise... Ben je daar nog?'

'Jazeker,' antwoordde ze.

'Leende jij aan heel het dorp boeken uit? Ik krijg van steeds meer dorpelingen een boek terug en meteen de vraag voor een nieuwe titel.'

'O, dat klopt! Dat was ik helemaal vergeten te zeggen,' antwoordde Louise. 'Er zat ooit een boekenwinkel in de hoofdstraat van Porlock, naast de drogist, maar de eigenaar is overleden en zijn zoon wilde het pand verkopen. Het is nu geloof ik een *noodle shop* geworden.'

'Wat zonde, zeg.' Molly trok een vies gezicht. Ze had een hekel aan noedels. 'Wat is er met alle boeken gebeurd?'

'Die heb ik voor een prikkie opgekocht,' antwoordde Louise. 'Een heel mooie selectie van tweedehands en nieuwe boeken. Toen de mensen hoorden dat ik al die boeken had, kwamen ze allemaal bij mij voor tips.'

'Maar waar staan al die boeken dan?' Molly wierp een blik op de overvolle boekenkast, maar dat kon niet de hele voorraad van een boekenwinkel zijn.

'Die staan in dozen opgeslagen in het tuinhu...'

Molly hoorde alleen nog maar ruis, gevolgd door een lange schelle pieptoon. Ze probeerde het nummer terug te bellen, maar kreeg een vreemde toon en robotachtige stem die haar vertelde dat het nummer onbereikbaar was.

Had Louise 'tuinhuis' gezegd? Ze kon zich niet herinneren dat ze dat had gezien. Vanuit de keuken liep ze via openslaande tuindeuren het terras op, waar een grote tafel stond. Verder stonden er talloze potten met planten en liep er een muur om het terras. Molly keek om zich heen. Er liep wel een klein paadje door het perk, maar de tuin erachter was echt te klein voor een tuinhuis. Snel liep Molly terug naar binnen, de trap op naar haar badkamerraam boven. En toen zag ze het: aan de zijkant van de tuin, buiten de muur, stond een bijgebouwtje. Dat kon alleen via het strandpaadje bereikt worden. Ze liep het huis uit richting het strand en zag toen een oude houten deur in de muur. Ze checkte het slot, liep terug naar binnen en vond – gewoon netjes aan het sleutelrek – de juiste sleutel.

De deur ging pas na wat wrikken en duwen open. De zoute zeelucht had hier behoorlijk wat effect op alles wat van hout was.

'Wauw,' zei Molly tegen zichzelf. Het tuinhuis was niet groter dan een paar vierkante meter, maar stond tot de nok toe vol met dozen. Sommige stonden half open en op elke klep stond met dikke stift het genre geschreven: non-fictie geschiedenis, paperback-thrillers, Penguin Classics, science fiction, biografieën... Helemaal achter in de hoek stond een enorme doos met speciale eerste edities. Molly maakte de ene na de andere doos open. Het voelde alsof ze de grootste schat ooit had gevonden.

Ze sloot de deur van het tuinhuis en sjouwde de doos met eerste edities terug naar de cottage. Eenmaal in de keuken legde ze alle boeken op tafel. Voorzichtig wikkelde ze elk exemplaar uit het bruine papier waarin ze waren verpakt. Ze had nog nooit zo veel mooie uitgaven bij elkaar gezien, laat staan aangeraakt. Dit soort eerste drukken stond in boekenwinkels altijd in een vitrine en mocht je alleen met witte handschoenen vastpakken... Nu had ze zomaar een eerste editie van Jules Verne in haar handen! Het was een prachtig donkergroen exemplaar waar met gouden letters *Around the World in 80 Days* op stond gedrukt. Binnenin stond zelfs een notitie. Ze probeerde het schuine handschrift te ontcijferen. Stond daar echt Jules Verne als afzender? Dan was dit exemplaar goud waard... Ze legde het boek voorzichtig opzij en pakte het volgende: een geïllustreerde in leer gebonden versie van Charles Dickens' *A Christmas Carol*. Het bruine leer was ook hier prachtig versierd met gouden letters en bloemen. Ze liet elk boek door haar handen gaan, maar hier vond ze natuurlijk geen boek voor Atlas. Een eerste editie was niet echt geschikt om uit te lenen.

Ze liep nog drie keer terug naar het tuinhuis en vond uiteindelijk het perfecte boek voor Atlas, in de doos KLASSIEKERS & FAVORIETEN, namelijk *The Fountainhead* van Ayn Rand. Dat ze daar niet eerder aan had gedacht. Het was een van haar favoriete boeken en ze wist zeker dat Atlas ook fan zou zijn.

10

'Ik bel je toch niet wakker? Het is bijna elf uur!'

Molly wreef vermoeid in haar ogen. 'Hé, mam,' zei ze, en ze probeerde zo wakker mogelijk te klinken. Ze had de nacht ervoor tot vier uur 's nachts boeken uitgezocht. Ze was begonnen met stapels maken voor al haar bibliotheekleden, zoals ze ze voor het gemak was gaan noemen. Maar algauw zat ze op de grond tussen alle boeken zelf te lezen, en voor ze het wist was het midden in de nacht geweest.

'Hebben jullie het gezellig met zijn tweeën?' vroeg haar moeder.

O, dat was ook zo... Molly had haar moeder nog helemaal niet verteld dat Celine onverwacht naar huis was gegaan. 'Eh... nou,' begon Molly voorzichtig. 'Celine is twee dagen geleden opeens vertrokken. Ze moest met spoed naar een klant.'

'Dus je bent helemaal alleen?' Haar moeder klonk geschrokken. 'Gaat het wel?'

'Ja hoor, mam,' zei Molly. *Ik heb mezelf de eerste nacht in slaap gehuild, maar laat me verder prima afleiden door een goddelijke verschijning met een al even goddelijke naam*, maar dat zei ze toch maar niet. 'Ik heb eigenlijk al best wat vrienden gemaakt hier in het dorp.' Molly vertelde haar moeder over de boeken van tante Louise en haar uitleenservice, en dat verschillende mensen uit het dorp nu leesadvies van haar wilden.

Terwijl ze aan het vertellen was, hoorde ze haar moeder met haar vader fluisteren. 'Hmm,' zei haar moeder afgeleid. En weer hoorde ze dat ze met gedempte stem iets tegen haar vader zei.

'Waar hebben jullie het over?' vroeg Molly. 'Hoor je wel wat ik je vertel?'

'Lieverd,' zei Molly's moeder. 'Je vader en ik hebben zojuist besloten dat ik overmorgen naar Engeland kom. Om je gezelschap te houden.'

'Dat hebben jullie beslóten?' Molly probeerde geïrriteerd te klinken, maar ze merkte dat ze eigenlijk wel blij was. Haar moeder was dol op Engeland en het was toch een stuk gezelliger om met zijn tweeën op pad te zijn.

'Ja, je vader is nu meteen naar tickets aan het kijken,' zei haar moeder opgewonden. 'O, ik kan niet wachten!'

'Gezellig, mam,' zei Molly. 'Je komt precies op het goede moment. Deze week is de country fair hier in het dorp.' Ze wist dat haar moeder dol was op alles wat country was. Ze miste geen uitzending van *Escape to the Country* op de BBC en was lid van *Country Living* en *Country Homes & Interiors*, tijdschriften die vol stonden met cottages en Engelse tuinen. Ze had haar huis het liefst van onder tot boven ingericht met Laura Ashley-prints uit de jaren tachtig.

'Nu kan ik helemáál niet wachten. Ik ga snel mijn William Morris-jurk van zolder halen en strijken!'

Molly hing lachend op. Ze rekte zich nog eens uit, kleedde zich aan en liep net naar de keuken toen er werd geklopt. 'Roomservice!' hoorde ze aan de andere kant van de deur. Molly deed de deur op een kier open en daar stond Atlas met een bruine papieren zak, waar zo te ruiken verse scones in zaten.

'George zei dat hij je niet had gezien vanochtend op de parkeerplaats, dus ik dacht: dan kom ik je ontbijt wel brengen.' Hij lachte er een beetje verlegen bij.

Molly smolt. Ze bekeek zijn felgroene ogen en perfecte witte tanden. Eerlijk gezegd kon ze zich niet herinneren dat ze ooit zo'n knappe man had gezien. Laat staan dat die ooit bij haar aan de deur was gekomen. Met warme scones!

'Eh… Mag ik binnenkomen?' vroeg Atlas.

Molly besefte opeens dat ze nog steeds stond te staren, en erger nog: dat haar mond half openstond. 'Tuurlijk, tuurlijk, kom binnen,' zei ze snel en ze liep voor hem uit de keuken in, hopende dat hij haar gekleurde wangen niet zou zien. 'Wil je kee of toffie?' vroeg ze. 'Eh, ik bedoel…' Ze voelde dat haar wangen nog roder werden en draaide zich snel om naar de servieskast, waar ze druk allerlei kopjes van de planken begon te pakken.

'Thee, graag,' antwoordde Atlas. 'En aan één kopje heb ik wel genoeg.' Hij knikte naar de tafel, waar Molly zes verschillende koppen had neergezet.

Ze lachte. Niet haar normale lach, maar een zenuwachtige giechel. Niet cool, Molly, dacht ze bij zichzelf, gewoon jezelf zijn. Ze herpakte zich, zette thee, pakte een schaal voor de scones en ging zitten. Ze ademde diep in en uit en keek hem toen recht aan. 'Sorry hoor, dat ik zo zenuwachtig doe. Je overviel me met je onverwachte bezoek en ik heb bovendien nogal kort geslapen.'

'Wilde nacht gehad?' Atlas knipoogde terwijl hij het zei.

'Nee, integendeel,' antwoordde Molly. 'Ik vond gisteren de geheime verzameling boeken van Louise.' Ze wist niet waarom ze die verzameling geheim noemde. Iedereen in het dorp wist allang van de boeken van Louise. Maar dat klonk toch interessanter.

'O, en? Zit er nog iets goeds voor mij bij?' vroeg Atlas.

'Nou, er zat ten eerste een enorme hoeveelheid eerste drukken en oude speciale uitgaven bij, waaronder een van mijn favoriete dagboeken.' Ze liet hem een bijzondere uitgave zien van het dagboek van Virginia Woolf. 'Dit kan ik elk jaar opnieuw lezen, zo mooi.'

'Een dagboek, is dat niet ontzettend taaie kost?' vroeg Atlas.

'Nee, integendeel!' antwoordde Molly een beetje verontwaardigd.

'Ze is zo open over haar gevoelens en haar liefde voor Vita Sackville-West. Ze is echt een van mijn favoriete schrijvers.' Molly zag hem nadenken, en de stilte die volgde duurde haar iets te lang. 'En kijk, deze!' Ze pakte voorzichtig het geïllustreerde exemplaar van Charles Dickens' *A Christmas Carol* op en liet hem de illustraties binnenin zien.

'Wauw, die zijn vast een hoop geld waard,' zei Atlas. 'Mag ik eens kijken?' Met sconekruimels aan zijn vingers wilde hij het boek doorbladeren.

Molly schoof het haastig naar de andere kant van de tafel, alsof ze ruimte moest maken voor de theepot. 'Dit boek is vooral heel bijzonder,' zei ze snel. 'En bovendien... Alles wat met kerst te maken heeft is sowieso geweldig.'

'Ik heb niet zoveel met kerst,' zei Atlas.

Molly kon bijna niet geloven wat hij zei. 'Je hebt niet zoveel met kerst?' Ze liet het gespeeld teleurgesteld klinken, maar eigenlijk was ze ook écht teleurgesteld. Een man die niet van kerst hield? Kon ze die wel leuk vinden? Zij was dol op kerst, het was voor haar het hoogtepunt van het jaar. Cadeaus voor iedereen kopen, de kerstboom uitzoeken en versieren met haar verzameling vintage kerstballen... 'Je viert toch wel kerst?' vroeg ze voorzichtig. Want stel, dit zou ooit iets worden – niet dat ze op de zaken vooruit wilde lopen – dan moest ze dat toch op zijn minst weten.

'Jawel. Mijn ouders vinden het belangrijk, dus ik ga elk jaar voor een groot kerstdiner naar ons vakantiehuis in Schotland. Met cadeaus en gevulde sokken en zo. Dat is best gezellig. Met familie samen zijn is natuurlijk altijd leuk. Maar op Tweede Kerstdag zit ik in het vliegtuig naar de zon en de golven.'

'O,' kon Molly alleen maar uitbrengen. Haar hersenen gingen in overdrive. Een man – correctie, een knappe man – die niet van kerst hield, maar het wel vierde. Ze zag meteen een knusse blokhut voor zich aan een beek in de besneeuwde bergen van Schotland. En daarna een vakantie naar de zon. Misschien was die combi toch zo slecht nog niet. Wie wilde er na al die dagen binnenzitten nou niet naar de zon? Ja, dit was eigenlijk een enorm pluspunt! Opgewekt nam ze een hap van haar scone.

'Ga je naar de country fair?' vroeg Atlas, terwijl hij met zijn mouw een klodder jam van zijn kin veegde.

'Natuurlijk,' zei Molly. 'Ik ga vanmiddag tickets kopen. Ga jij?'

'Yep. Sterker nog, ik moet er werken. Ik heb de Tea Garden beloofd hun stalletje te bemannen deze week,' zei Atlas.

'Wat leuk! Dan kom ik zeker langs,' zei Molly. 'Kun je meteen mijn moeder ontmoeten.'

'Je moeder? Is ze hier?' Atlas keek om zich heen, alsof ze al die tijd achter hem had gestaan.

'Nee, ze komt overmorgen aan en ze kan niet wachten de country fair te bezoeken. Ik waarschuw je maar vast: ze is nogal enthousiast over alles wat Engels is.'

'Is dat zo?' Atlas trok zijn wenkbrauwen op.

Door het gebaar werd Molly weer een beetje ongemakkelijk. Ze sprak met Atlas alsof hij haar moeder ging ontmoeten zoals je dat tijdens een relatie doet. Hij zat hier aan haar keukentafel, kwam ontbijt brengen. Dit leek veel meer dan een onschuldige flirt in de pub. En ze hadden nog niet eens gezoend! Maar toch voelde ze telkens een fijne spanning als ze hem zag. Dat kwam door die twinkeling in zijn ogen. Die fantastische lach. Als ze 's avonds in bed lag, kon ze alleen maar denken aan Atlas. Dan fantaseerde ze over hun eerste kus. Maar nu kwam haar moeder hierheen… Dus dat maakte de kans daarop natuurlijk nihil.

'Waar denk je aan?' vroeg Atlas en weer staarde hij haar dromerig aan.

Ze kon moeilijk zeggen dat ze zat te fantaseren over een kus met hem, terwijl hij tegenover haar aan de keukentafel zat. Toch? 'Eh…' kon Molly alleen maar uitbrengen Ze concentreerde zich op haar scone. In godsnaam, zeg iets, dacht ze bij zichzelf. Maar ze kon niks zinnigs verzinnen.

Atlas bleef haar aanstaren, met die doordringende blik van hem.

Molly probeerde onhoorbaar te slikken.

'Ik vind jou heel erg leuk, weet je dat?' zei Atlas ineens en hij stond op van zijn stoel om naast haar te gaan zitten.

Molly kon nog steeds geen woord uitbrengen.

'Ik weet niet wat het is. Je bent anders dan andere meisjes.' Hij haalde zijn hand door haar haar terwijl hij het zei. Heel langzaam, om de sfeer niet te verpesten, draaide ze haar hoofd naar hem om. Hij boog zijn hoofd voorover en kuste haar zachtjes op haar mond. En nog een keer. En nog een keer. Heel zacht. Molly kuste hem terug en voor ze het wist zaten ze innig te zoenen. Bijna precies zoals ze het zich had voorgesteld.

Tijdens haar dagdromen was die kus altijd 's avonds gebeurd. Na een avond in de pub, voor de deur van de cottage. Of op de trappen van de haven met uitzicht op de bootjes. Of op de keien van het strand met het geluid van de golven op de achtergrond. Maar nooit had ze gedacht dat het gewoon om elf uur 's ochtends tijdens het ontbijt zou gebeuren. Ze had het gevoel dat ze zweefde. Atlas was niet alleen knap, hij kon ook nog eens zoenen als de beste.

'Vertel me alles.' Molly had Celine die avond een bericht gestuurd en ze had nog niet op VERZENDEN gedrukt of Celine had haar al gebeld.

'Nou, we hebben eindelijk gezoend,' zei Molly, die nog steeds in de zevende hemel was.

'Dat werd tijd!' zei Celine. 'En? Hoe was het?'

'Ik geloof niet dat ik ooit een betere zoener ben tegengekomen,' verzuchtte Molly.

'En dat was het?' vroeg Celine.

Molly wist niet zo goed wat ze moest zeggen. Of eigenlijk: wat ze wilde delen. Het was allemaal nog maar net gebeurd.

'Je gaat me toch niet vertellen dat jullie alleen maar de hele ochtend hebben zitten zoenen aan de keukentafel?' riep Celine beschuldigend.

Molly wist dat ze nu A had gezegd, en dus ook net zo goed B kon zeggen. 'Er is inderdaad wel iets meer gebeurd dan zoenen,' zei ze voorzichtig. Ze zette ondertussen de kraan van het bad aan en goot er overdreven veel rozenolie in.

'O mijn god! Je bent met 'm naar bed geweest!' riep Celine.

Molly kon haar lachen niet inhouden, maar bevestigde niets.

'Gefeliciteerd! Dat betekent dat je nu officieel over Lucas heen bent,' zei Celine.

Goh... Zo had Molly het nog niet bekeken. 'Wat gek. Ik heb al dagen niet meer aan hem gedacht,' zei ze.

'Nee, ze zeggen niet voor niets dat een rebound het beste medicijn is,' zei Celine.

'Ik hoop dat Atlas wel iets meer is dan een rebound,' zei Molly. Stel je voor dat het bij deze ene keer bleef? Molly moest er niet aan denken. Daar vond ze hem veel te leuk voor. Aan de andere kant: over twee weken zat ze weer in Amsterdam.

'Joehoe, hoor je me?' riep Celine.

'Wat?' Molly was even vergeten dat ze Celine nog aan de lijn had.

'Of de seks net zo goed was als het zoenen!'

'Dat vertel ik je nog wel een keer, hoor,' zei Molly. 'Ik heb hier een heerlijk rozenbadje klaarstaan waar ik nu in stap. Overmorgen komt mijn moeder, dus ik heb nog precies zesendertig uur voor mezelf. Ik spreek je later, goed?'

Molly hing op en liet zich in het warme water zakken. Ze had nadat Atlas eindelijk vertrokken was ontzettende trek gekregen en alle scones die over waren achter elkaar opgegeten tijdens een marathonsessie *Say Yes to the Dress*. Daarna had ze het bed voor haar moeder opgemaakt, de keuken opgeruimd en George een bericht gestuurd dat ze dag erna al vroeg op pad was, en of hij een tas met scones en appelsap aan de deur wilde hangen. Ze had een briefje van tien pond onder de grote steen bij de deur voor hem verstopt.

Ze lachte tevreden en zakte wat dieper in het warme water. De kus was perfect geweest. En alles wat erop volgde nog beter. Dit kon toch geen rebound zijn? Of een onedaystand? Zonder haar hoofd uit het warme water te tillen, tastte ze met haar hand naar de kop thee. Dit een eenmalig iets? Nee, daarvoor hadden ze het veel te gezellig samen. En daarvoor was Atlas veel te romantisch.

Ineens schoot haar te binnen wat hij had gezegd vlak voor hij haar kuste: *Je bent anders dan andere meisjes.* Dat was zó lief! Oké, en ook wel een beetje cliché. Als een foute versiertruc. Maar ook daar trok ze zich niets van aan. Vandaag was perfect geweest en niets, maar dan ook níéts kon dat verpesten.

11

'Godverdegodverdegodver.' Molly reed over de smalle weggetjes Porlock uit. Dat ze te laat was, was volledig de schuld van Atlas. Ze was op tijd opgestaan, had zich aangekleed, de sleutel van de auto gepakt en gecheckt of het geld voor George nog onder de steen lag. Ze wilde net de auto starten toen ze een briefje onder de ruitenwisser zag wapperen. Eerst dacht ze dat het een parkeerbon was, maar dat was natuurlijk belachelijk. Dit was een gratis parkeerplaats in een gehucht met tien huizen. Ze was weer uitgestapt en had het briefje met een ruk van de voorruit getrokken. Toen ze het opensloeg verdween haar norsheid meteen.

Lieve Molly,

Zie ik je snel weer? In case you ever foolishly forget: I am never not thinking of you…

X Atlas

Dromerig was ze met het briefje in de auto gestapt. Een boodschap van Atlas. Met een quote van Virginia Woolf… Hij had hun gesprek onthouden! Ze moest meteen weer denken aan de kus en de fantastische seks.

Zo was ze blijven zitten, tot haar telefoon had gepingd en haar uit haar dagdroom had gehaald. Op haar schermpje stond dat de vlucht van haar moeder precies op tijd zou landen. Shit. Haar moeder was op zijn zachtst gezegd een nerveuze reiziger. Molly had bij voorbaat medelijden gehad met de passagiers die vanochtend naast haar moeder hadden gezeten. Haar moeder hield niet zo van reizen in het algemeen, laat staan van vliegen.

Als ze met Molly's vader was, dan ging het nog wel. Dan kon ze een pilletje nemen en alles loslaten. Maar nu was de kans groot dat ze haar medereizigers van de zenuwen de oren van hun kop had gekletst. Misschien had ze hun handen of armen wel vastgegrepen tijdens het opstijgen en landen.

Dus wilde Molly op tijd op het vliegveld zijn, want die reisangst was niet voorbij na de landing. Van de paspoortcontrole werd Molly's moeder ook altijd een beetje raar. Dan ging ze zich juist verdacht gedragen: twintig keer in haar tas kijken en telkens van rij wisselen. Bij de bagageband – als ze al bij de juiste stond – was het ook altijd paniek, want de kans was natuurlijk enorm groot dat iemand anders haar banaangele koffer met stickers zou meenemen.

Juist omdat Molly haar achter de douane nergens mee kon helpen, wilde ze er honderd procent zeker van zijn dat ze er in ieder geval stond als haar moeder door de schuifdeuren naar buiten kwam.

En nu reed ze dus over weggetjes waar je zonder gevaar voor eigen leven – en dat van anderen – niet harder dan dertig kilometer per uur kon rijden. Met een beetje geluk had haar moeder bagage ingecheckt en duurde het daardoor allemaal wat langer voordat ze door de douane zou komen. Maar het werd wel krap zo.

Nog een ping. Molly keek zijdelings naar haar telefoon. Een bericht van haar vader. Dat kon ze later wel lezen.

Ze scheurde over Porlock Hill, een recht stuk over het plateau van de heuvel, dwars door de heidevelden. Hier kon ze misschien een paar minuten winnen. Straks zouden de kronkelwegen nog smaller worden, in ieder geval tot Minehead, maar daar was het vast druk op de ring.

Ping. Een bericht van George.

Molly was bijna bij de rotonde van Minehead. Hierna begon de snelweg en kon ze vol gas richting het vliegveld. De Morris Minor begon te rammelen toen ze harder dan zestig kilometer per uur reed. Ineens herinnerde ze zich de woorden van tante Louise: 'Je mag de Morris lenen, maar wees er zuinig op. Hij kan niet harder dan honderd, dus mijd de snelwegen zo veel mogelijk.' Maar nu rammelde de auto dus al bij zestig. Tenzij Louise zestig mijl per uur had bedoeld... Dat was omgerekend bijna honderd kilometer per uur en dat betekende dus dat ze nu allang in de gevarenzone zat. Zodra ze vaart minderde, hield ook het trillen op.

Voor haar verscheen het bord waarop het vliegveld stond aangegeven.

Ping. Een bericht van haar moeder. Molly moest nog vijf mijl. Bij het stoplicht las ze snel wat er stond. *Geland! Koffers komen eraan, dus ik zie je zo buiten!*

Pfieuw, dacht Molly. Voordat haar moeder haar koffer had opgehaald en vanuit het kleine vliegveld naar buiten was gelopen, had Molly al lang en breed geparkeerd.

'Joehoe!' Molly hoorde haar moeder al voordat ze haar kon zien. Ze had niet alleen een gigantische koffer bij zich, maar ook twee enorme plastic tassen van de taxfree-winkel.

'Welkom, welkom!' riep Molly, haar wangen nog steeds rood van het opgefokte rijden. 'Wat heb je allemaal gekocht?' vroeg ze toen haar moeder voor haar neus stond.

'Nou, eh... *shortbread biscuits.* Ik neem me altijd voor ze te kopen voor thuis als ik naar huis ga, maar door tijdgebrek komt het er nooit van. Dus ik heb nu vast ingeslagen in de aankomsthal.'

'Slim,' zei Molly lachend. Dit was typisch haar moeder. 'Heb je een goede vlucht gehad?'

'Prima,' zei haar moeder quasinonchalant. 'Voordat je goed en wel geïnstalleerd bent, ga je alweer landen. Het is zo'n klein kippeneindje!'

12

Molly wist van tevoren niet precies wat ze moest verwachten van de country fair. Ze dacht aan wat kramen op een groot veld en tenten met eten, maar zo te zien was dit veel groter. De hele omgeving was uitgelopen en er was geen parkeerplek meer te vinden. Uiteindelijk had ze maar langs de weg in Porlock West geparkeerd en waren ze gaan lopen. Nu stonden ze voor de ingang van een enorm grasveld dat wemelde van de mensen. Er stonden wel honderd kramen, met handwerk, zelfgebakken taarten, antiek, vintage kleding, zelfgemaakte kussens en lampenkappen. Ook de galerie had een eigen kraam waar kleine kunstwerken werden tentoongesteld. Molly ademde diep in. De geur van platgetrapt gras vermengde zich met die van versgebakken taarten en zoete limonade. Ze tuurde langs de kramen op zoek naar die van Bossington Tea Garden. Zou Atlas zo vroeg al aan het werk zijn?

Haar moeder had een plattegrond weten te bemachtigen en kwam enthousiast op Molly aflopen. 'Ik weet precies hoe we moeten lopen om geen kraam te missen,' zei ze.

'Hè?' Molly keek haar moeder geschrokken aan. 'Wil je echt bij álle kramen kijken?'

'Natuurlijk. Dit is een COUNTRY FAIR!' Ze sprak het woord met hoge stem en een extra rollende R uit, alsof daarmee absoluut werd bepaald dat je inderdaad geen kraam mocht missen.

'Nou, laten we dan maar van start gaan,' zei Molly. 'Dan zijn we misschien morgenochtend klaar.' Ze stak een arm door die van haar moeder en liep vol goede moed onder de met bloemen versierde bogen door naar de eerste kraam. Achter een enorme berg grijze schaapswol zat een oudere vrouw te breien. Tientallen sokken in alle soorten en maten hingen aan een waslijntje langs de rand van het kraampje.

'O, die zijn enig voor in mijn bergschoenen,' zei Molly

'Maar dat zit toch helemaal niet lekker als je wandelt?' zei haar moeder.

'Nee, ik draag ze ook niet tijdens het wandelen,' zei Molly ongeduldig. 'Maar wel als je in de herfst leuk gaat lunchen in een tentje in het bos, in een *outdoorsy* outfit.' Of in de Schotse blokhut van Atlas, dacht ze er dromerig bij.

'Aha,' antwoordde haar moeder enigszins verward. 'Jij hebt ook overal een goede reden voor.'

Molly weet dat aan haar werk bij het tijdschrift. In elke shopping- of modeserie werd iets aangeprezen wat je bij bepaalde gelegenheden echt wel een keer nodig had. Kanten handschoenen voor dat diner al fresco in de heuvels van Toscane. Een tiara met parels voor een verlovingslunch, liefst casual gedragen met jeans en een kasjmier trui. Alleen als je een gast van het verloofde stel was, natuurlijk. Absoluut niet als je zelf net verloofd was. Dan pakte je uit met een jurk – maar nog geen witte – of een designer kaftan. Molly kende de teksten van dit soort modepagina's bijna uit haar hoofd en moest toegeven dat ze er veel van had geleerd. Ze rekende de sokken af en ze liepen verder naar de volgende kraam.

'Deze kunnen we wel overslaan,' zei Molly's moeder. 'Hier heb je zelf een schuur vol mee staan.' De kraam die ze aanwees, lag vol tweedehands boeken.

Toen Molly en haar moeder de vorige dag bij de cottage waren aangekomen, hadden ze eerst heerlijk ontbeten met het lekkers dat

George aan de deur had gehangen. Vervolgens had Molly haar moeder het tuinhuis laten zien. Molly's moeder was al net zo dol op lezen, maar hield vooral van romantische verhalen, zoals de boeken van Maeve Binchy en Rosamund Pilcher.

'Kijk!' Molly viste een oud bruin boek van een stapel. 'Dit is de gids van Paddy Dillon, waar Raynor Winn – die schrijfster van *Het zoutpad* – het over heeft in haar boek en waarmee zij en haar man Moth het South West Coast Path hebben gelopen. Dat pad loopt achter de cottage langs. Ik wil er wel een gedeelte van lopen.'

'Ja! Laten we morgen een stuk gaan wandelen,' zei Molly's moeder enthousiast. 'Ik heb zo'n vermoeden dat we vandaag behoorlijk wat gaan eten en met dat geslenter verbrand je niet echt veel calorieen.' Molly's moeder gebaarde in de richting van de foodtrucks iets verderop, waar mensen al in de rij stonden voor scones en alcoholvrije, zelfgebrouwen perzikcider.

Molly tuurde de kramen af, maar zag Atlas nergens. Ze pakte haar portemonnee en rekende de wandelgids af. Als ze zo doorging, was haar geld in no time op.

'Ik kan niet meer.' Molly plofte neer op een houten picknickbank. 'Ik moet eerst iets eten nu.' Ze hadden pas de helft van alle kramen gezien en allebei al twee tassen vol aankopen. Wollen sokken. De wandelgids van Paddy Dillon. Nog meer shortbread biscuits, want die kon je volgens Molly's moeder nooit genoeg hebben. Een geruite sjaal met rood en donkergroen patroon. 'Die past perfect bij mijn donkerblauwe jas!' had Molly's moeder uitgeroepen toen ze hem zag hangen. Een keramieken schaaltje met de afbeelding van een vos, gemaakt door een lokale kunstenaar. Fresia badolie en zeep, van The Royal Horticultural Society. Molly was dol op bloemenzeep en legde dat vaak tussen haar kleding in haar la voor heerlijk geurende sokken en ondergoed. Dat werkte net zo goed als de lavendel in haar koffer.

'Wat wil jij?' vroeg Molly. Ze keek om zich heen. De hele ochtend had ze verwacht Atlas tegen het lijf te lopen, maar hij was nergens te bekennen.

'Ik haal het wel,' zei haar moeder. 'Kun jij de jongen die je al de hele ochtend zoekt even bellen.' Ze knipoogde terwijl ze opstond.

'Hoezo?' vroeg Molly verbaasd. 'Welke jongen? Waar heb je het over?'

'Die van dat briefje waar ik bijna op ging zitten,' antwoordde haar moeder lachend.

Molly sloeg haar handen voor haar gezicht.

'Krijg ik die aanbidder nog te zien?' vroeg haar moeder.

'Mam! Het is niks serieus, dus ga daar maar niet van uit,' antwoordde Molly beschaamd.

'Ja, zo begint het altijd!'

Zonder haar moeder aan te kijken koos Molly voor kaas-scones met huisgemaakte hibiscuslimonade, en terwijl haar moeder in de rij stond, stuurde Molly snel een bericht naar Atlas: *Hey, zie je nergens op de fair. Aan het werk of toch niet?*

Aan de knipperende bolletjes kon ze zien dat hij meteen iets aan het terugtypen was. Niet veel later pingde haar telefoon: *Nee, kreeg andere spoedklus. Nog top secret. Vertel ik je later. Vanavond bellen? X*

Een top secret spoedklus... Wat kon dat nou zijn? Ze verheugde zich op het telefoontje van die avond, maar was stiekem wel blij dat ze hem hier niet zou zien. Nu kon ze tenminste relaxed over de fair wandelen zonder telkens bang te zijn haar moeder te moeten voorstellen aan een scharrel. Correctie: iets meer dan een scharrel. Misschien wel veel meer.

Terwijl ze hun scones opaten, maakten ze een plan voor de rest van de middag. Over een drukke markt struinen was nogal vermoeiend, dus besloten ze alleen nog maar doelgericht kramen te bezoeken. 'Anders ga ik failliet!' riep Molly's moeder.

'Ik wil heel graag bij de antiekkraampjes kijken,' zei Molly. 'En jij?'

'Zeker,' zei haar moeder. 'Maar sowieso de kraam van de National Trust. Laten we die als laatste doen, want die staat vlak bij de uitgang.' Ze wees naar de plattegrond, en inderdaad: de antiekkramen stonden helemaal aan het eind van de country fair opgesteld.

'Er is hier bijna niemand!' riep Molly's moeder verbaasd uit toen ze daar een tijdje later aankwamen.

'Ik denk dat mensen na het eerste veld en de foodtrucks een beetje zijn uitgekeken,' zei Molly. Ze liep op een van de antiekkramen af, waar voornamelijk oude rommel lag uitgestald. Snel liep ze door. De tweede kraam verkocht een mengeling van parelmoer gelakte beelden en vintage sieraden. Molly's hart ging letterlijk sneller kloppen bij het zien van de houten kistjes vol antieke gouden ringen. 'Mag ik ze passen?' vroeg ze en ze wachtte het antwoord niet af. Ze schoof om elke vinger een ring en bewonderde de schittering van de stenen in het zonlicht.

'Prachtig,' antwoordde Molly's moeder, die naast haar kwam staan. 'Maar moet je die prijzen zien!'

Zo snel als Molly de ringen om haar vingers had geschoven, zo snel trok ze ze er ook weer af. Zelfs het kleinste ringetje kostte meer dan vierhonderd pond. 'Laten we maar doorlopen,' zei ze. 'Zonder baan kan ik me dit echt niet permitteren.'

Molly's moeder kuchte. 'Nou,' begon ze. 'Je vader en ik willen je graag helpen. Je kunt natuurlijk altijd weer bij ons komen wonen, als je hier niet langer blijft. En we vinden het ook niet erg om je wat geld te geven, als dat nodig is.'

'Dat is heel erg aardig van jullie,' antwoordde Molly en ze gaf haar moeder een knuffel. 'Maar ik hoop natuurlijk dat dat niet hoeft. Ik heb nog een paar maanden een uitkering, ik kijk elke dag op vacaturesites en heb iedereen die ik ken gemaild. Ik zit er ook aan te denken misschien te gaan freelancen. Zo kan ik voor verschillende bladen gaan schrijven en hopelijk genoeg geld bij elkaar scharrelen. Maar een eigen huis wordt voorlopig inderdaad lastig.'

'Dat freelancewerk kun je zelfs vanuit hier doen!' Molly's moeder keek haar aan. 'Als je dat wilt, natuurlijk.'

'Ik weet eerlijk gezegd niet wat ik wil,' zei Molly. 'Ik bedoel, ik vind het hier heerlijk, maar ik kan toch niet maandenlang in Louises huis wonen, elke dag wandelen en boeken uitlenen aan mensen in het dorp?'

'Nee, daarom zou je dus werk moeten maken van dat freelancen!' zei haar moeder.

Molly was al die tijd vastbesloten geweest om uiteindelijk terug te keren naar Nederland, maar opeens was het idee om hier te blijven zo gek nog niet. Ze genoot van de buitenlucht en de omgeving, ze leerde steeds meer mensen kennen en het was wel lekker om even niet in het drukke Amsterdam te zijn. Ze had ook geen zin om thuis andere mensen tegen te komen, zoals collega's die haar van alles zouden vragen over haar ontslag. En oké, als ze heel eerlijk was, wilde ze ook nog geen afscheid nemen van Atlas.

'Oeh!' Molly werd uit haar overpeinzingen gehaald door haar moeder, die met een kleurrijke geborduurde cape aan kwam lopen. 'Kijk nou, dit is toch helemaal Catherina de Grote?'

Molly moest lachen. 'Mam, die moet je echt kopen!'

'Kom even kijken,' zei haar moeder. 'Die vrouw heeft echt allemaal leuke spulletjes.'

Molly liep mee naar een kraam die zo vol stond dat je niet wist waar je moest kijken. Er stonden manden vol gedroogde bloemen, schilderijen met portretten van knappe vrouwen, geborduurde kostuums, kettingen met enorme nep-edelstenen, en bakken en kratten vol prulletjes. Als ze dan toch nog even in Porlock bleef, kon ze zich de cottage net zo goed een beetje eigen maken... Uit een van de kratten viste Molly een paar theelepels, waarvan de uiteinden versierd waren met kleine schilderijtjes.

'Ach, dat doet me denken aan de souvenirs die oma vroeger altijd meenam van vakanties,' zei haar moeder. 'Die liefde voor rommelmarkten en gekke prullaria heb je echt van haar.'

Molly draaide de lepeltjes om. 'Hmm,' zei ze, 'Voor drie pond kan ik die niet laten liggen. Die zijn ideaal als kerstcadeau.' Ze graaide in een ander kratje, waar versierde eieren in lagen, en pakte een helderblauw exemplaar op dat bedekt was met steentjes in alle kleuren van de regenboog.

'Wat een kitsch!' riep Molly's moeder, die alweer doorstruinde naar het volgende kraampje. 'Dat hoef je mij niet cadeau te doen voor kerst, hoor,' voegde ze er luid aan toe.

De eieren deden Molly denken aan de Fabergé-eieren die ze in Sint-Petersburg had gezien tijdens een van haar persreizen. Ze was destijds uitgenodigd door de Hermitage in Amsterdam, dat aandacht wilde vestigen op een juwelententoonstelling. Hiervoor zou een speciale selectie juwelen van de tsaren en tsarina's van de Hermitage in Sint-Petersburg naar de Hermitage in Amsterdam reizen. Drie dagen lang was ze op de mooiste plekken geweest. Huizen, paleizen en zelfs het oude Vitek-station, waar de Eerste Klasse-wachtkamer speciaal voor haar en een handvol andere journalisten was omgetoverd tot een bistro, helemaal origineel ingericht. Ze aten er Siberische witvis, tartaar van Russische omul uit het Baikalmeer en paté van kalfsvlees met gekookte eieren, terwijl de wodka niet op leek te kunnen.

Hoogtepunt van de reis was natuurlijk een bezoek aan de Hermitage geweest, waar je normaal gesproken uren in de rij stond en je al schuifelend langs de schilderijen en tsarenschatten drong. Nu was het er compleet leeg geweest, omdat ze het speciaal voor de pers op een sluitingsdag hadden geopend. Dat was zó bijzonder geweest.

Na afloop hadden ze een bezoek gebracht aan het Fabergé Museum in het Shuvalov-paleis. Molly wist er wel van, maar leerde die reis veel meer over de kunstenaar. Zo had Fabergé in opdracht van de tsarenfamilies de prachtigste eieren ontworpen, allemaal van emaille, afgezet met diamanten, robijnen en alle soorten edelstenen die je je kon voorstellen. In elk ei had hij verschillende kunstwerkjes verstopt. Na de Russische Revolutie waren niet alle keizerlijke eieren teruggevonden, maar de exemplaren die bewaard waren gebleven, lagen in dit museum tentoongesteld. Molly vond ze prachtig en had na afloop in de souvenirwinkel een emaillen ring, kleine hangertjes met een Fabergé-ei en een miniatuur-Fabergé-ei gekocht, dat net als het origineel open kon.

Ze zuchtte even. Geen baan betekende ook geen persreizen meer. Ze keek naar het ei in haar hand en legde het terug in de mand. Wat moest ze ermee? Net toen ze van de kraam wilde weglopen, viel haar blik op een roze ei dat was versierd met allemaal kleine nepdiamantjes. 'Hoeveel kost deze?' vroeg ze aan de vrouw achter de kraam.

'Drie voor de prijs van een,' zei ze en ze wees op het bord achter zich.

Molly pakte het blauwe ei dat ze eerder had teruggelegd en zocht in de mand naar een derde exemplaar. De keuze viel op een gele, versierd met groene klimopblaadjes, die als glinsterende steentjes in een kruislings patroon op het ei waren geplakt.

'Ha, nou dan neem ik ze alle drie,' zei Molly lachend. Ze wist nu al hoe haar moeder zou reageren als ze zou zien dat ze drie van die afzichtelijke eieren had gekocht.

Toen ze naar de uitgang van de fair liep, vond ze haar moeder druk in gesprek met de vrouw van de National Trust-kraam. 'Molly, kom eens hier,' riep ze, bijna buiten adem van enthousiasme. 'Is dit nou niet enig?!' Ze stond met een enorme paraplu in haar handen waarop allerlei boerderijdieren waren afgebeeld. 'Met deze plu wil je gewoon dat het gaat regenen, toch?' Ze rekende hem af en bepakt en bezakt strompelden ze richting de auto.

’s Avonds stalden ze al hun schatten uit op de keukentafel. Molly had de kitscherige eieren snel in de fruitschaal verstopt, begraven onder de appels en bananen. ‘Hoe ga je dit allemaal mee naar huis krijgen, mam?’ vroeg Molly. Op de tafel was geen plek meer vrij, laat staan dat alles in haar moeders koffer zou passen.

‘Dat zie ik allemaal nog wel. Wat nu veel belangrijker is, is eten.’

‘Ik kan echt geen stap meer zetten,’ zei Molly zuchtend.

‘Dat komt mooi uit. Ik heb bij een van die foodtrucks heerlijke pasteitjes gehaald. Die hoeven we alleen maar op te warmen en dan kunnen we met de benen omhoog voor de televisie. Kies jij vast een goeie film uit? Dan pak ik de borden en de wijnglazen.’

13

Net toen Molly in bed wilde gaan liggen, ging haar telefoon.

'Hé! Met mij, Atlas.'

'Hé!' Ze ging abrupt rechtop zitten. 'Ik heb je gemist vandaag.' Ze schrok bijna van haar eigen eerlijkheid.

'Ik jou ook,' antwoordde Atlas en het klonk gemeend.

Ze bleven allebei even stil. Molly wilde van alles zeggen. *Ik wil je zien. Ik wil je kussen. Ik wil veel meer dan dat. Kom hierheen.* Maar met haar moeder in de andere slaapkamer kon ze Atlas onmogelijk hier uitnodigen. Ze slaakte een diepe zucht.

'Wanneer zien we elkaar weer?' Atlas had kennelijk precies hetzelfde gedacht als zij. 'Overmorgen? Na mijn kajaktocht?'

'Mijn moeder is hier nog drie dagen,' zei Molly. 'Hou je dat nog vol?' Ze bedoelde het als grapje, maar zijn antwoord was serieus.

'Natuurlijk. Ik heb jaren gewacht op iemand zoals jij, dus die paar dagen gaat me ook nog wel lukken.'

Molly voelde de vlinders in haar buik opnieuw rondfladderen. Hoe kon een man zo charmant zijn én ook nog eens precies de juiste dingen zeggen? Opeens moest ze denken aan het berichtje dat hij haar had gestuurd die middag. Of eigenlijk: wat hij haar níét had verteld. 'Wat was dat geheime project eigenlijk?' vroeg ze nieuwsgierig.

'Ha, nou, dat zal ik je zeggen. Ik ben de hele dag druk geweest met een BBC-serie.'

'Welke BBC-serie? En wat moest je dan doen?' Molly's gedachten sloegen meteen op hol en ze hoorde Atlas dan ook niet toen hij haar vraag beantwoordde. In plaats daarvan ging er van alles door haar hoofd. Was Atlas ook nog acteur? Of zou hij ergens aan meedoen? Misschien zat hij in *The Great British Bake Off*! Hij kon natuurlijk goed bakken – zijn taarten waren heerlijk – maar ze vond hem toch niet het type om mee te doen aan zo'n show. O god, hij zou natuurlijk allemaal vrouwelijke fans krijgen. Molly wist niet zo goed wat ze daarvan moest denken.

'Ben je er nog?' hoorde ze Atlas vragen.

'Eh, ja,' zei Molly snel.

'O, ik dacht dat je me helemaal niet meer hoorde. Je reageert helemaal niet enthousiast. Ik dacht dat jij wel een enorme fan van de show zou zijn.'

'Nou, ik ben geen enorme fan van bakprogramma's. Ik heb ze weleens gezien, natuurlijk. En ik hou ook van taarten... Vooral die van jou.'

Atlas onderbrak haar. 'Taarten? Waar heb je het over?'

'Nou,' zei Molly voorzichtig en ze bedacht zich ineens dat ze hem helemaal niet had horen vertellen over de bakshow. 'Dat je gaat meedoen met *The Great British Bake Off*... Toch?'

Atlas barstte in lachen uit. 'Ja hoor, ik?!'

'Sorry, ik geloof dat ik even was afgeleid,' stamelde Molly. 'Vertel het me nog een keer.'

'Ik ben de hele dag al druk met *Antiques Roadshow*!'

'O!' gilde Molly. 'Maar dat is een van mijn favoriete programma's!'

Hoe had ze dat nou kunnen missen? Ze liet zich veel te vaak afleiden door haar eigen hersenspinsels. Dat was meestal niet zo erg, maar de ervaring leerde dat dat ook heel erg vervelend kon zijn...

Snel schudde ze de gedachte van haar vervelende ontslag van zich af en focuste zich op de stem van Atlas.

Hij vertelde dat hij de hele dag druk was geweest met een locatie regelen waar zowel binnen als buiten gefilmd kon worden. Je kon het Engelse weer immers nooit vertrouwen. Bossington Tea Garden zou de catering en de locatie regelen en de producenten van de BBC zouden de rest doen. 'Dus de show komt al heel snel hierheen!' zei Atlas enthousiast.

'Krijgen ze dan wel genoeg aanmeldingen?' vroeg Molly.

'Dat vroeg ik ook aan die producent, maar dat schijnt nooit een probleem te zijn. Engelsen rijden het halve land door om bij de show te kunnen zijn. Bovendien hebben een heleboel mensen een heleboel zooi op zolder liggen waarvan ze hopen dat het van onschatbare waarde is.'

'Maar al die mensen passen toch nooit in Bossington Tea Garden?' vroeg Molly.

'Nee joh,' zei Atlas. 'Ik heb echt een toplocatie gevonden: Bossington Hall. Dat is een enorm landhuis op de heuvel net buiten het dorp. Het heeft genoeg kamers binnen en staat op een groot landgoed. De producent is dolenthousiast. Ik ben de komende periode ontzettend druk met alles voorbereiden.'

'Wat moet je dan allemaal doen?' vroeg Molly. Ze was blij dat hij de komende dagen ook druk was.

'Er komen geloof ik vijf antiekexperts mee en elk van hen heeft een eigen studio nodig. Dus we moeten vijf grote kamers tot een studio ombouwen. Dat betekent dat de woonkamer helemaal leeggehaald moet worden, maar ook de bibliotheek en de serre. Want naast een grote tafel en camera-apparatuur moet er ook publiek kunnen zitten en staan!'

Molly's hart ging sneller kloppen. 'Kan ik ook komen? Of moet ik ergens een ticket kopen?'

'Ik regel wel tickets voor je,' zei Atlas. 'Front-row!'

Molly moest om zichzelf lachen toen ze ophing. Haar leven lag in puin. Ze had geen huis, geen baan, geen toekomst… En toch was ze ineens ontzettend gelukkig.

14

Nog voor acht uur liepen Molly en haar moeder de parkeerplaats op om bij George lekkers in te slaan. Het was een heldere dag met hier en daar wat wolken.

'Good morning, George!' riep Molly.

'Morning! Jij bent vroeg op!' riep hij vrolijk terug.

Molly stelde haar moeder voor en ze bestelden warme scones, twee flessen appelsap en een paar croissantjes.

'Gaan jullie wandelen?' vroeg George en hij knikte met zijn hoofd richting Molly's wandelschoenen.

'Ja, we gaan een deel van het South West Coast Path lopen,' antwoordde Molly.

'Dan hebben jullie een goede dag uitgekozen.' Hij knikte weer, deze keer naar de lucht. 'Wel slim dat jullie zo vroeg gaan, want op zo'n mooie dag als deze wordt het al snel druk op het pad. Welke kant gaan jullie op?'

'Nou,' begon Molly's moeder. 'We twijfelden of we van hieruit naar Minehead zouden lopen, of juist de andere kant op...'

'Ai, dat is een moeilijke,' zei George. 'Allebei de routes zijn spectaculair, maar ik ben altijd fan geweest van het pad naar Minehead. Je loopt door bossen, over steile hellingen en hebt prachtige uitzichten over zee. Het pad de andere kant op is ook prachtig, maar wat heftiger en langer.'

'Bij deze besloten!' zei Molly's moeder. 'We lopen naar Minehead.' Ze pakte de scones aan van George en stak haar neus even in de zak voordat ze die in de rugzak stopte. 'Kom op, Molly!' riep ze daarna en ze liep vastberaden weg

'Eh...' riepen George en Molly tegelijk.

'Mam, Minehead is de andere kant op.'

'Ja, natuurlijk,' zei Molly's moeder. Ze draaide de wandelkaart om en liep vrolijk de andere kant op.

Ze zwaaiden naar George voor ze links afsloegen, naar het pad langs de witgeverfde cottages. Door haar hardlooprondjes kende Molly het eerste deel van de route al. Het was gelukkig eb, wat betekende dat ze het strandpad konden volgen en niet hoefden om te lopen via de weilanden.

Ze liepen door tot de weg naar rechts afboog en daalden daar via een trapje af naar het keienstrand. In de verte konden ze Hurlstone Point al zien liggen, de oude uitkijktoren hoog op Bossington Hill en een van de mooiste punten van de wandeling.

'Even opletten,' zei Molly's moeder, die de gids van Paddy Dillon erbij had gepakt. 'Ik moet de route natuurlijk andersom lezen, want eigenlijk begint het pad in Minehead, ons eindpunt. Dus als ik het goed begrijp, moeten we na tweehonderd meter rechts afslaan richting het pad langs de weilanden.'

Molly kende ook dit deel van de route maar al te goed: de weilanden die bij springtij volledig onder water liepen. Overal door het grasland liepen kleine stroompjes en beekjes en wie hier een deel van het pad wilde afsnijden, moest dat bekopen met kletsnatte sokken. Na de weilanden liep de route verder langs een rij dode bomen en een oude verlaten schuur.

Molly's favoriete stuk was de houten vlonder die speciaal was aangelegd om het meest moerassige gedeelte van de route toegankelijk te houden. Tijdens haar hardlooptochten moest ze hier vaart minderen, want de houten planken waren altijd ontzettend glibberig. Na de vlonder ging het pad langs de stenen dijk. Geen officiële dijk, maar een enorme muur van platte, ronde stenen die het weiland scheidde van de zee. En nu liepen ze door het weiland met het paard en richting het pad waar het aan weerszijden vol stond met bramenstruiken.

'Als we hier een keer in augustus zijn, kunnen we kilo's bramen plukken! Louise vertelde me dat ze er weken van heeft gegeten en elke wandeling met een emmer vol thuiskwam,' vertelde Molly's moeder, terwijl ze rechts afsloegen richting Bossington.

Ze was de paar keer dat ze Louise had opgezocht dol geweest op Bossington. 'Zo charmant. En die rust... Die vind je echt nergens!' had ze elke keer geroepen als ze daar weer was geweest. Ze kon dan ook niet wachten er weer doorheen te wandelen. Molly was bang geweest dat haar moeder per se een pitstop wilde maken bij de Tea Garden en dat ze daar Atlas tegen het lijf zouden lopen. Het was immers véél te vroeg voor die ontmoeting. Gelukkig had haar moeder de avond ervoor al gezegd dat ze echt niet al na vier kilometer zouden pauzeren. En dus hadden ze besloten zelf een picknick mee te nemen en zichzelf te trakteren op een glas wijn als ze in Minehead waren aangekomen.

Ze liepen langs de eerste cottage het dorpje binnen en Molly's moeder begon ijverig foto's te maken van de met rozen begroeide muren en knalroze hortensia's die achter een witgeverfd hek in bloei stonden. 'De New Dawn is misschien wel mijn favoriete roos,' verzuchtte ze.

Molly kende de rozennamen inmiddels uit haar hoofd: New Dawn, Constance Spry en Queen Elizabeth. De tuin van haar moeder stond er vol mee. Zelf hield ze vooral van de zachtgele en lichtroze duinroos; mooi door zijn eenvoud en altijd in de buurt van de zee.

'Hier zou ik nou wel een huisje willen hebben,' zei haar moeder, terwijl ze nog een foto maakte.

'Dat snap ik,' zei Molly. 'Ik ken geen dorpje dat mooier is dan dit. En zo sti...' Molly kon haar zin niet afmaken. Ze werd nog net niet geraakt door de zijspiegel van een enorme vrachtwagen. 'Hé!' riep ze boos. De ene na de andere vrachtwagen denderde over de kleine weggetjes door het dorp.

'Wat is hier aan de hand?' riep Molly's moeder, die haar mouw voor haar mond hield tegen de uitlaatgassen.

'O, natuurlijk! Dat had ik je nog niet verteld!' Molly was die ochtend zo bezig geweest met de wandeling dat ze helemaal vergeten was wat Atlas haar de avond ervoor had verteld. '*Antiques Roadshow* komt hier filmen. In Bossington House.'

Molly's moeder liet haar mouw zakken en staarde Molly met open mond aan. 'Hier? De. Antiques. Road. Show.' bracht ze vol ongeloof uit. '*Antiques Roadshow* van de BBC? In Bossington?'

Molly knikte en moest een beetje lachen. Haar moeder was zo'n enorme fan.

'Wanneer gaat dat beginnen dan?' vroeg Molly's moeder.

'Eh...' Molly keek haar moeder vol medelijden aan. 'Pas nadat jij weg bent...'

De rest van de wandeling ging gepaard met kreten die zo'n beetje elke tien minuten klonken. 'Ongelooflijk. Mijn lievelingsshow. Hier. En ik moet 'm missen!'

Molly durfde niet te vertellen dat Atlas bij de organisatie zat en zij waarschijnlijk de beste plek zou hebben bij elk item dat werd gefilmd.

'Weet je nog die keer van die vrouw met die antieke ring?' begon Molly's moeder, terwijl ze langs een gevaarlijk steile klif langs de zee liepen. De golven sloegen wild tegen de rotsen zo'n twintig meter lager. 'Weet je dat nog? Die vrouw had een ring gekregen van haar moeder en die droeg ze gewoon tijdens het afwassen en ramen lappen. En toen bleek dat die ring eeuwenoud was en uit India kwam, met een robijn zo groot als een bosbes. En die vrouw maar denken dat het een glazen kraal was.'

Molly had vroeger elke zondagmiddag met haar moeder meegekeken: eerst *Escape to the Country*, gevolgd door *Antiques Roadshow*. Ze herinnerde zich dit item nog maar al te goed. 'En die man,' zei Molly. 'Die een houten varkentje had gevonden in zijn achtertuin, toen hij een pergola wilde aanleggen, en dat bleek speelgoed uit de prehistorie te zijn.'

'O ja!' riep haar moeder boven de wind uit, die steeds harder was gaan waaien. 'Hij kreeg er meer dan tienduizend pond voor, terwijl hij het ding al die jaren als deurstopper had gebruikt.'

'O, mam!' riep Molly meelevend. 'Ik vind het zo jammer dat je er niet bij kunt zijn. Je kunt natuurlijk altijd je vliegticket omboeken...' Ze wierp een blik omhoog; de lucht werd steeds donkerder. Ergens begon ze zich een beetje zorgen te maken of ze wel op tijd thuis zouden zijn voordat de regen losbarstte.

'Nee, nee,' zei haar moeder afwijzend. 'Ik heb de kapper op donderdag en een etentje op vrijdag. Dat kan ik allemaal niet afzeggen. Maar zorg er wel voor dat jij kunt gaan, hè? En dan wil ik er alles over horen!'

Molly knikte en keek weer naar het pad, dat tot haar opluchting langzaam afdaalde. In de verte meende ze al een toren boven de bomen te zien uitsteken.

'Volgens het boekje is dat de ruïne van Burgundy Chapel,' zei Molly's moeder, en ze sloeg de bladzijde van de gids om. 'Er staat niet wat dat dan precies voor kapel was. Maar dat betekent wel dat we er bijna zijn en dat het vanaf hier alleen nog maar downhill is. Ha!'

'Nou, mam,' zei Molly. 'Laten we maar hopen dat dat alleen voor dit pad geldt.'

'Ik denk,' begon Molly's moeder voorzichtig. 'Ik denk niet alleen voor dit pad... Heb je die wolken gezien?' De lucht boven hen was nu pikzwart. Ze had de zin nog niet uitgesproken of het begon keihard te regenen.

15

'Ik. Ben. Doorweekt!' riep Molly, terwijl ze haar jas uitwrong onder het afdakje van de pub. 'Zelfs mijn hemd is nat!'

'De dag begon zo mooi!' mopperde Molly's moeder, die op haar beurt haar sokken aan het uitknijpen was boven een prullenbak.

'Mam,' zei Molly. 'Wat doe je nou? De hele straat is kletsnat, en zelfs als dat niet zo was...'

Molly's moeder keek een beetje beduusd omhoog. 'Ik kan niet eens meer nadenken door dit weer. Zullen we maar een taxi pakken naar Porlock Weir, warm douchen en daar in de pub wat drinken? Ik heb eerlijk gezegd geen zin om met natte kleren in een warme drukke kroeg te zitten.'

Molly keek door de beslagen ramen naar binnen. De pub zat bomvol met een mix van locals en wandelaars die allemaal hun laarzen voor de grote houtkachel hadden uitgetrokken. Het zou er vast stinken naar natte hond, wandelzweet en verschaald bier. 'Goed idee!'

Nadat ze allebei gedoucht hadden en droge kleren hadden aangetrokken, liepen ze richting de pub. Het was gestopt met regenen en net toen ze naar buiten liepen, brak de zon door de wolken. Een prachtige regenboog vormde zich boven Bossington Hill. Niet zo'n waterige met vage kleuren, die maar voor de helft te zien was, maar een echte boog, in felle kleuren. Zo had Molly nog nooit een regenboog gezien. Ze was duidelijk niet de enige die onder de indruk was. De haven stond vol met mensen die uit de pub en hun huizen waren gekomen om een foto te maken van het prachtige schouwspel.

'Roggbiv,' hoorde Molly ineens achter zich. Ze draaide zich om en daar stond Kate van The Gallery, met haar haren en jas onder het stof.

'O, hallo,' zei Molly. 'Wat zei je?'

'Roggbiv. Dat is altijd het eerste wat me te binnen schiet als ik een regenboog zie. Het is een ezelsbruggetje voor de kleuren: rood, oranje, geel, groen, blauw, indigo en violet.'

'Nooit geweten,' zei Molly. 'Wat ben je eigenlijk aan het doen? Je haar zit vol met wit poeder.'

'Ja, je zult wel denken: wat ziet die vrouw eruit,' zei Kate, terwijl ze haar jas probeerde af te kloppen. Dat hielp niet, het verspreidde het hardnekkige witte stof alleen maar verder over haar schouders en mouwen. 'Ik ben de hele dag druk geweest op de zolder van mijn moeders huis. Volgens mijn moeder heeft er ooit een beroemde schilder gewoond en... Nou ja, met de opnamen voor *Antiques Roadshow* die eraan komen en zo... Je weet maar nooit.'

'Heb je al iets gevonden? Een schilderij of zo?' vroeg Molly.

'Nee, nog niet. Maar wel een heleboel andere voorwerpen. Mijn moeder vindt natuurlijk dat ze van onschatbare waarde zijn.' Kate grinnikte.

Even later, toen Molly en haar moeder in de pub zaten, kon niemand het over iets anders hebben. Een bewoner had zijn oude schuur ondersteboven gekeerd, op zoek naar een oude vaas die weleens van de Romeinen zou kunnen zijn geweest. Een ander had zijn tuin tot wel een meter diep afgegraven, omdat die op een oude smokkelroute zou liggen, en je wist natuurlijk nooit wat de smokkelaars er hadden achtergelaten. Weer een ander stond aan de bar op te scheppen over een paar robijnen oorbellen die haar moeder ooit van de koningin gekregen zou hebben.

'Het hele dorp is in rep en roer,' zei Molly's moeder. 'Logisch ook. Het lijkt me zo leuk als je een kunstwerk of een sieraad hebt dat ineens een fortuin waard blijkt te zijn.'

'Ik weet het niet, hoor,' zei Molly. 'Want wat doe je dan met dat voorwerp? Stel dat je al jaren een schilderij boven je bank hebt hangen waar je dolblij mee bent. Of je hebt een ketting die je elke dag heel graag draagt. Ineens kom je erachter dat dat ding een fortuin waard is, en dan? Moet het de kluis in?'

'Nee joh! Verkopen natuurlijk,' riep Molly's moeder uit. 'En dan nooit meer een dag hoeven werken.'

'Mam, je bent al met pensioen,' zei Molly verbaasd.

'Rustig maar, ik bedoel bij wijze van spreken. Het zou toch heerlijk zijn als je genoeg geld had om zomaar een huis te kopen of elke reis te kunnen maken die je wilt?'

'Ja, dat is misschien wel waar. Maar het lijkt me heel raar om er ineens achter te komen dat je al die tijd hebt rondgelopen met een fortuin om je nek. Of dat het schilderij in je huis weleens doelwit had kunnen zijn van een enorme kunstroof. Hoe verwerk je dat?'

'Ach, weet je wat nog erger is?' antwoordde Molly's moeder bedachtzaam. 'Denken dat je een ontzettend waardevol item bij je hebt en dan tijdens de show met de camera's op je gericht van de kunstexpert moeten horen dat het prul is. Hou dan je gezicht maar eens in de plooi!'

'Ja,' zei Molly. 'Zo'n echtpaar dat daar helemaal chic zit te wezen en er helemaal van uitgaat dat ze stinkend rijk naar buiten lopen, maar die dan te horen krijgen dat ze jarenlang een replica uit China boven de bank hadden hangen.'

Ze moesten allebei lachen. Molly had het vaak genoeg gezien tijdens de uitzending. Veel leuker waren de reacties van mensen die het juist helemaal niet verwachtten. Die dan ineens te horen krijgen dat de brieven van hun opa van onschatbare waarde zijn en vrijwel meteen opgekocht worden door een verzamelaar.

Ze was heel benieuwd hoe het zou gaan tijdens de opnamen. Eén ding was zeker: het was het gesprek van de dag. Misschien zelfs wel van het jaar!

16

De ochtendzon en een frisse zeebries zorgden voor de perfecte temperatuur. Molly had een trui over haar pyjama aangetrokken en genoot met volle teugen van het tafereel toen haar telefoon pingde.

Ze kreunde; de dag ervoor had ze haar moeder naar het vliegveld gebracht en daarna tijdens de pubquiz iets te veel met Kate gedronken. Ze probeerde haar kater te negeren door zo min mogelijk met haar hoofd te bewegen, dus keek ze vanuit haar ooghoek op het schermpje. Het bleek een mail van haar tante.

Lieve Molly,

Hoe gaat het met je? Dank je wel voor de websiteteksten, ze zijn precies goed. Morgen gaat de site live en volgende week komen de eerste gasten al! Bevalt het je in mijn cottage? Ik heb goed nieuws, ik ga het huisje verkopen! Je hoeft je dus vooral niet verplicht te voelen er nog langer op te passen. Misschien iets om over na te denken: we hebben hier genoeg te doen in het yogaresort, dus als je het nog even niet weet, of als werk vinden niet meteen lukt, ben je altijd welkom hier bij ons.

Liefs,
Tante Louise

Molly legde de telefoon met een klap op tafel. 'Godverdomme!' Ze kneep even haar ogen dicht. 'Godverdomme!' schreeuwde ze toen nog een keer en de tranen brandden achter haar ogen. Waarom ze nou zo boos en verdrietig was wist ze zelf ook niet precies. Ze zou over een paar dagen naar huis gaan, want dit was maar een vakantie. Iets tijdelijks. Maar ze had hier al zo veel meegemaakt en ze had al zo veel vrienden gemaakt in zo'n absurd korte tijd dat ze zich heel erg thuis voelde... En heimelijk al plannen had gemaakt om te blijven.

Ze vouwde haar handen om haar favoriete mok – handbeschilderd – en nam een slok van haar thee. Ja, ze wilde hier blijven. Atlas, George, Kate, haar nieuwe boekenvrienden, de prachtige wandel- en hardlooproutes en de verse scones waren redenen genoeg. Maar eigenlijk was ze hier vooral gewoon heel gelukkig.

'*Are you alright, dear?*' hoorde ze ineens achter de poort.

Molly verstijfde. 'Wie is daar?' Snel checkte ze haar spiegelbeeld in het raam van de tuindeuren. Pyjama, oude slobbertrui, haar haar in een uitgezakte knot. Snel ademde ze in haar hand. Haar adem stonk naar de cider van de avond ervoor. Als Atlas nu voor de tuinpoort had gestaan, had ze zich kapotgeschaamd.

Molly liep naar de poort, veegde snel een traan weg met haar mouw en deed de deur op een kiertje open. Voor haar stond een man in een te strak pak. Ze had hem weleens in het dorp gezien. 'Goedemorgen' zei Molly schor.

De man tikte op zijn horloge. 'Middag.'

'Wat?' vroeg Molly, terwijl ze door haar ogen wreef. Het daglicht leek ineens een stuk feller.

'Het is middag. Je zei goedemorgen,' zei de man. 'Ik ben van het makelaarskantoor. Gaat het wel goed met je?' Hij bekeek Molly van top tot teen.

Allemachtig, die was er vroeg bij. 'Eh... Ik heb nogal een zware ochtend,' zei Molly.

‘Ik hoef alleen even iets op te meten voor de verkooptekst op onze website, maar ik kan ook later terugkomen,’ zei de man.

‘Nee, nee, dat is niet nodig. Kom binnen.’ Molly hield de poort nu helemaal open. Ze liet de man de tuin in en schonk een kop thee voor hem in. ‘Geef me tien minuten, dan doe ik even iets fatsoenlijks aan.’ Ze gebaarde naar haar pyjamabroek en snelde naar boven. Molly nam een turbodouche, kamde haar haren en smeerde wat crème op.

Door die snelheid moest ze ineens denken aan die keer dat ze met Lucas naar Milaan gevlogen was voor de bruiloft van zijn beste vriend. Ze had haar typische vliegtuig-outfit aan gehad: legging, gympies, dikke sokken en oversized trui. Niet bepaald *glamorous*. De vlucht had vertraging gehad en Lucas was daar heel chagrijnig van geworden. ‘We moeten echt op tijd komen!’ had hij wel twintig keer geroepen, maar Molly maakte zich niet druk. Als ze iets had geleerd tijdens de vele persreizen van haar werk was het wel hoe je je in heel weinig tijd kon opfrissen en omkleden. Enige minpunt: haar koffer was die keer niet aangekomen.

‘Ik zei toch dat je beter alleen handbagage kon meenemen?’ had Lucas geïrriteerd geroepen. Eenmaal in het hotel hadden ze slechts twintig minuten gehad voordat ze werden opgehaald. Lucas had haar even vol medelijden aangekeken en was toen uitgebreid gaan douchen.

Molly was in de tussentijd naar buiten gerend. Bij aankomst had ze in de buurt een kledingwinkel gespot. Dit kon lukken. Met haar tien-minuten-opfris-regime had ze nu tien minuten om een nieuwe outfit te vinden. Acht, als ze het loopje en de lift naar hun hotelkamer meerekende. Ze was langs de rekken gesjeesd en wonder boven wonder had ze binnen vijf minuten een tulen rok, een zijden blouse en een diadeem met parels gevonden. Toen ze wilde afrekenen, spotte ze bij de kassa een paar satijnen ballerina’s die het geheel afmaakten. Ha, ze was hier een pro in. Eenmaal op de kamer had de outfit perfect gezeten en ze had triomfantelijk een pirouette voor Lucas gemaakt.

'Wel oké,' had hij alleen maar schouderophalend gezegd.

Eigenlijk had ze toen al moeten inzien dat het niks zou worden.

Molly schudde haar hoofd om de herinnering te doen verdwijnen en bekeek zichzelf kort in de spiegel. Ja, zo kon ze er wel weer mee door.

'Zo,' zei ze toen ze weer beneden kwam. 'Laten we dit even opnieuw doen.' Ze gaf de man een hand. 'Ik ben Molly.'

'Aangenaam, mijn naam is Rick,' zei de man. 'Van de makelaar dus. Mag ik gaan meten?' Voordat Molly kon knikken, maakte hij al zijn tas open en pakte er een aantekenboekje en rolmaat uit. Met veel lawaai rolde hij het lint uit en begon neuriënd de keuken op te meten. 'Geef me tien minuten en ik ben weer weg. Dit soort cottages zijn bijzonder gewild, dus u zult het waarschijnlijk binnen een paar weken verkocht hebben.'

Molly probeerde iets te zeggen, maar de alcohol van de avond ervoor leek nog steeds grip op haar brein te hebben. Ze liep naar binnen, plofte op de bank en zette de tv aan voor een herhaling van *Escape to the Country*. Ze besloot de makelaar zijn gang te laten gaan en probeerde hem verder volledig te negeren. Niet makkelijk, want hij ging steeds harder neuriën en verplaatste luid de tafel en stoelen in de keuken. Molly wreef over haar gezicht. Een kater, de mail van haar tante en nu dit. Dat kon er ook nog wel bij.

'Ahum…' Even later stond Rick ongemakkelijk in de deuropening. 'Ik, eh… ben klaar.'

'Oké,' zei Molly, zonder van de tv op te kijken.

'Ahum.'

Molly zuchtte, zette de tv op pauze en draaide zich om.

'Ik hoorde dat jij weleens boeken uitleent. Kate vertelde me zoiets in de pub.'

Molly trok haar wenkbrauwen op. Ze was vastbesloten deze man niet aardig te vinden. Een makelaar die haar cottage alleen maar als geldmachine zag...? Oké, niet haar cottage, maar die van haar tante, maar toch. Hoe dan ook: zo iemand verdiende haar aardigheid niet.

'Misschien kun je ook een keer een boek voor mij uitzoeken. Ik hoor van iedereen goede verhalen en wil graag wat vaker lezen.'

Molly moest moeite doen om boos te blijven. Het liefst had ze hem gevraagd wat hij graag las, wie zijn lievelingsschrijver was en of hij hield van fictie of non-fictie. Maar ze deed het niet. 'Ik maak morgen een ronde, dan breng ik ook wel een boek langs bij jullie kantoor.' Ze had het blauwe bord van de makelaar, Ricks Real Estate, vaak genoeg gezien in de hoofdstraat van Porlock.

'Bedankt...' Hij leek nog iets te willen zeggen, maar draaide zich toen abrupt om, stootte zijn schouder aan de deurpost en liep snel naar buiten.

'Opgeruimd staat netjes, sukkel!' mopperde Molly. Heel zachtjes, zodat hij het nooit kon horen. Toen ze de tv weer aanzette, bekroop haar een ongemakkelijk gevoel. Ze hield niet van onaardig doen.

17

Molly bekeek haar lijstje nog een keer.

1. *Engeland of Amsterdam? (Of naar India???)*
2. *Nieuwe baan of freelancen?*
3. *Niet zo veel scones meer eten.*
4. *Atlas: serieus of fling?*

Ze moest nu echt eens alles goed op een rijtje zetten. Haar drie weken Engeland zaten er bijna op en hoewel ze van tevoren dacht dat ze dolblij zou zijn als ze weer naar huis zou gaan, wist ze dat nu niet meer zo zeker.

Als ze Celine zou bellen, zou die alleen maar roepen dat ze naar huis moest komen. *Ik mis mijn cocktailmaatje!* had Celine een paar dagen geleden gestuurd. En vlak daarna: *Als je terug bent, gaan we meteen gezellig een hapje doen, oké?* En een dag later: *Ik heb ons ingeschreven voor die coole sportlessen bij die nieuwe sportclub!*

Natuurlijk miste Molly haar ook enorm, maar ze wist ook dat als ze nu naar Amsterdam ging en bij Celine zou logeren, ze zich de hele dag een nietsnut zou voelen, terwijl Celine van afspraak naar afspraak rende voor haar goedlopende bedrijf. Daar zat ze helemaal niet op te wachten.

Frisse lucht, dat was wat ze nodig had. Daar kon ze altijd beter van nadenken. Molly stond op om haar rugzak te pakken. Ze stopte er een thermosfles thee in, een zak broodjes en de wandelgids van Paddy Dillon, trok haar jas en laarzen aan en deed de deur achter zich dicht. Deze keer zou ze een deel van het South West Coast Path de andere kant op lopen.

Ze stak het bruggetje in de haven over en ging naar rechts. Langs de bootjes, die op hun kant op het droge lagen, en daarna sloeg ze links af het pad in. Ze was dol op hardlopen, maar een wandeling in je eentje was perfect om je hoofd leeg te maken en grote problemen van het leven te overpeinzen. Bovendien hoefde ze zich veel minder zorgen te maken over uitstekende boomwortels die je tijdens het rennen over het hoofd zou zien. Of over pijntjes in haar knie of steken in haar zij. Of, dacht ze gniffelend, het verstuiken van haar enkel.

Ze ademde de frisse zeelucht diep in. Eigenlijk had ze helemaal geen grote problemen. Goed, ze had geen baan en geen huis, maar ze kon altijd terecht bij haar ouders als het moest en ze had nog een paar maanden een uitkering waar ze prima van kon rondkomen. Natuurlijk wilde ze liever werken en gewoon een eigen huisje hebben, maar ze stond niet berooid op straat. En ze had de optie om hier te blijven. Tot tante Louise het huis verkocht had, natuurlijk.

Molly zuchtte. Ze was zo in gedachten verzonken geweest dat ze nu pas zag dat ze door een prachtig bos liep. Oude eikenstammen kronkelden zich langs het steile pad omhoog, sommige wel twee meter dik. Molly sloeg de gids van Paddy open.

De bomen stonden hier al meer dan driehonderd jaar, las ze. Het pad was vroeger onderdeel geweest van een smokkelroute, waarbij vooral vaten alcohol via de donkere paadjes en door de twee stenen tunnels naar de haven werden vervoerd. Vanuit een van die tunnels zou zelfs een geheime route hebben geleid naar het gotische landhuis aan de rand van het bos, dat ooit gebouwd was voor de dochter van Lord Byron. Het was in verval geraakt en nu stonden er alleen nog een paar oude overblijfselen van de buitenmuren. Nou, dat wilde ze weleens zien!

Molly klom het pad verder omhoog en zag een bordje dat haar naar Culbone Church leidde. Ze opende het houten hek en liep het paadje af langs een tiental oude graven. Normaal gesproken zou Molly hier de kriebels van krijgen, maar de prachtige bomen met het kerkje ertussen leken eerder op iets uit een sprookje. Ze opende de deur van de kerk en liep naar binnen. Het was er doodstil. Vijf rijen houten bankjes stonden voor een klein altaar.

O, dit zou de ideale trouwlocatie zijn, dacht Molly meteen. Ze zag het al helemaal voor zich: eucalyptus met sneeuwklokjes zou de zijkanten van de kerkbanken sieren, Atlas zou een takje in zijn borstzak dragen, en ze zou eenvoudige crèmekleurige kaarsen branden...

'Stop!' zei ze snel hardop om haar eigen gedachten te onderbreken. Haar stem galmde tegen het plafond. Hoezo dacht ze nu ineens aan een bruiloft? Ze grinnikte. Geen huis, geen baan, maar ze kon wel dagdromen over een bruiloft met de eerste de beste man die ze hier had ontmoet.

Molly trok de deur weer achter zich dicht toen ze twee andere wandelaars zag. '*Good morning!*' riep ze vrolijk.

'*Good morning!*' riep de vrouw terug. Ze had een Amerikaans accent en had een enorme beker koffie to go in haar hand. 'Niet de beste koffie van de wereld, maar dat kun je hier natuurlijk ook helemaal niet verwachten!'

Molly keek haar niet-begrijpend aan. 'Koffie?' vroeg ze verbaasd.

'Ja,' zei de vrouw. 'Achter de kerk in het schuurtje kun je van alles kopen. Koffie, thee natuurlijk en allerlei lekkers.'

'Dat vind je ook echt alleen maar in Engeland, hè?'

'Precies!' antwoordde de vrouw en ze trok aan de arm van haar man. 'Dat is ook de reden dat we hier een huis willen kopen. Het enige probleem is dat alles hier zo klein is. Ik snap niet hoe mensen zo kunnen wonen! Die cottages hier zijn zo klein dat je niet eens een breedbeeld-tv aan de muur kunt hangen of een bubbelbad kunt installeren. Nee, wij zijn op zoek naar iets groters. Een landhuis, liefst met uitzicht op zee. We hoorden dat er hier een zou moeten staan, maar dat kunnen we nergens vinden. Deze omgeving zou ideaal zijn!'

'Bedoel je het Byron-huis?' vroeg Molly.

'Ja!' riep de vrouw enthousiast. 'Weet jij waar we dat kunnen vinden en of er nog iemand woont? Ik heb het idee dat dat echt ons huis is. We zullen de eigenaar een bod doen dat hij onmogelijk kan weigeren.'

Molly twijfelde even en zei toen luchtig: 'Gewoon hier terug het pad op lopen, en na de eerste tunnel loop je er zo tegenaan.'

Het was misschien flauw dat ze hun niet vertelde dat het huis al meer dan een eeuw niet meer bestond, maar ze moest er niet aan denken dat Porlock en omgeving straks overgenomen zou worden door rijke Amerikanen die hier een 'holiday'-huisje wilden. Voor je het wist zat er een Starbucks in de haven!

Ze zwaaide naar het Amerikaanse stel en liep om de kerk heen naar het schuurtje. Daar stond een tafel met grote schalen fruit, twee thermoskannen gevuld met koffie en thee, en onder een glazen stolp lagen appeltaart, scones, rozijnenbolletjes en kruidencake. Er hing een bordje bij met de prijzen en er stond een klein geldkistje. Molly trakteerde zichzelf op een stuk kruidencake – punt 3 van haar lijstje kon altijd later nog worden aangepakt – en ging buiten op een bankje zitten. In de verte hoorde ze het Amerikaanse stel mopperend zoeken naar het landhuis. Ja, ze had de juiste keuze gemaakt. Dat stel kon hier maar beter niet gaan wonen. Zij, daarentegen…

Terwijl Molly van haar kruidencake genoot, woog ze de voors en tegens tegen elkaar af. Zou ze nog even blijven of zou ze overmorgen terugvliegen? En als ze terug zou gaan, waar zou ze dan gaan wonen en wat zou ze gaan doen?

Zo ver van huis leek het zo veel makkelijker om niet per se iets te hoeven. Hier wandelde ze, ze ging hardlopen, ze sprak mensen, ze leende boeken uit. Maar ze voelde nog niet de druk van betaald werk doen. Het zou zo veel lekkerder zijn als ze wist dat ze over een maand gegarandeerd een baan had. Dan kon ze hier nog een paar weken genieten van al het moois en zonder zorgen terugkeren naar Amsterdam. Met haar eerste salaris kon ze de borg van een nieuw huurhuis betalen en dan zou ze binnen twee maanden haar leven weer op de rit hebben.

Maar ze had geen baan. Nu niet en over een maand niet. Ze bekeek elke dag de vacaturesites, mailde met alle pr-bureaus of die iets voor haar wisten en vroeg Celine elke dag om een update, maar tot nu toe... helemaal niets.

Misschien moest ze de boekenuitleenservice wat serieuzer gaan nemen en uitbreiden. Zou ze er geld voor kunnen vragen? Of ze moest boekenclubs gaan hosten en daar een klein bedrag als entreegeld voor vragen. Nee, dat zou niet werken. Ze had de boeken tot nu toe altijd voor niks uitgeleend, en haar tante ook. Mensen zouden er helemaal niks van snappen als ze daar ineens voor moesten gaan betalen. Ze zou zichzelf een maand de tijd geven, besloot ze. Haar vliegticket naar Nederland was geboekt voor overmorgen, dus ze had nog anderhalve dag de tijd om te beslissen of ze hier bleef. Al had ze eigenlijk stiekem de beslissing al genomen.

Molly deed haar ogen even dicht en luisterde naar het ruisen van de bladeren. Dit had ze niet in Amsterdam. Die rust. Die geuren. En wandelpaden waar elke dag iets nieuws te ontdekken viel. Ze ademde een paar keer diep in. Heel in de verte hoorde ze de hoge stem van de Amerikaanse vrouw: '*I'm sure she said it was this way...*'

18

Molly keek tevreden naar de stapel boeken voor haar op de keukentafel. Voor iedereen had ze een nieuw boek geselecteerd en er persoonlijke kaartjes bij geschreven. Toch kon ze een zucht niet onderdrukken; ze miste haar werk op de redactie. Lezen was altijd al een van haar grootste hobby's geweest, maar door haar werk had ze nog meer plezier gekregen in boeken, omdat ze ze vervolgens kon aanraden aan veel meer mensen. Dit was toch anders.

Maar ze miste niet alleen haar oude werk, ze miste ook haar beste vriendin. De dag ervoor had Celine meer dan een uur met haar gefacetimed tijdens een van haar omkleedsessies. Ze had een date met een nieuwe vlam – Aziz – en dit zou weleens de ware kunnen zijn. Zei ze. Molly nam dat nooit al te serieus, want Celine ontmoette elke maand opnieuw de man van haar leven.

'Ik zweer het je, dit is de man voor me!' had Celine opgetogen geroepen, terwijl ze een rondje draaide in haar witte leren broek, witte superstrakke coltrui en witte leren laarzen.

'Ja, hoor.' Molly had stiekem met haar ogen gerold en voegde er toen plagend aan toe: 'Maar dit is niet de outfit voor de ware. Veel te sciencefiction.'

Er volgden nog vier outfits en tegen het einde was Molly uitgeput geweest. Toch had ze er alles voor overgehad om heel even bij haar in de kamer te zijn. In het echt en niet via een klein telefoonschermpje. Om haar gedachten te verzetten had ze zich op de boekenclub en haar wandelingen gestort.

De afgelopen dagen was ze begonnen met aantekeningen maken in haar wandelgids, in de marges en op losse briefjes, die ze in de plastic beschermhoes om de cover had gestoken. Ze nam zich keer op keer voor om met een notitieboek op pad te gaan, maar ze vergat er altijd een mee te nemen en eindigde dus met honderden losse briefjes, bonnetjes en afgescheurde stukjes papier met aantekeningen.

Bij elke wandeling of na elke hardlooproute had ze kort opgeschreven wat ze had gezien. Wie weet kon ze er ooit een verhaal van maken, en anders had ze in ieder geval genoeg tips voor familie en vrienden. Want de wandelgids vertelde wel iets over de omgeving, maar niets over koffiestops, kleine omweggetjes langs schattige dorpjes of welke paden misschien beter waren voor wandelen dan voor hardlopen.

Ze keek nog eens naar de stapel boeken voor zich. Voor Jules had ze deze keer de klassieker *Wuthering Heights* van Emily Brönte gekozen. Een enorme gok, want liefhebbers van Austen hadden dat boek meestal allang gelezen. Het was ook minder luchtig dan Austens boeken... Maar ze vond het ook haar taak om de leden van Molly's Boekenclub – zo was ze het groepje voor de gein gaan noemen – af en toe te verrassen.

Kate was lyrisch geweest over *The Guernsey Literary and Potatoe Peel Pie Society*. Wat had ze ook alweer gezegd tegen Molly? 'De kracht van de liefdesbrieven is zo sterk in dit verhaal dat ik zelf ook stapelverliefd ben geworden op Darcy.' Ze had bedacht dat ze haar eigen man ook liefdesbrieven zou gaan schrijven. Molly grinnikte bij dat idee. De man van Kate had een schapenboerderij en produceerde kaas die hij verkocht in de lokale *farm shops* en campingwinkeltjes. Molly had hem maar een paar keer gezien, maar hij leek haar veel te nuchter voor een liefdesbrief.

Maar toch: Kates smaak was duidelijk. Speciaal voor Kate had Molly urenlang gezocht naar weer zo'n mooi liefdesverhaal. Ze had even getwijfeld, omdat het boek zich weer in oorlogstijd afspeelde, maar *De bibliotheek van Parijs* had haar zo gegrepen dat ze toch overstag was gegaan. Het ging over vrouwen die tijdens de oorlog de bibliotheek in Parijs draaiende wisten te houden en met gevaar voor eigen leven boeken bij hun Joodse leden langsbrachten. Molly had de schrijfster een jaar eerder geïnterviewd, een Amerikaanse die verliefd was geworden op een Fransman en nu zelf ook een beetje een Parisienne was geworden. Ze had al die tijd contact gehouden met de vrouw en haar zelfs een keer ontmoet in een *petit café* bij Le Jardin du Luxembourg. Kate zou dit boek vast prachtig vinden.

Voor Wilkie van de ijzerhandel had ze lang getwijfeld. *Murder on Mustique* vond hij vermakelijk, maar hij wilde liever iets meer verhaal. Hij had het boek namelijk in twee uur uitgelezen. Ineens had Molly het geweten. De schrijfster van de Harry Potter-boeken, J.K. Rowling, had onder pseudoniem een hele reeks detectives geschreven. De literaire wereld was aanvankelijk sceptisch geweest, maar de boeken waren een hit en uiteindelijk zelfs verfilmd tot een populaire serie. Voordeel was dat er zo veel delen bestonden dat Wilkie hier wel even zoet mee zou zijn. Molly had ze verslavend gevonden en elke vlucht die ze had gemaakt de afgelopen jaren had ze een nieuw deel uitgelezen. Dat er de laatste tijd nogal wat te doen was om de schrijfster en uitspraken die ze had gedaan – waar Molly het absoluut niet mee eens was – vond ze lastig. Maar ze had zelf zo genoten van de boeken dat ze ze toch stiekem best aan Wilkie kon lenen?

Voor Atlas had ze het deze keer snel geweten: *The Life of Pi* van Yann Martel, een boek waar ze zelf enorm van had genoten. Voor de makelaar hoefde ze ook niet lang na te denken: Shirley Jacksons klassieker over een huis waar het spookt, *The Haunting of Hill*

House. Ze had hardop gegrinnikt toen ze het koos en kon niet wachten zijn gezicht te zien als hij het uitpakte. Ze nam de laatste slok van haar thee, pakte de boeken in in bruin papier, deed er een touwtje omheen met het handgeschreven kaartje en liep naar buiten. Klaar om ze te bezorgen.

19

Molly hoefde niet ver te lopen voor het bezorgen van de boeken. Kate, George en Wilkie zaten allemaal in de pub en zwaaiden naar haar toen ze langsliep.

Het hele dorp was nog steeds in rep en roer vanwege de aankomende *Antiques Roadshow*. 'Dit is misschien wel het spannendste dat Porlock in jaren gaat meemaken,' zei Kate. Ze hadden met zijn allen aan de grote tafel gegeten en de hele avond lang ging het over kunst.

'Wat zou jij doen als je ineens zo'n schat in huis bleek te hebben?' vroeg Wilkie aan de groep.

'Ik zou het meteen verkopen,' antwoordde George.

'Verkopen?' reageerde Kate geschokt.

'Ja!' zei George. 'Zo'n schilderij houden en verzekeren kost je een fortuin. De kans dat er wordt ingebroken is enorm. Terwijl je in één klap rijk bent als je het verkoopt. Ik zou het wel weten!'

'En wat zou je dan doen met dat fortuin?' vroeg Molly. Ze wilde het van alles en iedereen weten; dit was altijd een leuk onderwerp.

'Ik zou er een stuk land van kopen en kippen en schapen houden,' antwoordde Wilkie.

'Ik zou een van die oude boerderijen vlak bij Allerford opkopen, opknappen en er een grotere tearoom met B&B beginnen,' zei George.

'En ik zou stoppen met werken,' zei Kate.

Ze keken allemaal naar Molly. 'En jij?'

'Ik zou... Ik denk dat ik een huis zou kopen in Amsterdam en de tijd zou nemen om te schrijven wat ik wil.'

Iedereen knikte, maar George keek haar bedachtzaam aan. 'Maar...' begon hij langzaam. 'Je kunt nu ook schrijven wat je wilt, toch?'

'Ja, je hebt niet echt een baas die je iets vertelt en ook niet echt iets anders te doen,' zei Kate er voorzichtig achteraan. 'Wat zou je willen schrijven als je kon kiezen?'

Molly staarde naar haar handen. 'Het is lastig. Als ik geen onzekerheden had over werk, huis of inkomen, zou ik zo kunnen zeggen waar ik over zou willen schrijven. Maar nu ik geen baan of inkomen heb, heb ik de hele tijd het idee dat ik iets nuttigs moet doen. Iets wat meteen geld oplevert.'

'Wat zou dat dan zijn?' vroeg Kate.

Molly keek haar niet-begrijpend aan.

'Waar zou je over schrijven als je mocht kiezen?' vulde Kate aan.

'Nou, ik ben de laatste dagen voorzichtig begonnen met notities maken van elke hardlooproute en wandeling die ik heb gemaakt. En dan niet zoals je het zou opschrijven in een wandelgids, maar meer met mijn eigen beleving en aantekeningen erbij.'

De dag ervoor was Molly begonnen de eerste wandelingen uit te schrijven. Ze beschreef niet alleen de route, maar ook de paadjes waarop je kon verdwalen (iets wat haar vaak genoeg gebeurde), welke bloemen er bloeiden, hoe het er rook en wie ze was tegengekomen. Waar je het best kon picknicken en – ook niet onbelangrijk – waar je die picknick het best kon inslaan.

'Dat klinkt geweldig!' zei Wilkie.

'Ik zou zo'n boek meteen kopen,' zei George. 'En het ook verkopen in mijn rijdende winkel.'

'Eigenlijk zat ik meer aan een artikel voor een krant of tijdschrift te denken,' zei Molly.

'Waarom geen boek?' vroeg Kate.

Daar had Molly niet eens bij stilgestaan. Een boek? Zou ze dat kunnen? Een artikel schrijven kon ze sowieso. En ze wist ook al welke tijdschriften haar artikel misschien wel wilden publiceren... Maar een boek zou een droom zijn. En waarom ook niet? Als ze genoeg wandelingen kon maken en genoeg verhalen kon schrijven, dan zou het toch gewoon in feite een bundeling van artikelen worden? Dat kon ze best! 'Ja, waarom eigenlijk niet?' vroeg ze zich hardop af. Haar gedachten dwaalden af. Een echt boek?

Toen ze thuiskwam, begon ze meteen haar aantekeningen te categoriseren. Ze had inmiddels notities voor vijf routes. Dat moesten er minstens twintig worden om er een beetje een boek van te kunnen maken. Ze zou elke wandeling ook voorzien van lijstjes, dat vond ze zelf altijd heerlijk om te lezen. Wat moest je vooral doen en laten? Is het parcours geschikt voor laarzen of wandelschoenen? Welke muziek past mooi bij de route? En natuurlijk het allerbelangrijkst: welk boek neem je mee om onderweg op een bankje te lezen? Ja!

Opeens vol inspiratie klapte ze haar laptop open en begon aan het eerste hoofdstuk: de route van Porlock Weir naar Bossington. Ze omschreef de huisjes op het eiland, waaronder dat van haar tante. De loopbrug naar het vasteland. De Gallery, waar je niet alleen prachtige lokale kunst kon kopen, maar ook een fantastische tosti kon bestellen die je dan buiten op de havenmuur kon opeten.

Ze vertelde over de kinderstemmen die haar elke ochtend wakker maakten, van kinderen die hier al jaar in jaar uit met hun ouders op vakantie kwamen en al vroeg in de morgen krabbetjes aan het vangen waren vanaf de kade.

Er volgde een omschrijving van de pub, waar je bij terugkomst van je wandeling aan de bar kon genieten van een lokale cider. De cottages met rieten daken en geel en roze gekleurde rozen. De oude Land Rover die er voor de deur stond en voor prachtige plaatjes zorgde. En natuurlijk de route die óf over het keienstrand óf door de moerassige velden leidde. Het weiland met het paard dat je moest doorkruisen. De bramenstruiken die in de zomer volhingen met heerlijke, sappige, ziltige bramen. En ten slotte de Tea Garden, waar je na een fijne wandeling heerlijk kon lunchen.

Toen ze klaar was, had ze meer dan achtduizend woorden getikt en zag ze dat het inmiddels drie uur 's nachts was. Stijf van het zitten aan de keukentafel wilde ze het liefst op de bank ploffen, maar de gedachte aan het heerlijke bed boven gaf haar net genoeg energie om de trap op te lopen.

Die nacht was Molly als een blok in slaap gevallen en ze kon 's ochtends niet wachten om haar eigen verhaal terug te lezen. Onder het genot van een dampende kop thee klapte ze haar laptop open en begon te lezen. Goh. Eigenlijk was ze helemaal niet ontevreden. George en Kate hadden gelijk. Ze had geen verplichtingen en dus alle tijd om te schrijven wat ze wilde. Ze besloot dat ze elke dag zou proberen om een hoofdstuk te schrijven. Die gedachte gaf haar enorm veel energie, maar tegelijkertijd voelde ze een soort tijdsdruk. Want stel dat ze nu wel ineens een nieuwe baan vond of een freelanceopdracht kreeg? Dan had ze ineens geen tijd meer voor dit nieuwe project, en dat zou zo zonde zijn…

Er was maar één oplossing: een strakke planning. Molly gaf zichzelf nog een maand. Twintig dagen om elke dag een hoofdstuk te schrijven en tien dagen om alles bij te schaven. Ze zou 's ochtends wandelen en 's middags schrijven. Ja, dat voelde goed.

Net toen Molly haar laptop dichtklapte, hoorde ze de zware bus van George de parkeerplaats op draaien. Perfect, haar mok was net leeg. Tijd voor verse broodjes!

20

Molly keek op haar sporthorloge. Ze had pas drie kilometer gerend en stond even uit te hijgen op de stenen dijk die het moerasgebied scheidde van de zee. Omdat ze de korte route over het strand had genomen, was het meer snelwandelen over de keien geweest dan echt rennen. Met toegeknepen ogen tuurde ze langs het strand in de hoop een bekende kajak te spotten.

Atlas had haar immers verteld dat hij, als het tij hoog genoeg was, niets liever deed dan voor dag en dauw te gaan kajakken. En dus was Molly nog eerder dan normaal van huis gegaan voor haar vaste hardlooprondje. Dan zou ze hopelijk, geheel toevallig, Atlas tegen het lijf lopen.

Ze keek nog een keer langs het strand. Geen Atlas. Enigszins teleurgesteld rende ze de dijk af en volgde het paadje langs de drassige velden richting het verlaten huis, de dode boom en de vlonder. De zon begon net door te komen, er waaide een zachte bries en Molly genoot van de zachte demping van haar voeten op het grassige pad. Ze kon zich geen fijnere hardlooproute voorstellen.

Al jaren rende ze een paar keer per week in het Vondelpark. Een prima rondje, maar het was er vaak zo vol dat je vooral druk was met mensen ontwijken en ervoor zorgen dat je zelf niet ondersteboven werd gelopen of gereden. Hier merkte ze dat ze echt van de natuur kon genieten. En ze kwam bijna nooit iemand tegen. Af en toe een wandelaar met zijn hond, maar bijna geen andere hardlopers. En vandaag dus ook geen kajakkers.

Molly wilde net op de vlonder stappen toen ze iets oranjes in haar ooghoek zag flitsen. Zo snel ze kon, ze wilde niet uitglijden, rende ze over de vlonder in de hoop op tijd te kunnen zien wat het was. Eenmaal aan de andere kant van het water zag ze niets. Het was vast een vogel geweest. Ze wilde net rechts afslaan richting het weiland toen ze iemand in de verte hoorde fluiten. Ze draaide zich om, maar door het hoge gras kon ze niets zien.

'Molly!' hoorde ze ineens vanuit de verte. Snel klom ze de zee-afscheiding van keien weer op. 'Hier!' hoorde ze, nu iets dichterbij. En toen zag ze het: een vaaloranje kajak. Zíjn vaaloranje kajak! De ochtendzon scheen helder op het water en verlichtte de gouden lokken van Atlas, die behendig zijn boot voortroeide. Molly baande zich een weg door het moerassige gras, maar bleef toen staan. Als ze verder zou lopen, zou ze tot haar knieën door de modderige stroompjes moeten waden. Atlas gebaarde dat ze moest wachten. Hij stapte soepel uit zijn kajak en sleepte het ding achter zich aan tot hij bijna bij haar was. Molly's hart begon sneller te kloppen en haar buik kneep samen. Toch nog een toevallige ontmoeting.

'Hé,' zei Atlas, toen hij iets dichterbij kwam. Zijn haar zat nog wilder dan anders en zijn natte shirt kleefde aan zijn lijf. Molly kon zijn wasbordje erdoorheen zien.

'Hé, wat toevallig,' zei Molly schor. Ze zwaaide en rook meteen stiekem aan haar oksels. Dat ging wel. Gelukkig had ze niet harder of verder gerend.

Atlas liet zijn kajak vallen, greep haar bij haar middel en trok haar tegen zich aan. 'Wat een leuke verrassing om jou hier tegen te komen,' zei hij.

'Ja, ik ren hier bijna elke ochtend mijn rondje,' zei Molly.

'Heb ik even geluk,' zei Atlas en hij begon haar te zoenen. Hij kuste haar nek en probeerde met zijn handen onder haar sportshirt te komen.

'Thermoshirt,' probeerde Molly uit te brengen en ze sjorde aan het strakke shirt, dat moeizaam omhoogkwam. Terwijl hij het over haar hoofd probeerde te trekken, bleef de col bij haar hoofd hangen.

'Sexy!' riep Atlas plagerig toen hij haar sportbeha zag.

'Wacht even,' zei Molly en ze trok ook de beha over haar hoofd.

Het begon iets harder te waaien en ineens was Molly zich heel erg bewust van haar naakte bovenlijf, midden op het moerassige veld.

'Kom hier,' zei Atlas. Hij trok zijn shirt uit, spreidde het uit over het nattige gras en trok Molly naast zich op de grond. Toen begon hij opnieuw haar hals te kussen, terwijl zijn vingers haar lichaam streelden. Molly kreunde. Ze wilde hem hier en nu. Het kon haar niets schelen als een wandelaar ze zo aan zou treffen.

Na afloop lagen ze in elkaars armen in het vochtige gras, toen er in Atlas' zak iets begon te trillen. 'O, deze moet ik even nemen.' Gehaast wurmde hij zich uit hun omhelzing en liep weg om te bellen.

Molly hees haar broek omhoog en trok haar shirt aan. Een heel stuk verderop, op de vlonder, stond Atlas met de telefoon aan zijn oor wild te gebaren. Ze kon niet precies horen wat hij zei, maar de wind waaide precies haar kant op en af en toe ving ze een flard op van het gesprek.

'Altijd weer die rekeningen...' hoorde ze, gevolgd door: 'Als mijn vader dit hoort... Wat kan ik eraan doen dat in één jaar drie daken het begeven...' Atlas had zijn vuist gebald en zelfs van een afstand kon Molly zien dat hij zijn kaken op elkaar klemde. 'Nuffield, Langley... De landlord... En misschien ook de butler ontslaan...'

Molly spitste haar oren. Waar ging dit in godsnaam over?

'Alles oké?' vroeg Molly toen hij terug kwam lopen over de vlonder. Atlas' gezicht stond zorgelijk. Ze had hem van alles willen vragen, maar zijn gefronste blik weerhield haar daarvan.

'Ja, ach het is niks.' Atlas wuifde zijn boosheid weg, lachte naar Molly – haar knieën begonnen te knikken – gaf haar een kus en riep, terwijl hij zijn kajak aan één kant optilde: 'Tot snel?'

21

Molly zette de zware boodschappentassen even op de muur van de haven om uit te puffen. Ze had beter twee keer kunnen lopen, maar daar had ze geen zin in. Ze was vanochtend vergeten te ontbijten en had met zo veel trek door de supermarkt gelopen dat ze veel te veel had gekocht.

Het miezerde en Molly hief haar gezicht omhoog om de frisse druppeltjes op te vangen. De ronde kiezels op het strand glommen van het vocht en de rieten daken leken te dampen. Ze wierp even een blik op de cottage. Nog maar heel even, dacht ze, en ze voelde een steen in haar maag.

Opeens bleef ze stokstijf staan en keek nog eens naar de cottage. Daar! Ze zag iets achter het raam bewegen. De haartjes op haar armen stonden rechtovereind en ze kreeg kippenvel op haar klamme huid, alsof het ineens twintig graden kouder was geworden. Had ze het raam open laten staan en bewoog het gordijn door de wind? Nee, dat kon niet, want het hoosde vanochtend. Bovendien stond er nauwelijks wind. Was er iemand in het huis? Moest ze gaan kijken? Nee, dat durfde ze niet. Misschien was het wel niets en had ze zich vergist.

Voorzichtig tilde ze de boodschappentassen van de muur en liep de brug over. Ze bleef geconcentreerd naar het raam kijken. Met elke stap bonsde haar hart iets sneller. De tassen kraakten toen ze ze voor de deur neerzette.

Ze sloop naar het raam en tuurde naar binnen. Snel checkte ze haar telefoon om te zien of ze bereik had. Hoe snel zou de politie hier kunnen zijn? Ze had ze nog nooit gezien in Porlock Weir. Zou er wel een politiebureau in de buurt zijn?

Vanuit haar ooghoek zag ze weer iets bewegen, nu in de keuken. Molly haalde diep adem en trok met een ruk de voordeur open. 'Wie is daar? Ik heb de politie gebeld!' riep ze dapper, met hoge, trillende stem. Ze hield een fles cider voor zich uitgestoken, maar bleef op de drempel staan.

'Ga je me neerschieten met de lokale cider?'

Molly gilde en liet van schrik de fles bijna uit haar handen vallen, maar zag toen dat het Atlas was.

'Ik had gehoopt je vanochtend weer te zien in het moeras,' zei hij, met een vreemde blik op zijn gezicht. Voelde hij zich soms betrapt? 'Maar ik ben na een half uur peddelen maar weer omgekeerd.'

Molly kon niet ontkennen dat ze bijna elke ochtend een rondje was gaan rennen in de hoop Atlas tegen te komen, maar zonder succes. En hij had dus precies hetzelfde gehoopt! Godzijdank. Ze was ontzettend opgelucht dat het geen inbreker was, maar vond het toch een beetje vreemd dat Atlas hier zomaar binnen stond. 'Begrijp me niet verkeerd, ik ben blij dat je er bent... maar wat doe je hier?' vroeg ze, terwijl ze de boodschappentassen naar de keuken tilde.

Hij liep naar haar toe. 'Kom eens hier.' Atlas nam de tassen van haar over, zette ze op de grond en omhelsde haar stevig.

Molly snoof zijn heerlijke geur op en liet zich even helemaal verdwijnen in zijn warme omhelzing.

'Mag ik je soms niet meer verrassen?' Atlas leidde haar naar de keuken, waar de tafel gedekt was en vol stond met lekkers. 'Ik dacht: ik zie je zo weinig door de antiekshow die we aan het voorbereiden zijn, en je gaat over niet al te lange tijd terug naar Amsterdam. Ik wilde graag een moment samen.'

Molly werd warm vanbinnen. Ze had al die tijd het onderwerp

gemeden. Ze wisten allebei dat ze binnenkort naar huis zou gaan, maar hadden het niet gehad over wat dit tussen hen nou precies was. Stiekem hoopte ze dat haar terugkeer niet het einde zou betekenen van hun samenzijn, maar ze had het hem niet durven vragen. Maar deze verrassing moest toch wel iets betekenen?

'Ga zitten,' zei Atlas charmant.

'Ik ruim eerst de boodschappen even op, hoor,' zei Molly, om vervolgens de yoghurt in de koelkast te zetten en een paar appels te pakken. Toen ze die in de fruitmand wilde leggen, zag ze dat die niet op tafel stond, maar op het aanrecht onder het raam. Atlas had hem zeker verplaatst toen hij de tafel aan het dekken was.

Maar wacht eens... Naast de fruitmand lag Atlas' telefoon. Op het schermpje zag ze dat hij verschillende foto's had gemaakt van het roze ei.

'Wat heb jij nou gedaan?' vroeg Molly verbaasd, terwijl ze naar het aanrecht wees.

'O... betrapt,' zei Atlas slikkend. Even trok er een schaduw over zijn gezicht. Toen knipoogde hij. 'Ik wilde je verrassen met een mooi afscheidscadeau en ik dacht: ik ken je eigenlijk helemaal niet zo goed. Dus ik heb wat foto's gemaakt van typische Molly-spulletjes.'

Molly staarde hem aan. Ze wist niet zo goed wat ze van de situatie moest denken.

Atlas schuifelde ongemakkelijk op de keukenstoel en haalde zijn hand door zijn haar. 'Ik hou van je,' flapte hij er ineens uit.

'Wat?'

'Je hoorde me wel,' zei Atlas. Hij stond op en liep naar Molly toe. 'Ik heb nog nooit iemand ontmoet als jij. Je laat mijn hart sneller kloppen als ik je zie. Ik wil alleen maar bij je zijn. Elke minuut van elke dag. Je bent mooi, je bent slim, je... hebt mijn hart veroverd.'

Molly's benen werden slap. Abrupt vergat ze de boodschappen, het ei en het ontbijt, en leidde Atlas mee naar boven.

22

'Ik vind het zo leuk! Echt waar. Vooral dat stuk over die smerige maaltijd in de pub.'

Molly had haar moeder een nieuwe hoofdstuk van haar boek gestuurd, over de wandeling die ze de dag ervoor had gemaakt in Dunster. De route was in het oude dorpscentrum begonnen bij een tweedehandsboekenwinkel. Eigenlijk had ze een wandeling van vier uur gepland, maar ze was meer dan twee uur in de boekenwinkel blijven hangen en was met tien boeken naar buiten gelopen.

Ze had dus een korte versie van de wandeling moeten maken, en ze had stiekem door de tuinen van een landhuis moeten sluipen om het pad af te snijden. Het was een prachtig wit landhuis, met een terras dat uitkeek over een tennisbaan. Molly zag het helemaal voor zich hoe hier op warme zomeravonden werd getennist met vrienden en er na afloop een barbecue met cocktails op het terras zou zijn. Niet dat de tennisbaan eruitzag alsof die nog vaak werd gebruikt; het onkruid had de lijnen op verschillende plekken overwoekerd en ook het terras zag er verlaten uit. Toch zou Molly hier graag wat dagen doorbrengen.

Tegen de tijd dat ze terugkwam in het dorp was het al ver na etenstijd. Ze besloot iets te eten in de oudste pub van Dunster en daar haar aantekeningen bij te werken. Toen ze zich had geïnstalleerd en de menukaart pakte, schrok ze. Braadworst met zuurkool, braadworst met rode kool, braadworst met friet, braadworst op een stokbroodje gesmolten kaas met ui en braadworst met een gefrituurde aardappelsalade. Ze wist dat de keuken in Engeland niet altijd even gezond was, maar dit was wel heel extreem.

'Onze kok is ervandoor gegaan,' vertelde de ober, die aan kwam lopen en zijn schouders ophaalde toen hij Molly's geschokte gezicht zag. 'We moeten het al een tijdje doen met een tijdelijke vervanger.'

De vegetarische optie was een stokbroodje met gesmolten kaas en uienringen.

Molly las net het eerste deel van haar aantekeningen door toen de ober aan kwam lopen met een bord. Ze had nog nooit zo veel rode ui op een stokbroodje gezien. Terwijl ze een hap nam en de scherpe smaak achter in haar keel proefde, belde ze haar moeder. Die was inmiddels haar grootste fan.

'Vergeet niet om iets te vertellen over dat landhuis waar je door de tuin loopt. Af en toe is een beetje geschiedenis ook leuk om te lezen.'

'Dank, mam,' zei Molly. Haar moeder was een nog fanatiekere lezer dan Molly, dus als iemand de juiste tips kon geven, dan was zij het wel.

Molly klapte haar laptop opnieuw open en zocht op internet naar meer informatie over het landhuis waar ze door de tuin was geslopen. Ze vond al snel een serie oude foto's van de familie die er kennelijk al generatieslang woonde. Vrouwen in lange fluwelen gewaden en met tiara's zaten met een kop thee in een rijk beklede salon. Hoe dichter ze bij de huidige tijd kwam, hoe moderner de mensen eruitzagen. De laatste eigenares was een knappe vrouw, die zelfs in haar spijkerbroek nog rijkdom uitstraalde. Lady Adalinde heette ze. Volgens het artikel woonde ze al jaren alleen in het landhuis met haar bordercollie Bobby. Molly klikte op een oud interview waarin Adalinde vertelde dat ze alleen nog op de benedenverdieping kon wonen, omdat het dak zo lekte dat het boven niet meer veilig of gezond was. Er stond ook dat de aristocratie het zwaar had. Het onderhouden van landhuizen en kastelen was niet te doen. Families vielen uit elkaar en kregen ruzie over wie waar mocht wonen, en de moderne tijd hielp ook niet mee.

Vroeger kon je ongemerkt naar feesten en diners in een en dezelfde designerjurk, of je wisselde nog weleens van kleding met je zussen. Maar tegenwoordig is dat met social media niet meer te doen. Twee keer in hetzelfde gewaad gefotografeerd worden is not done.

Molly las ademloos verder.

Mensen denken dat we elke dag champagne drinken, paardrijden en diners geven voor al onze vrienden, zoals ze zien in televisieseries, maar we hebben vaak niet eens genoeg geld om het hele pand te verwarmen.

'Ongelooflijk,' mompelde Molly tegen zichzelf. Ook zij had altijd gedacht dat de Engelse adel het goed voor elkaar had. Ze googelde nog even verder en schreef het hoofdstuk af met een groot stuk over het landhuis. Opmerkelijk was dat het huis steeds van moeder op dochter was doorgegeven, in tegenstelling tot bij de meeste families. Ze schreef een lange alinea over de bouw van het huis, waarvoor speciaal marmer was geïmporteerd waarmee de voor die tijd enorme badkamers waren bekleed. En ten slotte schreef ze over de tuin, die ook allesbehalve traditioneel was. Geen perken met rozen en symmetrische bloembedden, maar een enorm veld waar wilde bloemen bloeiden, omgeven door een reusachtige haag van rododendrons. Om de wandeling in te korten, moest je onder die rododendrons door kruipen.

‘Was je niet bang om iemand tegen te komen?’ had haar moeder gevraagd.

‘Tuurlijk wel. Ik heb die laatste kilometer een sprintje getrokken.’

23

Molly stond in de rij bij het enorme landhuis in Bossington, klaar voor *Antiques Roadshow*. De tuin stond vol witte tenten, waar cameraploegen hun apparatuur aan het klaarzetten waren. Buiten het huis stonden enorme lampen die naar binnen moesten schijnen, en op het grote buitenterras stonden tafeltjes en stoeltjes om een grote bar heen. Het leek wel de set-up van een celebrity-bruiloft.

Ze bestudeerde de mensen in de rij en merkte op dat ze de enige was die geen grote doos of tas bij zich had. Overal stonden mensen die deze week een kunstwerk zouden laten bekijken. Nieuwsgierig keek ze om zich heen of ze Atlas ergens zag, maar kon hem niet vinden in de menigte. Hij was vast heel druk met de laatste voorbereidingen. Vanuit het huis zag ze een lange vrouw met een klembord opgefokt langs de gasten lopen. Molly kon niet horen wat ze tegen de mensen zei; pas toen ze dichterbij kwam begreep ze dat de vrouw bij alle gasten checkte wat voor soort kunstwerk ze bij zich hadden. Met gekleurde stickers verdeelde ze iedereen in categorieën.

'Schilderij? Blauwe sticker, plak maar op uw jas. Tent nummer één om tien uur!' hoorde ze haar vinnig naar een oude man roepen. 'Vaas?' De vrouw trok haar mondhoeken naar beneden toen ze het ding bekeek. 'Rode sticker. Tent nummer vier, één uur!'

De man die voor Molly in de rij stond, had een enorme doos bij zich. Naarmate de vrouw dichterbij kwam, begon hij steeds nerveuzer op zijn benen te wiebelen.

'Wat hebt u meegenomen?' vroeg de vrouw met gefronste wenkbrauwen aan hem.

De man begon te stamelen. 'Eh, een eh... Het zijn eh... heel veel verschillende dingen eigenlijk.'

De vrouw zuchtte, tilde het deksel een stukje op om in de doos te turen en rolde met haar ogen. Molly zag dat er een straaltje zweet vanuit het haar van de man over zijn slapen liep.

'Ik schrijf u wel op bij "speelgoed". Dan kan de expert beslissen of de rest van uw zooi het überhaupt waard is om naar gekeken te worden.' Ze sprak het woord 'zooi' extra hard uit.

De man slikte, knikte en nam de gele sticker van haar aan. Hij probeerde met één hand de doos vast te houden, terwijl hij met de andere de sticker van het plakgedeelte los probeerde te peuteren.

'Komt u maar,' zei Molly snel. Ze plakte de sticker op zijn jas en lachte extra vriendelijk naar de man. Als ze ergens niet tegen kon, waren het wel situaties waarin iemand een ander opzettelijk een rotgevoel gaf. Op kantoor gebeurde dat vaak genoeg. Dan kwam er een nieuwe stagiair binnen, die volgens de hoofdredacteur weleens een lesje moest leren. De ene na de andere stagiair werd naar de stomerij gestuurd om kleding op te halen. Of om de hond van een ander redactielid uit te laten als het keihard regende. En werd vaak genoeg iemand – hardop tijdens de lunchpauze, als alle redacties het konden horen – terechtgewezen op kleding of werk. Jurkjes die te kort waren. Of slecht geschreven teksten. Molly kromp altijd in elkaar als ze zoiets hoorde en probeerde de stagiairs vervolgens onder haar hoede te nemen om ze een zo fijn mogelijke stage te bezorgen. Eentje waarin ze wél echt leerden wat werken op een redactie inhield.

Goed, gelukkig was die tijd nu voorbij. Maar mensen een goed gevoel geven... Dat deed ze nog steeds graag. 'Wat hebt u allemaal meegenomen?' vroeg ze daarom aan de man.

Hij zette de doos voorzichtig op de grond en opende hem met een plechtig gebaar. 'Deze pop is van mijn over-overgrootmoeder geweest en het verhaal gaat dat ze hem van Walt Disney zelf gekregen heeft.'

Molly keek naar de pop. Het was een beetje een verfrommeld oud ding, maar zoals met zoveel spullen die tijdens de show voorbijkwamen: je wist maar nooit.

De man haalde ondertussen een in doeken gewikkeld voorwerp tevoorschijn. 'Dit zal wel niks zijn, maar ik moest hem van mijn vrouw meenemen. Ik heb hem ooit, vijftig jaar geleden, voor haar gekocht als huwelijkscadeau tijdens een *school fair*. Er staat een stempel op de bodem en volgens mijn vrouw is servies met een stempel altijd meer waard dan je denkt.'

Molly moest lachen. De theepot was prachtig, maar of die nou een fortuin waard was...?

De man liet haar nog meer oud speelgoed zien. Een oude tol. Een stoffige teddybeer. En een oude landkaart, die op een schatkaart voor kinderen leek.

'Wat gaat u doen als een van deze dingen een fortuin waard blijkt te zijn?' vroeg Molly belangstellend.

'Ha, als het echt een enorm fortuin is, dan koop ik een cottage voor mijn zoon hier in Bossington of Porlock. Hij woont in het buitenland en komt veel te weinig langs. Als hij hier een huisje heeft... Nou ja, dan kan hij misschien in de vakanties wat vaker op bezoek komen.'

'Ik ga voor u duimen. Hoe laat bent u aan de beurt?' Ze keken op de plattegrond naar het schema.

'De gele tent is om elf uur,' zei Molly. 'O, wacht... Het is geen tent, maar de grote zaal in het huis! Dan kom ik zeker naar u kijken.'

De man straalde en ging iets meer rechtop staan. Het viel Molly nu pas op dat hij een prachtige fluwelen smoking onder zijn jas aan had. Zelf had ze ook extra haar best gedaan vandaag; hoewel het nog een beetje fris was, droeg ze haar Italiaanse jurk met het bijpassende jasje. Ze was benieuwd wat Atlas ervan zou vinden. Die had haar in de korte tijd dat ze elkaar kenden alleen nog maar in outdoor- en sportkleding gezien... Oké, en naakt natuurlijk. Even zwijmelde ze weg bij de fantastische seks die ze hadden gehad. Die gespierde armen, die wilde bos haren en die blik vlak voordat hij haar kuste, kon ze eindeloos als een film in haar hoofd blijven afspelen.

'Dames en heren!'

Molly werd uit haar dagdromen gehaald door Atlas' stem. Hij stond bovenaan het terras en zwaaide met zijn armen naar het publiek. Molly zwaaide terug, maar hij kon haar natuurlijk niet zien tussen al die mensen.

'Dames en heren. We gaan bijna beginnen. Wil iedereen naar de tent of zaal lopen die correspondeert met de kleur van jullie sticker? Daar horen jullie waar de spullen neergezet kunnen worden en waar jullie mogen gaan zitten.'

De lange rij mensen kwam langzaam in beweging. Iedereen liep heel voorzichtig het lange pad op. Molly hoopte dat Atlas zou blijven staan en haar zou zien. Ze verlangde zo sterk naar hem dat ze zelfs genoegen zou nemen met een supersnelle kus of omhelzing.

'Atlas!' riep ze. Hij keek haar kant op.

Ze zwaaide weer en probeerde zich extra lang te maken, zodat ze boven de mensen uitstak, maar dat lukte niet echt. Hij leek terug te praten, maar heel zacht en hij keek haar ook niet echt aan.

'Atlas!' riep ze weer. Hij drukte met zijn hand op zijn oor en toen pas zag Molly dat hij niet tegen haar sprak, maar in een oortje. Hij kreeg duidelijk een instructie, want hij draaide zich abrupt om en liep het gebouw in.

De oude man draaide zich even naar Molly toe. 'Die is vast heel druk,' zei hij.

Molly moest om zichzelf lachen. Wat stond ze zich eigenlijk aan te stellen om een jongen die ze nog maar net kende? Het was maar een flirt, toch? Of een rebound, zoals Celine had gezegd.

Of begon ze toch stiekem echt verliefd te worden op deze blonde god?

24

Het was doodstil. De lampen zoemden zachtjes en gaven gelukkig iets van warmte af in de enorme, koude zaal. Molly zat in wat normaal de woonkamer van het landhuis was. De meubels waren weggehaald en daarvoor in de plaats stonden tientallen stoelen opgesteld rondom een glanzende mahoniehouten tafel. Aan die tafel zat de bekende hoofdpresentator van het programma, Sean Roberts, geconcentreerd van een vel papier te lezen, terwijl een geluidsman een microfoontje aan zijn jasje bevestigde.

'Iedereen klaar?' riep de geluidsman. 'Actie na vijf, vier, drie...' De twee en de een sprak hij niet uit, maar gebaarde hij met zijn vingers.

De zaal was muisstil en de presentator begon te praten. 'Welkom allemaal bij weer een nieuwe aflevering van *Antiques Roadshow*, lieve kijkers. Deze keer filmen we op een bijzondere locatie: het pittoreske dorpje Bossington aan de rand van het Exmoor National Park in Somerset. We beginnen vandaag met prachtige objecten die door mensen uit de omgeving zijn binnengebracht. De zon schijnt door de ramen van dit prachtige oude landhuis en wij hebben er zin in!'

Sean Roberts lachte breed naar de camera en de eerste kandidaat werd ondertussen van achter de coulissen – een zwart doek dat was opgehangen – naar de tafel gewezen. Het was een vrouw die Molly weleens had gezien in de supermarkt. Ze droeg een enorme donkerblauwe fluwelen jurk die niet zou misstaan op een kerstfeest.

De regisseur zette haar voorwerpen zachtjes neer op de tafel. Op het scherm was te zien dat de uitzending voor de kijkers thuis nu een deel van de omgeving toonde. Met een drone was Bossington vanuit de lucht gefilmd. Molly zag de kleine cottages voorbijkomen, de Tea Garden waar Atlas werkte, en toen zoomde de camera in op het landhuis, waar zij nu zaten. Ze zag de tenten wapperen in de ochtendbries en mensen plaatsnemen aan de tafeltjes op het terras. De geluidsman kwam weer bij de tafel staan en zei: 'Live over tien seconden!'

De vrouw in de blauwe jurk nam een slok uit een glas water. Haar handen trilden en snel zette ze het glas weer terug.

'Mijn eerste kandidaat is Mary uit Porlock. Mary, vertel me eens, wat heb jij meegenomen?' vroeg Roberts met een oogverblindende glimlach.

Mary schraapte haar keel. 'Deze Japanse space-poppetjes, volgens mij uit de jaren zestig.'

Roberts pakte met expertise de poppetjes voorzichtig op. 'Weet je nog hoe je eraan komt?'

'Mijn vader moest voor zijn werk altijd veel op reis en deze poppetjes heeft hij een keer voor mij meegenomen van een van zijn reizen.'

'Het zijn prachtige poppetjes en ook nog in zeer goede staat.'

'Nou, dat is best verbazingwekkend,' zei de vrouw. 'Ik nam ze vroeger overal mee naartoe. School, de zandbak, dat soort dingen.'

'Dan is dat inderdaad verrassend,' vulde Roberts aan. 'Want ze hebben nauwelijks een krasje.' Hij bekeek de poppetjes nog eens goed en zei toen: 'Wist je dat er een enorme verzamelmarkt is voor dit soort Japans speelgoed? Een liefhebber betaalt hier met gemak vijfhonderd pond voor!'

De zaal klapte.

'Wacht heel even!' Roberts hield zijn handen in de lucht en gebaarde het publiek tot stilte. 'Per poppetje! Dat had ik er misschien even bij moeten zeggen.'

Mary's wangen waren knalrood geworden en je zag haar snel een rekensom maken in haar hoofd. Zeven poppetjes, dat was toch lekker drieënhalfduizend pond, dacht Molly. En dat voor een paar plastic poppetjes waar die vrouw waarschijnlijk nooit meer naar omkeek. Het publiek juichte en de volgende deelnemer werd snel in haar stoel geschoven. Het was de man die in de rij voor Molly had gestaan.

'Aan tafel bij mij de volgende deelnemer. Meneer…' De presentator keek even snel op zijn spiekbriefje. 'Elliott Watters, welkom. Ik zie dat u een hele verzameling spullen hebt meegenomen.' Hij pakte de schatkaart, het theekannetje en nog wat spullen erbij. 'Kunt u hier iets meer over vertellen?'

Elliott vertelde dat hij de theepot had gevonden op een tweedehandsmarkt op een school. En dat hij de schatkaart een keer tijdens het opruimen van zijn secretaire had ontdekt onder het werkblad.

'Hoeveel hebt u voor dat theepotje betaald?' vroeg Roberts belangstellend.

'Nou, ik denk niet meer dan twaalf pond,' antwoordde Elliott.

'Dan wilt u nu natuurlijk weten wat voor waarde ik eraan zou hangen?'

'Heel graag,' zei Elliott, die hoopvol opkeek.

'De theepot heeft een stempel,' zei Roberts. 'En dat zegt vaak iets over de herkomst van het porselein. In dit geval is het echter… nep.'

Er klonk meteen geroezemoes vanuit de zaal.

'Dat neemt niet weg dat het een prachtige theepot is.'

'We hebben er elke dag veel plezier van,' antwoordde de man, die een beetje zuur lachte. 'En de schatkaart?' vroeg hij toen voorzichtig.

'De schatkaart is helaas niet meer dan een oude bouwtekening,' antwoordde Roberts luchtig.

De oude man stond langzaam op en maakte aanstalten om zijn doos vol oude spullen te pakken.

'Ho, ho, wacht eens even. Waar gaat u naartoe?' vroeg Roberts verbaasd. Ondertussen gebaarde de geluidsman dat de zaal stil moest zijn en dat de man weer moest gaan zitten. 'Wij zijn nog niet klaar met u.' Roberts lachte en hij haalde van onder de tafel de oude pop tevoorschijn. 'Wat is hier het verhaal bij?'

De man vertelde het Walt Disney-verhaal dat hij Molly eerder had verteld. 'Maar die zal ook wel niks waard zijn.' Hij zag er ineens heel erg oud en moe uit.

'Nou, dat weet je natuurlijk nooit,' zei de presentator. 'Er zijn maar iets van tweehonderdvijftig van deze poppen gemaakt. Van de echte, dan. In de jaren daarna zijn natuurlijk wel duizenden namaakversies op de markt gekomen. Nou... Ik zal u vertellen wat de waarde is, want daarvoor kijken de meeste mensen, natuurlijk.'

Molly merkte dat ze haar adem inhield. De zaal was nu echt doodstil.

'Stop!' gilde de geluidsman ineens vanuit het niets.

Er ging een enorme zucht door het publiek. Blijkbaar was Molly niet de enige die haar adem had ingehouden. De presentator werd op zijn schouder getikt door iemand van de productie. Hij wees naar de pop, pakte er een briefje bij en liet hem iets lezen. Roberts' mond viel open en hij keek verrast naar de productieman. Molly baalde dat ze net niet kon horen wat ze zeiden.

Na vijf minuten, waarin het publiek druk fluisterend zat te wachten, stond de geluidsman weer op. 'En actie!'

'Laat ik beginnen met het volgende...' zei Roberts. Hij keek de man ernstig aan. 'De pop die hier voor ons ligt, die is echt.' Er klonk opgewonden geroezemoes in het publiek. 'Maar er is meer. Hij is niet alleen echt, maar uit ons onderzoek blijkt ook nog eens dat het de allereerste pop is die is gemaakt in deze serie. Dat kun je zien aan het cijfer één, onder de voet.'

De camera zoomde in op de voet van de pop, waar duidelijk een één in gegraveerd stond.

'De waarde van deze pop,' begon Roberts plechtig, 'ligt ergens tussen de tweehonderdvijftigduizend en driehonderdduizend pond.'

Elliott sloeg zijn handen voor zijn mond.

'Zou u de pop willen verkopen?' vroeg de presentator.

'Voor dat bedrag zeker!' riep de oude man.

'Dat is mooi! Ik hoor namelijk door mijn oortje dat een anonieme koper uit dit publiek zich heeft gemeld. Hij biedt maar liefst driehonderdduizend pond!'

De zaal werd helemaal gek en iedereen keek om zich heen, op zoek naar die anonieme koper. Er gleed een traan over haar wang. Precies op dat moment zag ze Atlas aan de andere kant van de zaal. Hij staarde haar vreemd aan. Snel veegde ze de traan van haar wang. Wat moest hij wel niet denken? Zat ze hier een potje te janken tijdens de opname van een antiekshow.

Elliott stond glunderend op van de tafel en werd door het hele publiek – allemaal bekenden van hem – omhelsd of op zijn schouder geklopt. Snel stond Molly op. Atlas was alweer verdwenen, maar ze besloot dat ze hem zou gaan zoeken. Al was het maar om te bewijzen dat ze niet zo'n emotioneel type was dat om alles moest huilen. Want daar hield zo'n stoere man als hij vast niet van.

25

Molly stond op het terras, het hoogste punt van de tuin van het landgoed, in de hoop dat ze Atlas zo makkelijker kon vinden. Het mocht gelukkig baten: opeens zag ze hem aan de andere van de tuin in een van de tenten staan. 'Atlas!'

Hij was druk in gesprek met iemand die net achter het wapperende tentdoek stond. Ineens leunde hij naar voren.

Molly keek om zich heen. Het liefst zou ze het terras af springen en via het bloemenperk naar de tent lopen. Nee, er liepen te veel mensen en bovendien wilde ze geen bloemen plattrappen. Snel liep ze via de trappen richting de tent.

Atlas stond er nog steeds. Mooi, dan kon ze eindelijk even met hem praten. Of met hem zoenen. Ze kon niet wachten. 'Atlas!' riep ze weer toen ze de tent in stapte. Ze zag nog net dat een knappe blonde vrouw zich losmaakte uit hun omhelzing.

'O,' was het enige wat Molly kon uitbrengen. Ze keek Atlas vragend aan.

'Molly!' riep Atlas enthousiast. Hij kwam naar haar toe en gaf haar een knuffel.

Geen kus, dacht Molly meteen, terwijl ze probeerde haar gedachten op een rijtje te krijgen.

'Dit is, eh...'

Keek hij nou ongemakkelijk? Molly kende hem nog niet goed genoeg om dat in te schatten. 'Dit is Helena. Helena, Molly.'

Molly gaf de vrouw een hand. 'Hallo,' zei ze, terwijl er van alles door haar hoofd ging. *Wie is die vrouw? Wat doet ze hier? Waarom gaf Atlas haar een knuffel? Moet ik me zorgen maken? En moet ik me eigenlijk überhaupt wel zorgen maken om iemand die ik nog maar zo kort ken? Zou het voor hem niks betekend hebben? Maar waarom dan die liefdesverklaring laatst bij het ontbijt?* Molly lachte naar Atlas en hoopte iets in zijn ogen te zien. 'Zie ik je vanavond in de pub?' vroeg ze voorzichtig.

'Jazeker. We gaan allemaal naar de pub,' antwoordde hij en ook Helena knikte.

Molly probeerde haar onopvallend te bekijken. Ze droeg een witte corduroy broek, een bruine leren Hermes-riem en zo'n kraakheldere witte blouse met een grote kanten kraag. Daaroverheen een grijs vest dat vast honderd procent kasjmier was... Dat moest wel, met dat perfect geföhnde haar. Molly kon zich niet herinneren wanneer zij voor het laatst haar haar had geföhnd.

'Oké, jongens, ik moet door. Vanavond? Pub?' Atlas stak allebei zijn duimen omhoog, draaide zich resoluut om en liep richting het grote huis.

Molly keek hem na. Vanuit haar ooghoek zag ze dat Helena hetzelfde deed. 'Waar ken je Atlas van?' vroeg Molly zo luchtig mogelijk aan haar.

'We zijn praktisch samen opgegroeid. Onze vaders zijn al jaren bevriend en besloten ooit om al hun vakantiehuizen altijd naast elkaar te kopen, zodat ze overal buren konden zijn. We hebben al onze vakanties dus altijd samen gevierd.'

'Eh, ál jullie vakantiehuizen?' Molly probeerde niet al te verbaasd te klinken.

'Ja, je weet wel. Sankt Moritz, Saint-Tropez, Nantucket, New York. Al zijn onze families in New York niet echt buren, maar we wonen wel allemaal in hetzelfde gebouw.'

'Dat klinkt fantastisch!' zei Molly en ze slikte.

'En hoe ken jij Atlas?' vroeg Helena.

'O, eigenlijk uit de Tea Garden, en de pub en...' Molly stopte met praten en merkte dat haar wangen rood werden. Stel dat Helena ook iets in Atlas zag? Of misschien al jaren verliefd op hem was?

Maar Helena leek haar niet echt gehoord te hebben. Ze was druk op zoek naar een zoemende telefoon in haar tas. Ze vond 'm, zette hem uit en keek Molly indringend aan. 'Kijk maar uit, hoor,' zei ze. 'Atlas heeft nogal de neiging om vrouwen het hoofd op hol te brengen. Hij is heel charmant, maar... maak jezelf niets wijs.' Toen draaide ze zich om en liep weg.

Molly bleef verbaasd achter. Wat had dat nou weer te betekenen? Ze was vast jaloers. Vanavond in de pub zou ze wel zien hoeveel Molly voor Atlas betekende en dat hij echt niet alleen maar haar hoofd op hol bracht. Zij het zijne ook!

Zodra ze thuis was, trok Molly haar jurk uit en verwisselde die voor een oude jeans en een geruite blouse. Iets geschikter voor de pub.

Na de ontmoeting met Atlas en Helena was de rest van de dag een beetje in een waas aan haar voorbijgegaan. Het liefst had ze de uren doorgespoeld naar de avond, zodat ze Atlas kon zien en alles weer was zoals ze hoopte. Ze had de hele middag geprobeerd op dezelfde plek als hij te zijn, maar telkens als ze in een live-opname zat, kon ze natuurlijk niet opstaan of weglopen, laat staan met hem praten. Bovendien was hij daar aan het werk en hij was vast te geconcentreerd om met zijn omgeving bezig te zijn. Vanavond zou hij haar wel geruststellen. Helena was vast gewoon een collega en hij had zich niet onprofessioneel willen opstellen. Daarom had hij haar niet kunnen kussen! Het was allemaal heel logisch. Molly zuchtte diep; ze had zich weer eens veel te druk gemaakt om niets. Snel schoof ze haar voeten in haar loafers voor ze de deur achter zich dichttrok.

De pub was bomvol. Ze liep naar de bar om een cider te bestellen, maar hoefde niks te zeggen, want de barman had haar favoriete appelcider uit de streek al voor haar getapt. 'Van het huis,' zei hij, terwijl hij haar het glas aangaf. Molly keek de pub rond en voelde zich ondanks alles ineens intens gelukkig. Waar kon ze in Amsterdam nou een kroeg binnenlopen en zo worden ontvangen? Ze was hier nog geen twee weken, maar het voelde alsof ze hier al jaren woonde en heel veel vrienden had gemaakt.

'Molly!' Kate en George zaten aan de grote tafel aan het eind van de pub. 'Kom bij ons zitten!'

Molly keek nog een keer of ze Atlas zag en schoof vervolgens aan naast Kate.

'Heb je het gehoord?' vroeg George.

'Wat?' vroeg Molly.

'Van Elliott? Die had schijnbaar een of andere pop mee en die heeft hij voor heel veel geld verkocht!' vertelde George.

'Nou,' begon Molly. 'Ik zat praktisch aan die tafel toen het gebeurde!' Ze was het voorval bijna vergeten door de rare ontmoeting met Atlas en Helena.

'Dat hij dat nog mag meemaken op zijn leeftijd!' riep Kate.

'Weet iemand wat hij met het geld gaat doen?' vroeg een man aan de andere kant van de tafel.

'Ja, dat weet ik,' riep Molly verheugd. Ze stond op en stak haar hand naar hem uit. 'Hoi, ik ben trouwens Molly.'

'O, hallo. Ik ben James,' zei de man ietwat verrast.

'Hij is ook van de show!' riep Kate iets te hard. Ze had duidelijk al een paar wijntjes op. 'Maar vertel nou, wat gaat hij doen met dat geld?'

'Hij wil een cottage kopen voor zijn zoon,' zei Molly enthousiast. 'Die woont schijnbaar in het buitenland en komt hem te weinig opzoeken. Met een huisje hier hoopt Elliott zijn zoon en kleinkinderen iets vaker te zien.'

'Dat is het beste wat ik vandaag heb gehoord!' zei George. 'Ik hoorde dat Mary een cruise heeft geboekt van het geld. Zo eentje waar alles inclusief is. Moet je maar zin in hebben!'

'En heb jij nog bijzondere ontdekkingen gedaan vandaag?' vroeg Molly aan James.

'Nou, de man die bij mij aan tafel zat,' begon James, 'had een heel bijzonder schilderij bij zich. We denken dat het een originele Mondriaan is, een van zijn eerdere werken, maar we moeten dat nog verder onderzoeken. Als dat zo is... dan is dat echt een wonder!' James keek opgetogen de tafel rond.

Molly keek hem lachend aan. Als ze niet zo verliefd was geweest op Atlas, had ze hem misschien wel knap gevonden. Hij was iets ouder, of zag er in ieder geval heel erg volwassen uit in zijn tweed jasje met vlinderdas. Hij had helderblauwe ogen en kuiltjes in zijn wangen. Zijn wilde, donkere krullen zaten een beetje plat op zijn hoofd geplakt. En... had hij nou haarlak in zijn haar en rouge op zijn wangen? Molly keek nog een keer goed. Ja, hij had zijn haar vastgeplakt met haarlak en zijn gezicht leek wel geschminkt, als zo'n Amerikaanse soapacteur. Wat een type, dacht Molly. Echt zo'n ijdele tv-presentator. Maar goed, hij had wel iets, dat moest ze toegeven.

'Nog een rondje?' vroeg Molly en ze stond op om naar de bar te lopen. Ondertussen keek ze om zich heen of Atlas er al was. Terwijl ze stond te wachten, hoorde ze zijn naam achter zich. Een stel jongens van de plaatselijke vissersclub waren bezig met een drankspelletje en hun hele tafel stond vol met lege glazen bier. Molly spitste haar oren om te horen waar ze het over hadden. Ze ving wat flarden op, maar kon het niet helemaal volgen.

'Wat een sukkel,' zei er eentje. 'Altijd maar de vrijgezel uithangen en zo stoer doen met zijn kajak. En nu gaat-ie trouwen!'

'Dat meen je!'

Kajak? Trouwen? dacht Molly. Ging dit over háár Atlas? Dat had ze toch vast niet goed gehoord? Ze bestelde de drankjes en liep terug naar de tafel. Het gesprek ging nog steeds over de opnamen van die dag.

James vertelde over alle kunst die in zijn studio voorbij was gekomen. Helaas was het meeste niet origineel geweest, of niet heel veel waard, maar hij had enorm genoten. 'Ik werk voor een grote antiekhandelaar in Londen, maar eens in de zoveel tijd vragen ze mij bij de show. Het is een eer en om eerlijk te zijn ook goede publiciteit voor onze zaak. Na elke opname stijgt onze omzet met twintig procent.'

'Ongelooflijk,' antwoordde Molly, maar ze had niet echt geluisterd. Dat kwam niet alleen door het feit dat ze elke minuut over haar schouder keek om te zien of Atlas binnenkwam, maar ook door de hoeveelheid cider die ze inmiddels ophad. Ze dronk meestal één glas, hooguit twee. En na die tweede werd ze vaak wat giechelig. Maar dit was al haar vierde glas en Molly merkte dat de stemmen van mensen haar in slow motion bereikten. Als ze haar hoofd iets te snel bewoog, begon de pub te draaien.

James had zijn jasje uitgetrokken, das afgedaan en de mouwen van zijn overhemd opgerold. Hij zag er bijna aantrekkelijk uit, behalve dat zijn haar nog steeds in dat belachelijke plakkapsel zat en zijn wangen iets te roze glansden.

Kate, die inmiddels ook met een dubbele tong was gaan praten, plofte opnieuw naast Molly in het bankje en gaf haar een por in haar zij. 'Wees maar blij dat je niet met die vrouwenverslinder hebt aangepapt. Wat ik nu heb gehoord: hij is dus verloofd en gaat binnenkort trouwen.' Ze hikte even.

Molly was in één klap nuchter. 'Welke vrouwenverslinder?' Maar eigenlijk wist ze het antwoord al. Dan hadden die jongens van de vissersclub het tóch over hem gehad.

'O...' antwoordde Kate en ze keek Molly aan. 'Nee, toch? Heeft-ie je toch te pakken gehad?' Ze sloeg een arm om Molly heen en riep luid naar de bar: 'Shotjes voor iedereen!'

Molly staarde naar de tafel. Ze was woest. Hoe had Atlas haar dit kunnen aandoen? Je gaat toch niet naar bed met iemand anders als je verloofd bent? Natuurlijk gebeurden die dingen soms, maar dan was het een foutje, in een dronken bui, laat op de avond. Wat Atlas en zij hadden was geen foutje. Het was pure romantiek, seks die echt iets betekende. Op klaarlichte dag, zonder ook maar een druppel alcohol! Ze sloeg het shotje dat Kate voor haar had neergezet achterover. Voordat George zijn glaasje kon pakken, dronk Molly dat ook leeg. George keek haar verbaasd aan, maar knikte toen ze zei: 'Geloof me, ik heb dit nu echt even nodig.'

Wat kon het haar nog allemaal schelen! Stampend liep ze naar buiten, zodat ze in alle rust een boos bericht kon sturen naar Atlas. Nee, nog beter: ze zou hem bellen en om uitleg vragen. Ja, dat zou ze doen. Ze liep naar de muur van de haven, ging erop zitten en schraapte haar keel een paar keer. Toen pakte ze haar telefoon en belde zijn nummer.

Hallo, Atlas hier. Je weet wat je moet doen...

O. Voicemail. Daar had ze niet op gerekend. Even stond ze verslagen naar de telefoon te staren. 'Nooit een jongen bellen of appen als je dronken bent!' Dat was wat Celine haar altijd op het hart drukte, ook al had ze het zelf maar al te vaak gedaan. Molly hing snel op en tikte op Celines naam.

'Molly!' riep Celine vanaf de andere kant van de lijn. 'Alles goed? Het is midden in de nacht!'

'Godverdomme,' zei Molly met verstikte stem.

Meer informatie had Celine niet nodig. 'O, nee. Wat heeft die sukkel gedaan?' vroeg ze.

Molly vertelde haar het hele verhaal. De tranen prikten in haar ogen, maar tegelijkertijd was ze te dronken om ook maar iets van verdriet te voelen en die tranen toe te laten.

'Weet je wat jij moet doen?' zei Celine. 'Je gaat nu terug die pub in. Je zoekt de knapste kerel die je kunt vinden en neemt hem mee naar huis. Dat is het beste en enige medicijn.'

'Eh,' zei Molly. 'Ik kan toch niet zomaar met een wildvreemde naar bed gaan? Stel dat die ook verloofd of zelfs getrouwd is?'

'Gewoon doen!' riep Celine. 'Werkt bij mij altijd. En neem twee paracetamol voordat je gaat slapen. Zo te horen heb je iets meer alcohol op dan je aankunt. Ik spreek je morgen, oké? *Go get them!*' riep ze nog voor ze ophing.

Zou het helpen? dacht Molly. Ze wilde Atlas zo snel mogelijk uit haar geheugen wissen en dat ging misschien beter door voor eens in haar leven niet te denken, maar te dóén. *There's a first time for everything*, toch?

Molly ademde diep in, liep terug de pub in en nestelde zich deze keer naast James op het bankje. Kate, die haar ogen bijna niet kon openhouden, knipoogde zo goed en zo kwaad als het ging naar haar.

Zonder zichzelf de tijd te geven om weer op te staan en weg te lopen, legde ze subtiel haar hand op James' arm. Heel even werd ze overspoeld door ongemak, maar hij legde zijn vrije hand op die van haar en glimlachte langer dan normaal naar haar. Oké, dit ging wel heel gemakkelijk.

Het gesprek ging even zo door, tot de barman aan de bel trok voor de laatste ronde. Molly had echt genoeg gehad, zelfs in haar dronken toestand kon ze dat aanvoelen. Ze was al opgestaan en naar de uitgang gelopen toen James haar plotseling tegenhield. 'Zal ik je naar huis brengen?' vroeg hij zacht.

Molly dacht aan het advies van Celine en probeerde hem verleidelijk aan te kijken. 'Ja hoor, is goed.'

Al waggelend liepen ze achter elkaar over de loopbrug. Molly probeerde helder na te denken, maar ze had al haar hersencellen nodig om rechtop te blijven lopen. Voor ze het wist stonden ze voor de deur van de cottage. Wat nu? dacht Molly. Ze was bang dat er een ongemakkelijk stilte zou vallen, een waarin James haar hart zou kunnen horen bonken. Ze zuchtte hoorbaar en wilde net gaan zeggen dat ze allebei maar moesten gaan slapen toen hij een stap dichterbij deed. Hij streek haar haren uit haar gezicht en liet zijn hand over haar rug naar haar middel glijden. Een heerlijke rilling ging door haar lichaam. Langzaam boog hij zich naar haar toe. De geur van haarlak drong haar neus binnen, maar dat kon haar ineens niet meer zoveel schelen. God, wat was hij knap.

James omhelsde haar nu helemaal, trok haar tegen zich aan en begon haar te kussen. Geen vluchtige kus waarvan je later kon denken dat het per ongeluk was geweest. Nee, dit was echt een ouderwetse, hartstochtelijke tongzoen. Molly opende tijdens het zoenen een paar keer haar ogen. Gewoon, om te checken of dit wel echt allemaal gebeurde.

Toen ze uitgezoend waren, duwde Molly hem terug de brug op. Hij moest vooral niet mee naar binnen proberen te komen. Een onenightstand vond ze vanavond iets te ver gaan. Ze wachtte tot hij veilig het vasteland had bereikt, nam twee paracetamol en plofte met haar kleren aan op bed.

26

Het duurde vier dagen tot Molly na alle heisa omtrent Atlas de cottage uit durfde. Kate had haar geprobeerd te bellen, maar ze had niet opgenomen. George had op de tweede dag een zak scones aan de deur gehangen. En zelfs Wilkie was een keer op het raam komen kloppen. Ze had niemand willen spreken. Ze voelde zich zó stom. Hoe had ze voor de charmes van zo'n leugenaar kunnen vallen? Kate had haar nog wel gewaarschuwd! En dan had ze ook nog aangepapt met James... Wat had ze gedáán? Al die tijd had ze zichzelf compleet opgesloten. Oké, behalve dan die keer dat ze om zes uur 's ochtends met een zonnebril en pet op was gaan hardlopen.

'Atlas is hier de hufter, hè?! Niet jij! Hij moet zich schamen en zichzelf opsluiten.' Celine was nog steeds woest toen Molly met haar facetimede.

'Ik durf niet eens de brug over voor vers brood van George, laat staan naar de supermarkt in het dorp.' Molly peuterde een stukje uitgedroogde scone uit haar haar. Dat had ze ook al die tijd niet gewassen, bedacht ze zich ineens.

'Is er geen bezorgservice?' vroeg Celine, terwijl Molly hoorde dat ze driftig op haar laptop typte.

'Niks,' verzuchtte Molly. 'Heb ik ook al geprobeerd.'

'Wacht, ik heb iets!' Celine klonk triomfantelijk. 'Je kunt complete foodpakketten bestellen bij een deli. Even kijken...'

Molly hield haar mond. Ze had het hele internet al afgespeurd. Het enige wat ze had kunnen vinden, was een boodschappendienst voor ouderen en een gastropub zestig kilometer verderop die maaltijdboxen verzorgde.

'O, laat maar. Het zijn kerstpakketten die je nu al kunt reserveren, maar die worden dan pas in december bezorgd.'

'Hmm,' mompelde Molly. 'Dan moet ik dus nog zo'n tweehonderd dagen volhouden. Kom jij mijn lichaam uit huis halen als het pakket niet op tijd komt?'

'Hè, gatsie,' schreeuwde Celine. 'Niet zo eng doen, hoor! Neem een douche, was je haar een keer of drie, doe je zachtste joggingpak aan en ga naar buiten. Dit is toch te gek voor woorden? Ik zeg het nog maar een keer: jij hebt niks verkeerd gedaan!'

Molly wist dat Celine gelijk had. Ze wist ook dat mensen haar niks kwalijk zouden nemen. Maar ze had gewoon geen zin in de meewarige blikken van mensen die ze nog niet zo lang kende.

Toch liep ze niet veel later in haar zachtste legging, met zonnebril en pet richting de broodbus van George.

'Molly!' riep hij toen hij haar zag. 'Ik dacht bijna dat je naar huis was gegaan zonder afscheid te nemen. En ik ben niet de enige!'

'Ik zou echt niet zomaar weggaan, hoor,' mompelde ze.

'Nee, maar we dachten... Nou ja, we dachten misschien...' George keek haar met een ongemakkelijke blik aan. 'Gaat het wel met je? Ik was een beetje bezorgd toen ik je gisteren en eergisteren niet trof, maar ik wil me natuurlijk nergens mee bemoeien.'

'Dat is lief van je,' zei Molly. 'Maar vertel me eens. Weet het hele dorp van mij en Atlas?'

George keek naar de grond.

'Zeg het maar gewoon, hoor. Dat kan ik wel hebben.'

'Ja,' zei George. 'Iedereen weet het. Kate kan haar mond niet goed houden en zegt ook steeds dat ze je voor hem had gewaarschuwd.'

'Maar ze had er niet bij verteld dat hij verloofd was!' zei Molly zachtjes.

'Nee, maar eerlijk gezegd wist Kate dat ook niet. Niemand van ons, volgens mij. De verloving is pas vandaag officieel aangekondigd in de krant.'

'In de krant?' vroeg Molly verbaasd.

'Jep... En dat is nog niet alles.' George pakte de krant van de passagiersstoel van zijn bus. 'Hier. Lees zelf maar.'

'Mag ik die meenemen?' vroeg Molly. Ze las het liever niet waar George was.

'Tuurlijk. En meteen ook maar een paar scones erbij?' vroeg George.

'Graag,' antwoordde Molly, die de krant in haar hand voelde branden. Wie deed dat nou nog: een huwelijksaankondiging?

In Amerika was dat wél normaal bij traditionele families en ze was dol op dat soort artikeltjes. Elk weekend las ze de nieuwe verlovingsaankondigingen op de site van *The New York Times*. Het was heerlijk om te lezen hoe Amerikaanse *college sweethearts* na jaren daten verloofd waren. Meestal woonden ze in een hip appartement in Brooklyn, met plannen om na de bruiloft te verhuizen naar een groot houten huis buiten de stad. In Molly's ogen leken het altijd droomlevens.

'*Listen, Molly*,' zei George, die haar uit haar gedachten deed opschrikken. 'Maak je niet al te druk om wat mensen denken, oké? Het troost je misschien dat je niet de enige bent die is misleid. Voor je het weet hebben mensen het alweer over iets nieuws in het dorp.'

'Ha!' Molly lachte verdrietig. 'Er gebeurt hier namelijk zo veel!'

'Ach,' zei George 'Een deel van het dorp is alweer in rep en roer over dat schilderij dat ontdekt is tijdens *Antiques Roadshow*.'

'Welk schilderij?' vroeg Molly.

'Die presentator die van de week in de pub bij ons aan tafel zat, had toch een schilderij in de show waarvan ze vermoedden dat het een echte Mondriaan is?'

Molly moest goed nadenken. Ze kon zich niet heel veel meer herinneren van die avond. Behalve dat ze met diezelfde man had gekust voor de deur van haar cottage. Klein detail.

'Ze hebben het schilderij laten onderzoeken in Londen en nu komen ze terug om te filmen en om de eigenaar live te vertellen of het echt is of niet.'

'Ik hoop het voor ze,' zei Molly, die zich iets vrolijker voelde door dit nieuwtje. 'Weet je al wanneer ze komen?' Ze was liever voorbereid als ze James tegen het lijf liep. Zou hij weer zo veel haarlak in zijn haar hebben?

Molly zat aan de keukentafel met de verrukkelijke verse scones en enorme stapels boeken om zich heen. Vandaag zou ze voor iedereen een nieuw boek kiezen en er een kaartje bij doen, waarop ze schreef waarom ze het boek had gekozen voor die persoon.

Vóór het hele Atlas-fiasco had ze er speciaal kaartjes voor gekocht bij de drogist, vanillegeel met kleine bijpassende envelopjes. Ze had alles klaargezet om een selectie te maken, maar eerst: de krant. Ongeduldig bladerde ze naar de pagina met huwelijksaankondigingen, maar vond tussen de berichten geen Atlas. Vreemd. Zou George zich vergist hebben in de dag? Ze bladerde de krant nog eens door en toen zag ze het. Geen kort bericht van vijf regels, maar een groot artikel met verlovingsfoto.

Atlas droeg op die foto een pak. Een pak! Donkerblauw met een wit overhemd eronder. Zijn wilde blonde haar was kortgeknipt en zat strak naar achteren gekamd. Helena stond naast hem in een roomwitte kanten jurk met haar prachtige haar losjes over haar schouders. Ze keken zelfverzekerd in de camera. Molly las de tekst die erbij stond.

Graaf Atlatticus George Sandringham en Lady Helena Catherina von Bilt stappen nog deze zomer in het huwelijksbootje. Atlas en Helena kennen elkaar al sinds hun jeugd, maar tijdens een studie-uitwisseling aan Harvard University twaalf jaar geleden sloeg de vonk pas echt over.

Atlas begon zijn eigen advocatenkantoor in Londen, waarvan hij onlangs een sabbatical nam. Helena is partner bij het gerenommeerde Paxton & Stansford in the City. Het stel is dol op hun werk, maar ze willen na het huwelijk vooral veel gaan reizen en hebben onlangs geïnvesteerd in een nieuwe resortketen, waarvan het eerste resort op de Bahama's gebouwd zal worden. Daar willen ze ook gedeeltelijk gaan wonen. Helena hoopt daar haar oude liefde voor paardrijden weer te kunnen oppakken (ze was ooit jeugdkampioen springen met haar paard Holly Golightly) en Atlas wenst zijn werk te combineren met zijn grootste hobby: watersporten, en dan vooral kajakken en surfen. Ze treden deze zomer in het huwelijk in Bossington House in hun favoriete streek Somerset.

'Shit,' zei Molly hardop. Ze wist niet waar ze moest beginnen. Atlas was een graaf! Zijn echte naam was dus Atlatticus, en hij en Helena waren kennelijk al twaalf jaar samen. Een advocaat met zijn eigen firma! Dit paste helemaal niet bij de Atlas die zij kende. Alleen de sabbatical verklaarde wie hij was. Het lange haar, zijn baantje bij de Tea Garden. Doen waar hij zin in had. Alsof hij zichzelf een jaar vrij had gegeven van zichzelf. En van Helena. Misschien hadden ze het wel zo afgesproken: een jaartje doen waar ze allebei zelf zin in hadden voordat ze zouden gaan trouwen. En Molly was de sukkel geweest die erin was getrapt. Kwaad gooide ze de krant op de grond en nam een enorme hap van haar scone.

27

Nog voordat ze haar scone op had, had Molly de krant toch weer opgeraapt en het artikel nog twintig keer gelezen. Daarna had ze obsessief naar elk detail op de foto gestaard en haar laptop erbij gepakt voor een uitgebreid Google-onderzoek.

Atlas was totaal iemand anders dan ze had gedacht. Haar hoofd was op hol gebracht door een vrije geest, maar hij bleek de meest *corporate* persoon te zijn die er bestond. Op elke foto die ze op het internet vond, had hij een grijs pak aan, was zijn haar kort en zijn gezicht gladgeschoren. Totaal niet Molly's type.

Daarna stortte ze zich op Helena's familiegeschiedenis. Haar moeder was opgegroeid in een rijke familie – oud geld dus – en was in haar jonge jaren een beroemd model geweest. Haar vader was van adel en hield zich zo te zien vooral bezig met paarden. Helena was slim en knap en heel erg irritant. Molly kon geen foto vinden waarop ze er niet beeldig uitzag.

Natuurlijk had Helena niks met... dit alles te maken, maar Molly had het stiekem toch best fijn gevonden als Helena niet zo perfect was geweest. Ze was een graag geziene gast op *Vanity Fair*-feestjes, liep jaarlijks mee op de rode loper in Cannes en...

'O mijn god!' riep Molly. Ze zat achteloos door een fotoserie van Helena te klikken toen ze een foto zag waarop Helena een enorme, roze fluffy jurk droeg. Molly kende deze foto. Ze hadden hem het jaar daarvoor nog geplaatst in *Vagabond* ter illustratie van de roze modetrend.

Gedachteloos nam Molly een hap van haar derde scone. Ze typte opnieuw Atlas' naam in en dook verder in zijn familiegeschiedenis. Uit een groot artikel bleek dat de familie tot de top van de Britse adel behoorde en meer huizen bezat dan elke andere adellijke familie. Ze klikte op een foto van een van die landhuizen waar *Langley House* onder stond.

Hoe meer ze klikte, hoe meer ze te weten kwam over het gezin en hun bezit. Een van hun huizen was vorig jaar onbewoonbaar verklaard wegens vochtproblemen. En van het jachtslot in Schotland, ooit een statig gebouw waar zelfs de koninklijke familie graag logeerde, was onlangs een complete toren uitgebrand.

'Wacht eens even,' fluisterde Molly tegen zichzelf. Ze dacht terug aan het telefoongesprek dat Atlas had staan voeren op de vlonder. Had hij niet iets gezegd over 'Langley' en 'het dak dat aan reparatie toe was'? Zou zijn familie net als zo veel andere adel geldproblemen hebben?

Ik weet het zeker, stuurde ze naar Celine. *Hij trouwt Helena om het geld.*

Die stuurde terug: *O ja, en nu denk jij zeker dat hij stiekem eigenlijk verliefd is op jou, maar hij om zijn familie te redden tegen wil en dank trouwt met de knapste vrouw die we ooit hebben gezien?*

Molly had Celine de foto uit de krant en die met de roze jurk eerder al doorgestuurd. *Nou, het zou toch kunnen*, probeerde Molly nog, maar wie hield ze hier nou voor de gek? Molly had ze gezien samen, in het echt en op de foto's. Dit was honderd procent een echt stel. Ze pasten perfect bij elkaar.

Molly reikte over de krant naar de zak met de scones. Op. Had ze in die korte tijd vier scones weggewerkt?! Ze keek naar haar legging die om haar buik knelde en besloot dat het genoeg was. 'Genoeg gesipt, tijd voor actie!' riep ze tegen zichzelf en ze maakte er een vuistgebaar bij. Oké, hardlopen na het eten van zo'n enorme hoeveelheid scones zou niet zo slim zijn, maar een wandeling was precies wat ze nodig had. En na haar ontmoeting met George vanochtend was die eerste enge hobbel om mensen te zien en te spreken wel genomen.

Ze zette haar pet en zonnebril op, trok haar wandelschoenen aan en liep naar buiten, waar ze het paadje richting het strand nam. Het was natuurlijk ook niet nodig om meteen de hele pub tegen het lijf te lopen.

Terwijl ze haar weg zocht over de gladde stenen op het strand, dacht ze terug aan die eerste keer dat ze Atlas hier had ontmoet. Hoe hij haar zonder moeite had opgetild toen ze haar enkel had bezeerd. Hoe ze als een blok was gevallen voor zijn ogen. En die kuiltjes in zijn wangen. Het was alsof de herinneringen zich als een film voor haar afspeelden, alleen... was het geen film.

Op nog geen honderd meter verderop zag ze Atlas over het strand richting zijn kajak lopen. Onbezorgd en ongestoord, alsof zijn leven geen enkele rimpel had gekend. Voordat Molly zichzelf kon tegenhouden, riep ze bozig: 'Hé!' En toen hij niet reageerde riep ze nog veel harder: 'Atlas! Hé!'

Atlas bleef staan en keek even om zich heen, alsof hij daar midden op het strand een deur zocht waardoor hij kon verdwijnen. 'Molly, hé, wat toevallig,' zei Atlas met die vriendelijke, vleierige stem van hem toen ze dichterbij kwam. Nonchalant haalde hij een hand door zijn haar.

Dat had normaal gesproken gewerkt, die charmante blik en dat wilde haar, maar Molly merkte dat ze er nu vooral heel erg boos om werd. Ze voelde dat haar wangen rood werden. Niet van verlegenheid of verliefdheid deze keer, maar van pure woede.

'Jij...' begon ze. 'Jij bent een verschrikkelijke BEDRIEGER!' Ze sprak het woord uit met een felheid die ze niet van zichzelf kende.

'Molly,' zei Atlas en hij hief zijn handen op, maar ze liet hem er niet tussen komen. 'Hoe durf je mij te verleiden? Hoe durf je met me naar bed te gaan?! Hoe durf je me te zoenen en te zeggen dat je van me houdt?' De eerste tranen liepen inmiddels over haar wangen en ze veegde ze met een wild gebaar weg. 'Jij bent mij niet waard, weet je dat? Ik ben blij dat dit hier stopt en ik mijn leven nooit hoef te delen met een klootzak als jij.' Ze was op dreef en merkte dat het haar enorm opluchtte.

Atlas keek haar zwijgend aan.

'En dan nog iets,' schreeuwde ze, terwijl ze zich alweer omdraaide om weg te lopen. Wat ze wilde zeggen wist ze nog niet, maar ze zocht naar een knaller, een finale. Alleen kon ze er even niet opkomen en ze kneep haar lippen op elkaar, hopend dat haar iets treffends te binnen zou schieten. Uiteindelijk riep ze maar: 'Ik hoop dat jij en je prinses gelukkig zijn in jullie rottende landhuizen met lekkende daken en torenhoge schulden!'

Voordat ze zich met een ruk omdraaide, zag ze Atlas' verbaasde blik. Zo snel ze kon liep ze terug richting de cottage. Dat was niet snel. Vanuit haar ooghoek zag ze dat Atlas zich niet bewoog. Het duurde minstens drie hele minuten voor ze het paadje had bereikt en uit het zicht van Atlas was. Voorzichtig keek ze nog een keer om de hoek van het paadje naar het strand. Atlas stond nog steeds op dezelfde plek. Hij leek ineens zo stoer niet meer en bijna kreeg Molly medelijden met hem. Bijna. 'Sukkel.' zei ze nog een keer en ze trok de voordeur achter zich dicht. Dat was wel weer genoeg actie voor een dag.

In de keuken glinsterden de drie eieren haar tegemoet, en ze herinnerde zich Atlas' rare verhaal en dat hij iets voor haar had willen kopen wat bij de eieren paste. Nou, dat kon hij ook wel mooi vergeten. Hij kwam hier nooit meer binnen.

Molly keek naar zichzelf in de spiegel. Terwijl ze er vijf minuten geleden nog bleek en grauw uit had gezien, oogde ze nu vol vuur en energie.

28

'Celworthy, rieten daken, vanillegeel, tearoom, oud bos, kronkelige paadjes, veel vlinders...'

Voorovergebogen over de motorkap van de Morris Minor was Molly driftig wandelaantekeningen aan het maken voor haar boek. Ze had net een prachtige wandeling gemaakt die begon in Bossington en via Celworthy en Allerford was geëindigd in Porlock.

Celworthy bestond uit vijf vanillegele cottages met rieten daken, die rondom een grasveld op de heuvels waren gebouwd. Er was een klein winkeltje en een tearoom, waar ze heerlijk had gepauzeerd in de tuin. Ze had even getwijfeld over een kom huisgemaakte gezonde pompoensoep met een homp brood, maar kon het niet laten toch voor de scones te gaan. Volgens de menukaart werden ze hier volgens een eeuwenoud recept gebakken en hadden ze dit jaar voor de achtste keer op rij de eerste prijs gewonnen van een of andere scones-proeverij. Lekker waren ze inderdaad, maar Molly kon niet met zekerheid zeggen dat ze lekkerder waren dan die van George.

Na de lunch had de route haar heuvelafwaarts geleid door een prachtig oud bos naar Allerford, waar je via een eeuwenoude stenen brug in het dorp uitkwam. Ze wilde alles opschrijven voor ze het zou vergeten. De bloemen langs het pad, de vlinders en vogels die ze had gezien, de paadjes die prachtig kronkelden door het bos en de huisjes die ze passeerde, die stuk voor stuk uit een sprookjesboek leken te komen. Bij een ervan stonden verschillende manden voor de deur met huisgemaakte jam, verse eieren en honing, met een houten kistje ernaast waar je geld in kon achterlaten. In een van de manden zag Molly zelfgebreide mutsen van de wol van lokale schapen. Ze was blij geweest dat ze contant geld bij zich had en had voor acht pond een prachtige gebreide rode muts met pompon gekocht.

Nu stond ze voorovergebogen over haar auto, de nieuwe muts over haar oren getrokken, en ze voelde zich intens tevreden.

'*Hey, you,*' hoorde ze plotseling achter zich. Molly draaide zich om, in gedachten nog volledig bij de wandeling.

'Ik dacht al dat jij het was,' zei de man geamuseerd.

Molly knipperde even met haar ogen. Voor haar stond James, en ze kon er niets aan doen: in een flits dacht Molly terug aan de kus. Die heerlijke kus.

Hij zag er anders uit. Deze keer geen tweed colbert en – veel belangrijker – geen haarlak in zijn donkere krullen. Hij was van top tot teen gekleed in het groen. Een groene broek, een groene fleece en zelfs groene sokken. Hij leek zo uit een outdoor-reclame te zijn gelopen.

'Hoi,' zei Molly terug. 'Ik vroeg me al af wanneer jullie weer in het dorp zouden zijn.'

'Dus je bent blij me te zien?' James knipoogde, maar leek tegelijkertijd een beetje verlegen door zijn eigen opmerking.

'Eh, ja. Leuk,' antwoordde Molly, al net zo ongemakkelijk. Ze keek naar haar eigen outfit. Godzijdank had ze niet voor haar oude zwarte legging met gaten gekozen – die zat namelijk het allerlekkerst – maar voor een iets minder oude variant. Expres te groot gekocht en dus perfect voor een avond op de bank of een dag in de natuur. 'Heb je zin in een kop koffie?' Ze verraste zichzelf met de vraag en vervolgde gehaast: 'Je hebt natuurlijk helemaal geen tijd.' Ze frunnikte zenuwachtig aan haar muts.

'Ja, heel graag!' riep hij. 'Ik heb pas één kop op vandaag en dat is echt niet genoeg om me op de been te houden.'

Ze staken de straat over naar het kleine koffiezaakje naast de supermarkt. Hij liep een paar passen voor haar uit en terwijl ze naar zijn rug en achterhoofd keek, werd ze ineens zenuwachtig. Waar moest ze het in godsnaam met hem over hebben? Hij was een vreemde! En nog erger: een vreemde met wie ze in een dronken bui had gezoend. Misschien was hij dat wel vergeten. Of hij was het juist niet vergeten en verwachtte straks weer een kus...

Ze bestelde een dubbele espresso voor hem en een thee voor zichzelf en probeerde zo ver mogelijk in de hoek te gaan zitten.

'Daar zitten we dan,' zei hij schuchter.

'Ja, daar zitten we dan,' antwoordde Molly. Verdomme, dacht ze. Kan het nog ongemakkelijker? Dat was zo'n beetje het meest suffe dat je kon zeggen, toch? Misschien moest ze zich verontschuldigen, opstaan en snel weglopen. Ze nam een slok van haar te hete thee en wilde net gaan zeggen dat ze eigenlijk iets heel belangrijks moest doen toen James begon te praten: 'Zeg, ik weet dat het een dronken kus was en misschien kun jij je het niet eens herinneren, of wíl je het je niet herinneren, maar ik... moet er de hele tijd aan denken.'

'Aan die kus?' vroeg Molly en haar wangen gloeiden. Het kon dus tóch nog ongemakkelijker. Maar het was ook lief en haar zelfvertrouwen kon wel een boost gebruiken.

'Aan de kus, ja. En aan jou,' zei James.

'O...' antwoordde Molly.

'Ik ben niet iemand die elke week dronken wordt in een pub en zomaar een wildvreemde vrouw gaat zoenen. Maar...' James nam snel een slok van zijn espresso en keek verbaasd op. 'Dit is...' begon hij.

‘Ja de koffie is goed hier, topapparaat,’ zei Molly snel. ‘Maar je wilde iets anders zeggen.’

‘O ja,’ zei James. ‘Je zult wel vinden dat het idioot klinkt, maar ik voelde gewoon een connectie tussen ons. Ik zou je graag beter willen leren kennen.’

Molly werd even stil. Ze had natuurlijk wel aan James en de kus gedacht, maar het vooral beschouwd als een ontzettend stomme, dronken actie. Bovendien waren haar gedachten veel meer bij Atlas geweest. En bij Helena. Maar nu ze hier met James aan een tafeltje zat en hij haar tussen twee slokken espresso door vertelde hoe leuk hij haar vond… Dat veranderde alles. Ze kon het niet helemaal bevatten.

‘Ik overval je hiermee, hè?’ vroeg James, maar de hoopvolle blik was nog niet uit zijn ogen verdwenen.

‘Een beetje wel,’ antwoordde Molly. ‘Ik heb nogal een roerige periode achter de rug.’ Ze durfde hem niet aan te kijken. Haar gedachten gingen alle kanten op. Op dit moment wilde ze geen mannen meer in haar leven, toch? En ze zou zichzelf niet meer voor schut zetten. Dit was het moment dat ze zich moest focussen op haar boek schrijven en werk vinden. Ze ging bijna terug naar Amsterdam.

En ze wilde James kussen.

Wat? Nee, dat kon ze toch niet echt denken? Ze keek voorzichtig naar zijn mond, die uitnodigender leek dan ooit, en toen wist ze het zeker. Ze wilde hem kussen. Shit.

James zette zijn kopje neer, stond op en begon zijn jas aan te trekken. ‘Sorry, Molly. Ik dacht: ik probeer het gewoon. Maar jij voelt duidelijk niet hetzelfde als ik.’

‘Wacht,’ zei Molly snel, maar ze had nog niet bedacht wat ze wilde gaan zeggen. Ze moest dit even laten bezinken, maar als ze hem nu zou laten gaan, zou ze hem misschien nooit meer zien. Wat had ze te verliezen? Helemaal niets. ‘Laten we vanavond samen iets gaan eten,’ zei ze ten slotte.

James ogen twinkelden. ‘In de pub?’

‘Nee,’ zei Molly gedecideerd. Ze had niet zo’n zin in een nieuwe roddel en pottenkijkers. ‘Ik ga voor je koken,’ zei ze. ‘Zeven uur bij mij. Je weet nog wel waar de cottage is?’

James lachte charmant naar haar. ‘Natuurlijk weet ik dat nog.’

29

Molly liep als een dolle door de kleine dorpssupermarkt. Ze had eerst besloten een pittige pompoensoep te maken, maar ze had niet alle ingrediënten kunnen vinden. En dus had ze alle spullen weer netjes teruggelegd. Nu dacht ze aan Indiase dahl, een van de andere drie dingen die ze kon maken die zelden mislukten. Maar de supermarkt verkocht geen linzen. En tosti's leken haar geen optie.

'Lukt het een beetje?' Kate passeerde haar met een kar vol boodschappen.

'Nee. Ik krijg iemand te eten, maar ik weet niet wat ik moet maken. Bovendien heb ik nog maar een paar uur om deze boodschappen te doen, en te douchen en koken...' Molly keek paniekerig naar de schappen.

'O?' Kate stapte iets dichterbij. 'Een bijzonder iemand?'

Molly was meteen op haar hoede. Als Kate hoorde dat er een presentator van het antiekprogramma bij haar zou komen eten, zou het hele dorp het weten. Met de geschiedenis van Atlas erbij zouden mensen nog gekke ideeën krijgen.

'Hoe bevalt het boek?' vroeg ze snel. Het werkte.

Kate kreeg een dromerige blik in haar ogen. 'De hoofdpersoon is zo dapper en romantisch,' zei ze. 'Ik zou willen dat ík in een bibliotheek werkte en met gevaar voor eigen leven met een stapel boeken onder de arm door Parijs kon zwerven.'

'Het is echt goed, hè?' zei Molly. 'Wacht maar tot je het uit hebt. Het wordt nog zo spannend!'

Molly wilde alweer doorlopen toen Kate haar achterna kwam. 'Weet je wat jij moet doen? Je bent met de auto, denk ik?'

Molly knikte.

'Oké. Je koopt hier een zak sla, citroen en olijfolie voor een simpele salade. Je rijdt naar Allerford, maar in plaats van links ga je rechts richting Burrowhayes Farm, de camping. Weet je waar die ligt?'

Molly knikte weer.

'Vlak voor de camping vind je de boerderijwinkel van Burrowhayes Farm.'

'Die waar je man zijn schapenkaas verkoopt?' vroeg Molly. Ze had er veel over gehoord in de paar weken dat ze hier was, maar was er nog niet geweest. Als ze de verhalen moest geloven, was het een van de trekpleisters van de omgeving. Tijdens de zomervakanties zat het er vol met Londenaren die zich maar wat graag onderdompelden in het authentieke boerenleven.

'Ja, die!' zei Kate enthousiast. 'Als ik eters krijg en het even niet meer weet of geen tijd heb, zijn zij mijn redding. Geloof me. Als je het ziet, dan weet je dat ik gelijk heb. Je houdt zelfs tijd over voor een uitgebreid bad met een goed boek!' riep ze er lachend achteraan voordat ze met een zelfvoldaan gezicht richting de kassa liep. Kate mocht dan van roddelen houden, ze zat ook vol goede raad, dacht Molly.

Niet veel later liep ze door een drassig veld naar het paadje dat naar een enorme oude schuur leidde. Ze passeerde een koeienstal en stak het erf over, waar bruine kippen gezellig rondscharrelden tussen grote terracotta potten. Als je goed keek, kon je de knoppen van de hortensia's al duidelijk zien zitten, klaar om uit te barsten in volle felblauwe bloemen.

Net toen ze zich afvroeg waar ze moest zijn, hoorde ze een man en een vrouw aan de zijkant de schuur uit komen. Ze spraken met een Amerikaans accent en Molly kon nog net op tijd achter het kippenhok duiken. Ze keek voorzichtig boven het dakje uit en haar vermoeden werd bevestigd. Het was hetzelfde stel dat ze was tegengekomen tijdens de wandeling bij Culbone Church.

'*All this mud!*' hoorde ze de vrouw klagen. '*Let's drive to London as fast as we can for some civilisation!*'

Molly moest haar lach inhouden en bleef voor de zekerheid nog een paar minuten achter het kippenhok zitten. Pas toen ze in de verte een auto hoorde starten, durfde ze tevoorschijn te komen. Ze duwde de enorme schuurdeur open en keek met grote ogen naar binnen. Vitrines met versgemaakte pasta's, pasteien, quiches en salades stonden in een rij langs de muur. Twee tafels bogen bijna door onder het gewicht van manden met scones, etagères met huisgemaakte taarten en shortbread verpakt in rieten mandjes. Tegen de andere wand stonden kasten vol drankjes.

Molly liep ernaartoe en zag dat alles lokaal geproduceerd was. Cider, bier, appelsap uit de streek, en limonades gemaakt van het fruit dat in de regio groeide. Iets verderop stonden koelingen vol kaas en vlees en gekoelde gerechten, allemaal van lokale boeren. Je kon zelfs de oesters uit Porlock Weir bestellen. Molly snapte wel dat Kate haar hierheen had gestuurd. Waarom zou je zelf koken als je hier al dat lekkers kon kopen?

Ze gooide haar rieten mand vol met twee vegetarische pasteien, een fles appelsap, kersenlimonade en Somerset Cider, shortbread voor bij de thee na het eten, een paar zakken *salt & vinegar*-chips – die smaakten zo lekker bij de cider – en vers brood voor morgenochtend. Ze zette de mand vast bij de kassa en liep naar de zijkant van de ruimte, waar een enorme verzameling cadeau-artikelen stond uitgestald: zeepjes, sweaters met het logo van Burrowhayes Farm, fudge in allerlei smaken en thee in prachtige handbeschilderde doosjes. Snel keerde Molly weer om. Dit soort plekken waren haar valkuil. Als ze hier langer dan twee minuten bleef staan, had ze zo een mand gevuld met spulletjes die ze echt niet nodig had. Blij dat ze zich had kunnen inhouden liep ze richting de kassa om het eten af te rekenen.

'Heb je alles kunnen vinden?' vroeg de vrouw vriendelijk. 'Je weet dat de sweaters voor de helft van de prijs zijn deze week? We krijgen volgende week nieuwe kleuren binnen en deze gaan eruit.'

Molly had een heel mooie zien liggen, ecru met in rode letters BURROWHAYES FARM erop geborduurd met schapen, koeien en paarden erbij in glanzende kleuren bruin. 'De helft van de prijs?' vroeg ze opgewekt. Dat kon ze toch niet laten liggen?

30

Molly had gedoucht, de tafel gedekt, de pasteien in de oven geschoven, een salade in elkaar geflanst en de cider en limonade koud gezet. Met een voldaan gevoel keek ze op de klok. Ze had nog een klein half uurtje voordat James voor de deur stond. Ze had even getwijfeld of ze de linnen jurk uit Florence zou aantrekken, maar had het toch overdreven gevonden en gekozen voor een ribbroek en een blouse met okergeel ruitpatroon.

Met een kop thee zat ze aan de keukentafel toen haar telefoon pingde. Zou James te laat zijn?

Het bleek een bericht van Celine: *Joehoe! Wat ben je aan het doen?*

Molly maakte een foto van de tafel. Ze had kaarsen aangestoken en het zag er eigenlijk best romantisch uit.

Wat?! Wie?! Nu?!

Toen Molly niet meteen reageerde, ging de telefoon. 'Wie!' riep Celine. 'Is hij er nu al?'

'Waarom denk je dat het een hij is?'

'Nou, sorry hoor, maar je hebt kaarsen aangestoken. En ik voel gewoon dat ik gelijk heb. Heb ik gelijk?'

'Tja, je zou weleens gelijk kunnen hebben,' zei Molly.

'Het is toch niet Atlas, hè?' vroeg Celine achterdochtig.

'Nee!' Molly moest lachen. 'Die hoef ik echt nooit meer te zien.'

'Wie is het dan wel?'

Molly bleef even stil. 'Weet je nog dat ik je vertelde over die knappe presentator van dat antiekprogramma?'

'Of ik dat nog weet?' Celines stemgeluid klom een octaaf de lucht in. 'Alsof ik dat vergeten zou zijn!'

'Nou, hij dus,' zei Molly. 'Ik kwam hem tegen in het dorp, toen hebben we koffie gedronken en weet je wat hij zei?' Ze hoorde dat Celine ging zitten en haar adem inhield. 'Dat hij alleen maar aan mij kon denken.'

'O,' zei Celine.

'Ja, inderdaad,' antwoordde Molly.

'En nu ga je voor hem koken. Vind je hem leuk?'

'Ik weet het niet. Ik wilde hem niet níét zien. En ik vind hem niet níét leuk...'

'Ahum.' Er klonk een kuch achter Molly en ze liet van schrik haar telefoon vallen.

'Molly! Ben je daar nog?' hoorde ze vanaf de vloer uit haar telefoon.

'Kannietpratenhijiseral!' riep ze snel in de telefoon voor ze ophing.

'Hé,' zei James. 'De deur stond open.'

'Hé,' zei Molly opgelaten. 'Hoelang stond je daar al?'

'Lang genoeg om te weten dat je me niet níét leuk vindt,' zei hij grijnzend. Toen ze hem vragend aankeek, legde hij uit: 'Ik verstond je wel. Ik heb ooit een jaar in Amsterdam gestudeerd.' Hij haalde zijn schouders erbij op.

'O, wat leuk voor je,' zei Molly schaapachtig. Ze wist zich even geen houding te geven. Maar toen vermande ze zich en rechtte haar rug. 'Nou, ik zou je natuurlijk ook niet te eten vragen als ik je stom vond.' Ze liep naar hem toe om hem twee kussen op zijn wang te geven en was verbaasd over haar eigen zelfverzekerdheid. Ze voelde zich ineens compleet op haar gemak bij deze man. Tuurlijk, ze had kriebels in haar buik en ze vond hem echt heel erg leuk, maar er ging een soort kalmte van hem uit die aanstekelijk was. 'Wat wil je drinken?' vroeg Molly. 'Ik heb de lekkerste lokale cider in huis gehaald.'

'Heerlijk. Maar hou me tegen na mijn vierde glas, alsjeblieft.'

'Je vierde glas?' Molly moest lachen. 'Dat is specifiek.'

'Ja, vier is mijn grens,' zei James. 'Ik wil niet weer stomdronken afscheid van je nemen aan het eind van de avond.' Hij knipoogde er snel achteraan.

Molly zou een knipoog normaal gesproken ontzettend aanstellerig hebben gevonden, maar bij hem had het iets guitigs. Zijn donkere krullen – godzijdank alweer zonder haarlak – en kuiltjes in zijn wangen gaven hem iets jongensachtigs. Maar dat verdween compleet als hij begon te praten, dan kwam hij juist heel volwassen over.

Ze schonk twee glazen cider in, schudde wat salt & vinegar-chips in een schaaltje, checkte de oven en ging aan de keukentafel zitten. 'En? Is het schilderij echt?' vroeg ze.

'Dat zou je wel willen weten, hè? zei James. 'We gaan morgen filmen en het de eigenaar vertellen. Die man is zo ontzettend zenuwachtig.'

'Maar jij weet dus al of het wel of niet echt is?' vroeg Molly.

'Hmmm...' James knikte voorzichtig. 'En nu wil jij natuurlijk dat ik je dat ga vertellen.'

'Nee, nee, ik snap natuurlijk dat je dat nog helemaal niet mag zeggen,' zei Molly zo nonchalant mogelijk. 'Maar wat moet dat spannend zijn voor de eigenaar.'

James vertelde dat hij zijn ogen niet kon geloven toen hij het schilderij voor het eerst zag tijdens de show. Hij had vaak genoeg een echte Mondriaan gezien en ook genoeg vervalsingen, maar bij dit werk leek alles te kloppen: de figuren, het kleurgebruik, de manier waarop de kwast was gebruikt. Natuurlijk wist je zoiets altijd pas zeker na gedegen onderzoek. Daarom had hij het schilderij meegenomen naar Londen, waar het door verschillende specialisten, curatoren en kunstexperts was gecheckt. Ze hadden er zelfs een speciale röntgenfoto van gemaakt, waardoor ze konden zien wat er onder de bovenste verflaag zat.

'Je snapt dat dat wachten voor mij al net zo zenuwslopend was. Als dit schilderij echt is, dan is dat niet alleen een enorme ontdekking voor de kunstwereld, maar ook een boost voor mijn carrière. Dit soort ontdekkingen – als ze echt zijn – komen echt maar zelden voor. En elke kunsthistoricus of curator hoopt het ooit een keer mee te maken.'

'En?' vroeg Molly weer, die zich niet kon inhouden.

'Ik mag echt niks zeggen,' zei James, terwijl hij zijn handen voor zijn gezicht sloeg.

'Hier. Neem nog een cider.' Molly schonk James' glas extra vol. 'Dan proberen we het wel op deze manier.'

'Morgen hoor je het van me. Ik beloof je dat je de eerste bent die ik bel na de opnamen.'

'Oké, deal,' zei Molly tevreden.

'Zullen we dan nu misschien iets eten? Het ruikt allemaal zo heerlijk dat ik enorme trek heb gekregen.'

Molly zette de pasteien op tafel. James had gelijk; ze roken verrukkelijk. Ze zou Kate vanavond een bericht sturen om haar te bedanken voor de fantastische tip. Ze verdeelde de salade, zette een karaf water met munt en citroen op tafel en ging weer zitten.

James legde zijn hand op de hare. 'Dank je wel voor de uitnodiging.'

31

De pasteien en de salade waren helemaal opgegaan en Molly had na het eten thee en shortbread op tafel gezet.

Ze had zich van tevoren zorgen gemaakt waar ze het de hele avond over zouden moeten hebben, maar ze waren nog lang niet uitgepraat. James had in drie steden gestudeerd en wist echt alles van kunst. Hij woonde in Londen, maar had ook in Antwerpen, Boston en dus Amsterdam gewoond. Nu kwam hij nog regelmatig voor werk in Amsterdam en hij was dol op de stad.

Molly had helemaal niet op de zaken vooruit willen lopen, want ze wist nog niet eens wat dit was, maar ze had er zomaar uitgeflapt: 'Dus dan wil je ook wel bij mij komen wonen, straks!'

Het was even stil geweest en toen had ze er haastig aan toegevoegd: 'Niet dat ik een huis heb, hoor. Of een baan.' En toen was het nog langer stil geweest. Net toen het echt ongemakkelijk begon te worden en Molly dacht dat hij zou opstaan en met een of ander excuus de deur uit zou lopen, zei hij: 'Als je dan toch geen huis hebt, kun je beter bij mij intrekken in Londen.'

Gelukkig hadden ze allebei hard gelachen en was alles weer een beetje normaal geworden.

'Koekje?' vroeg Molly nu en ze hield hem het schaaltje voor.

James pakte er een en vroeg: 'Wat ga je eigenlijk doen als je terug bent in Amsterdam?'

Molly zuchtte: 'Als ik dat eens wist… Ik heb eigenlijk geen plan en geen vooruitzicht. Ik heb altijd een plan gehad of iets wat me ergens hield. Een huis. Of een relatie.' Dat laatste zei ze er iets zachter achteraan.

James knikte. 'Wat zou je het allerliefst doen dan?'

'Het liefst wil ik mijn baan terug bij het tijdschrift waar ik werkte.'

'Vooral vanwege het soort werk of vanwege de titel en de collega's?' vroeg James.

'Ik denk een beetje allebei. Ik vind over boeken schrijven en reisverhalen maken het leukste dat er bestaat, maar ik was ook trots om deel uit te maken van een tijdschrift dat door zo veel mensen gelezen werd.' Opeens prikten er tranen in haar ogen.

'Weet je,' zei James. 'Dat tijdschrift gaat misschien niet meteen lukken, maar schrijven kun je natuurlijk altijd en overal. Heb je er nooit aan gedacht om online te publiceren? Of iets met Instagram te doen?'

'Ik ga echt niet ineens een influencer worden, als je dat bedoelt.' Molly keek er zuur bij.

'Dat snap ik, maar wat is er mis met online publiceren? Ik heb een vriendin die haar baan verloor. Ze zat daardoor een hele tijd echt niet lekker in haar vel en is gaan wandelen. Dat begon ze bij te houden op haar Instagram en nu kan ze ervan leven.' James pakte zijn telefoon en liet het aan Molly zien: een vrouw met een enorme bos blonde krullen, die met een rugzak en stokken over een pad richting de camera liep. 'Ze begon met elke dag iets te posten over de wandeling die ze had gemaakt en dat liep zo goed dat ze nu over de hele wereld loopt, betaald producten mag testen voor grote merken en mensen helpt bij wandelingen plannen. Ze heeft letterlijk van haar hobby haar werk gemaakt en is gelukkiger dan ooit.' James keek er trots bij.

'Nou,' begon Molly voorzichtig. 'Ik vind het altijd lastig om mijn gezicht overal te tonen. Dat had ik ook altijd al bij mijn reisverhalen; dan wilde de vormgever er per se een foto van mij bij plaatsen. Ik verberg me liever achter mijn laptop en hou meer van schrijven. Sterker nog...' Ze twijfelde even of ze het wel moest vertellen. 'Ik ben eigenlijk net begonnen aan een boek waarin ik vertel over mijn wandelingen.'

'Een soort reisgids?' vroeg James.

'Nee en ja.' Molly vertelde dat ze haar wandelingen omschreef en wat ze er allemaal bij vertelde.

'Dat is te gek!' zei James. 'En als je geen uitgever vindt, kun er altijd nog een onlinevorm voor zoeken. En ik zou toch echt jezelf als wandelexpert neerzetten op social media. Volgens die vriendin van mij helpt het vooral als je jezelf filmt en in de camera praat. Haar volgers zijn daar gek op. Ik snap dat je er niet zo van houdt, maar één fan heb je al.'

Ja, ach... Wat deed ze ook eigenlijk moeilijk? Proberen kon altijd, toch? Molly pakte haar telefoon, opende Instagram en begon te filmen: 'Hallo, lieve volgers. Dit is mijn eerste video. Ik heb geen baan en geen huis en zit helemaal alleen in een cottage aan de kust van Engeland. Volg mij voor mijn dagelijkse wandelingen, boekentips en...' Ineens kreeg ze een ingeving. 'En de lekkerste scones uit de omgeving!'

James moest lachen. 'Ga je dit zo online zetten?'

'Waarom niet?' zei Molly. 'Als ik het nu niet doe, dan durf ik het nooit.' Ze tikte op VERZENDEN en de eerste video begon te laden. Die kan ik later altijd weer deleten, dacht ze. 'Vind jij dat niet lastig?' vroeg ze toen. 'Zo met je hoofd op televisie?'

'Ik moet eerlijk zeggen dat het went en dat ik het steeds leuker ga vinden. Maar de eerste keer had je me niet willen zien. Destijds wilde ik het zo graag goed doen en was ik zo zenuwachtig dat de visagist tussen elke opname opnieuw het zweet van mijn gezicht moest vegen en me bij moest poederen.' James deed alsof hij zichzelf aan het opmaken was. 'Het zal je misschien verbazen, maar ik word echt dík opgemaakt. En ik krijg een heleboel haarlak in mijn haar.'

'Meen je dat nou?' Molly probeerde er serieus bij te kijken.

'Ja, echt! Die geur van dat spul dat ze in mijn haar sprayen, ik kan er maar niet aan wennen. Maar dat valt natuurlijk allemaal in het niet bij hoe leuk ik het vind. Er is niets mooiers dan met antiek werken.'

'Ook als het uiteindelijk helemaal niets waard blijkt te zijn?' vroeg Molly.

'Jazeker, dat maakt me niks uit. Of het nou een oude klok is, een schilderij of speelgoed: elk item is uniek en ooit door iemand gemaakt. Vaak met de hand. Het idee dat iemand honderden jaren geleden het perfecte stuk hout heeft gevonden, daar een klok van heeft gemaakt en dat die klok vervolgens generatieslang bij een familie op de schoorsteenmantel heeft gestaan, dat vind ik prachtig.' James' ogen glommen terwijl hij het vertelde, maar zijn gezicht betrok al snel toen hij haar nog eens aankeek. 'Verveel ik je niet met mijn verhalen? Als ik eenmaal begin te vertellen over kunst en antiek, hou ik niet meer op!'

Molly keek hem lachend aan. 'Integendeel! Niets mooier dan iemand die ergens zo gepassioneerd mee bezig is.'

De uren verstreken zonder dat ze het in de gaten hadden. Uiteindelijk was het James die op zijn horloge keek. 'Ik moet zo maar eens gaan,' zei hij. 'Als ik de kronkelweg naar mijn hotel nog wil vinden, tenminste.'

Molly keek op de klok. Het was al bijna middernacht. Ze zaten al uren aan de keukentafel. Ze had eigenlijk gepland dat ze na het eten zouden verplaatsen naar de bank voor een film, die dan hopelijk zou uitmonden in een kus. Maar de tijd was voorbijgevlogen. En elk uur had ze hem iets leuker gevonden. Hij was knap én intelligent, wat hem nog aantrekkelijker maakte. 'O, jammer,' zei ze en ze hoorde de teleurstelling in haar eigen stem.

'Ja, ik moet fit zijn voor morgen. Ik vrees dat de eigenaren van het schilderij vannacht geen oog dicht zullen doen, dus dan moet ik in ieder geval uitgerust zijn.' Hij stond op en pakte zijn jas van de keukenstoel.

'Ik laat je wel even uit,' zei Molly terneergeslagen. Bij de deur omhelsde hij haar. 'Mlt ju m mrgn wtn hmm ut mms gugnnnn?' Zijn omhelzing was zo stevig dat ze met haar hele gezicht in zijn trui verdween. Hmm, hij rook lekker.

'Wat zeg je?' vroeg James.

'Laat je me morgen weten hoe het is gegaan?'

'Tuurlijk! Ik bel je.' Hij gaf haar nog een kus op haar wang en liep toen achteruit en zwaaiend het paadje af richting de brug.

Molly vloekte zachtjes. Waarom had hij haar nou niet gekust? Had ze hem de verkeerde signalen gegeven? Of vond hij haar ineens minder leuk? Ze hadden toch een heel gezellige avond gehad? Of was zij de enige die dat vond? Misschien vond hij het maar niks dat ze hier een beetje zat te nietsnutten. Zelf vond ze dat ook niks, tenslotte.

Ze deed de deur dicht en liep naar het zijraam om te zien hoe hij wegreed. Maar ze zag geen koplampen aan gaan en hoorde ook geen motor starten. Ze bleef nog even kijken, maar gaf het toen op en liep naar de keuken om zichzelf nog een glas cider in te schenken. Net toen ze de tweede zak chips opende en op de bank wilde ploffen, werd er aangeklopt.

'James?' Molly's hart maakte een sprongetje toen ze de deur opendeed. 'Ben je iets vergeten?'

'Ja, inderdaad.' Hij liep op Molly af, trok haar naar zich toe en zoende haar hartstochtelijk.

32

Molly had geprobeerd heel voorzichtig uit bed te stappen zonder James wakker te maken, maar ze was het bed nog niet uit of hij deed zijn ogen al open. 'Hé knapperd,' zei hij. 'Lekker geslapen?'

'Hmm-mm,' antwoordde Molly, terwijl ze naar zijn gespierde billen keek, die niet helemaal werden bedekt door het laken.

De avond ervoor was fantastisch geweest. Ze hadden eerst een hele tijd staan zoenen bij de voordeur. Toen waren ze al zoenend de trap op gelopen en hadden ze elkaar langzaam uitgekleed. De seks was heerlijk geweest en Molly had achteraf nog heel lang naar James liggen staren. Zijn donkere krullen, die meebewogen bij iedere ademhaling. Zijn sterke armen. Hij was veel gespierder dan ze had gedacht. En zijn zwoele lippen, die terwijl hij sliep een beetje van elkaar gingen.

'Ik heb enorme trek,' zei James en hij keek op zijn horloge. 'En nog wel tijd voor een lekker ontbijtje, als je hebt.'

Molly liep al neuriënd door de keuken, toen James binnen kwam lopen in een veel te kleine badjas.

'Mag ik?' vroeg hij, terwijl hij naar de badjas wees. 'Die hing in de badkamer.'

'Tuurlijk,' zei Molly. 'Wilde je nou koffie? En hoe wil je je eitje het liefst?'

'Zwart. En scrambled, graag.'

Molly zette koffie en deed wat boter in de koekenpan. Toen pakte ze een kannetje en een garde uit de kast. 'Wil jij me een paar eieren aangeven uit de fruitschaal achter je?' vroeg ze. Ze draaide zich weer om naar de pan om de smeltende boter te verdelen.

'Wat? Hè? Nee, dit meen je niet,' hoorde ze James ineens vanaf de keukentafel mompelen.

'Wat is er? Zijn de eieren op?' Molly keek naar James, die met een bleek gezicht met een van de kitscherige eieren van de country fair in zijn hand zat. Ze had er zelf al eeuwen niet meer naar gekeken. 'Ha, lelijk zijn ze, hè?' Zou James het verschrikkelijk vinden dat ze drie van die lelijke dingen in huis had? Kon hij als antiquair afknappen op iemands artistieke smaak, of eigenlijk het gebrek daaraan? 'Ik vond ze op de country fair een paar weken geleden en ze deden me zo denken aan van die Fabergé-eieren. Die heb ik weleens in het echt gezien in Sint-Petersburg. Grappig toch?' ratelde ze nerveus door.

James zei niets en bleef maar staren. Eerst naar het lichtblauwe ei en toen naar Molly. 'Dit heb je op de country fair gekocht, hier in het dorp?' vroeg hij uiteindelijk vol ongeloof.

'Eh, ja,' zei Molly. 'Een vrouw had een kraam vol kitsch, drie dingetjes voor de prijs van een. Dat kon ik natuurlijk niet laten liggen.'

'En al die tijd lagen ze hier in je fruitschaal tussen de appels en citroenen?'

Molly knikte. 'Vind je ze zo lelijk?'

James legde het ei voorzichtig op een servet en rende toen bijna naar de gang. Hij kwam terug met twee witte handschoenen die hij statig aantrok. 'Molly,' zei hij uiteindelijk plechtig. Ze had voor de zekerheid het vuur maar weer even uitgedraaid. 'Volgens mij is dit geen kitsch. Ik denk dat dit een echt Fabergé-ei is.'

Molly begon te lachen. 'Tuurlijk, en dan zijn al die steentjes zeker echte diamanten?'

'Ja. En al die andere stenen echte robijnen, smaragden en saffieren.' James keek nog steeds vol ongeloof naar het voorwerp voor hem op tafel.

Molly begon opnieuw te lachen. 'Zit je me nou in de maling te nemen?' Dat was natuurlijk zijn ding, dacht ze ineens. Dat hij bij mensen thuis als expert ineens ging doen alsof hij iets had ontdekt. De Fabergé-eieren waren ook een makkelijke truc. Volgens de verhalen lieten de Russische tsaren elk jaar met Pasen, verjaardagen en andere bijzondere gelegenheden een speciaal ei maken door de juwelier Fabergé. En iedereen die een beetje van geschiedenis wist, wist ook dat er tijdens de Russische Revolutie heel wat schatten van de tsaren waren verdwenen. Elk jaar kwam er wel een bericht in het nieuws over een origineel Fabergé-ei dat zomaar ergens was opgedoken, zonder dat de eigenaar ook maar enig idee had dat hij al die tijd een schat op zolder had liggen. Nee, Molly zou er niet intrappen. Ze pakte het ei van tafel en begon ermee te jongleren, samen met het gele ei. De roze zag ze zo snel even niet. 'Kijk... Ik geloof je niet,' zei ze lachend, terwijl ze de eieren rondgooide.

'Nee, nee, nee!' riep James paniekerig. 'Niet doen, Molly! Ik maak echt geen grapje. Alsjeblieft, leg terug!' Hij klonk nu zelfs boos.

Molly liet het ei bijna op de grond vallen en legde het weer op het servet. 'Zit je me echt niet in de maling te nemen?' vroeg ze nog eens. Ze bekeek James eens goed. Er stonden zweetdruppels op zijn voorhoofd.

'Ik weet het niet zeker,' zei hij. 'Daarvoor heb ik mijn speciale kijker nodig, maar ik heb wel een sterk vermoeden dat dit ei weleens echt zou kunnen zijn.' Met trillende handen pakte hij het nog een keer voorzichtig op.

'Als je ermee schudt, hoor je vanbinnen iets rammelen,' fluisterde Molly. Ze vertelde hem maar niet dat ze de eieren 's avonds met muziek op weleens als een soort sambaballen had gebruikt.

'Je hebt hier toch niet mee staan rammelen, hè?' vroeg James met overslaande stem.

'Nee, tuurlijk niet. Dat viel me een keer op toen ik ze... gewoon... heel voorzichtig bekeek.' Ze probeerde er zo onschuldig mogelijk bij te kijken.

'Ik ga iets proberen,' zei James. 'Maar daarvoor is absolute stilte en goed licht vereist. Zou jij me willen bijschijnen met licht?'

Molly deed de zaklamp van haar telefoon aan en scheen op het glimmende ei, terwijl James het behoedzaam ronddraaide. 'De echte, originele eieren bevatten allemaal een schat,' fluisterde hij. 'Sterker nog, het ei is vaak maar het omhulsel, de schat binnenin is het echte cadeau. Van de eieren die gevonden zijn, weten we dat ze kleine portretten bevatten van de gever, of een beeldje van een huisdier, natuurlijk volledig versierd met dure edelstenen. Ik moet een manier vinden om dit ei te openen. Vaak zit er een verstopt haakje of knopje. Schijn nog eens een beetje bij, wil je?'

Molly scheen nog iets beter op het ei en herinnerde zich ineens iets. 'Een van de edelsteentjes zit een beetje los,' zei ze. 'Ik wilde het eigenlijk nog een keer vastlijmen, maar...' Ze maakte haar zin niet af. 'Hier, die is het.' Ze wees naar een van de wat grotere rode steentjes aan de zijkant van het ei. James wiebelde er een beetje aan en er klonk een zachte klik. De bovenkant van het ei kwam los en James draaide het langzaam los van de onderkant.

Molly slaakte een diepe zucht. In het ei lag een ring in de vorm van een bloem, die was versierd met wit, geel en groen emaille, en was afgezet met enorme diamanten. De binnenkant van het ei was versierd met wat gekleurd kristal leek, waarmee gras en bloemen waren nagebootst.

'Wauw,' zeiden ze allebei tegelijk. James keek nog een keer verbouwereerd naar Molly.

'En jij denkt dat dit echt is?' vroeg Molly.

'Het zou heel goed kunnen. De manier waarop de stenen geplaatst zijn viel me meteen op. De nepvarianten zijn vaak heel erg over the top, maar dit patroon is typisch voor die tijd en ook echt iets waar de tsarenfamilie van hield,' zei James. 'Fabergé produceerde niet zomaar voor iedereen zo'n ei. En voor de Romanovs zorgde hij natuurlijk dat ze altijd net iets mooier en unieker waren. Dit patroon' – hij wees op de lijnen rondom het ei – 'is iets wat hij alleen voor Alexander de Derde gebruikte, die het voor zijn vrouw Maria Fjodorovna liet maken.'

'En nu?' vroeg Molly, die het nog steeds niet helemaal geloofde. Tuurlijk, ze was heus wel enthousiast, maar ze had genoeg afleveringen van *Antiques Roadshow* gezien om te weten dat het negen van de tien keer toch geen origineel was. Ze ging er in ieder geval niet op hopen.

'Als je het goed vindt, zou ik het ei graag meenemen naar Londen voor verder onderzoek,' zei James.

'Prima,' zei Molly. 'En wil je die andere ook meenemen?'

'Nee,' zei James. 'Daar mag je gewoon mee jongleren.'

Molly moest lachen. Betrapt.

'En dan nog iets...' zei James plechtig.

'Wat dan?' vroeg Molly.

'Zou ik nu alsjeblieft een echt eitje mogen? Ik barst van de honger...'

De dag erop was Molly onrustig; ze moest steeds denken aan het voorval van de dag ervoor met James en het ei. Ze staarde naar de fruitschaal, pakte het gele ei op en bekeek het nog eens goed. Niks aan te zien. Gewoon een glimmend voorwerp, versierd met honderden glimmende steentjes. Stel je voor dat de steentjes op het blauwe ei wel echt waren? Edelstenen en diamanten die in een repeterend patroon op het ei waren geplaatst. Nou ja, ze moest niet te hard van stapel lopen. Molly haalde haar schouders op, dronk haar mok thee leeg en stond op.

James had haar de dag ervoor niet meer gebeld. Inmiddels had ze van iedereen in het dorp gehoord dat het schilderij geen echte

Mondriaan was geweest. Het was het gesprek van de dag geweest. Iedereen had het tegenovergestelde gedacht, maar Molly was blij dat ze de pub in kon stappen zonder het over Atlas te hebben. De avond ervoor had ze spontaan besloten om daar te gaan eten, soep met brood besteld en dat op een van de picknickbanken voor de pub opgegeten. Toen had ze de makelaar zien lopen.

'Hé.' Rick zwaaide en wilde doorlopen, maar bedacht zich blijkbaar en kwam toen toch weer naar haar toe. 'Ik wilde je bedanken voor het boek. Ik heb het in één nacht uitgelezen.' Hij legde het boek voor haar op tafel.

Molly was verbaasd dat hij het überhaupt had opengeslagen. Het boek was echt gruwelijk en het omslag zag er al net zo uit. Ze had hem niet ingeschat als iemand die dat aankon.

'Mocht je me nog een keer een goed boek willen uitlenen, dan graag. Als het niet te veel moeite is, natuurlijk. Het hoeft niet als je dat niet wilt. Maar ik zou het... eh... wel heel leuk vinden.' Hij ratelde maar door en keek ondertussen naar de ingang van de pub, alsof hij er het liefst doorheen wilde verdwijnen.

'Eh, ja hoor,' zei Molly, enigszins verbaasd over haar eigen antwoord.

Hij wilde haar een hand geven, bedacht zich weer en gaf haar in plaats daarvan een schouderklopje. Toen liep hij zichtbaar opgelucht de pub binnen.

Molly rolde met haar ogen. Ze had nog nooit zo'n ongemakkelijke man gezien. Maar ze wist meteen wat zijn volgende boek zou worden: de thriller *The Collector* van John Fowles. Met een beetje geluk had hij het nog niet eerder gelezen.

Jeetje, ze werd hier steeds beter in.

33

‘Sorry dat ik niet meer gebeld heb eergisteren. Het was gekkenhuis. Ik had gehoopt je te kunnen spreken terwijl ik in de trein zat, maar de crew bood me een lift aan naar Londen en toen ik eindelijk thuiskwam was het veel te laat.’

Molly stond in de gang met haar rugzak en notitieboek in de aanslag, klaar voor een nieuwe wandeling. Haar telefoon hield ze krampachtig vast. ‘Maakt niks uit,’ zei ze zo luchtig mogelijk. Alsof ze niet al dagen haar telefoon angstvallig in de gaten had gehouden. Ze had Celine wel twintig keer gebeld en berichten gestuurd, om te checken of ze wel bereik had. Maar dat hoefde James natuurlijk niet te weten. ‘Hoe ging het?’ vroeg Molly. ‘Het dorp heeft het nergens anders meer over.’

‘Het was nogal een belevenis!’ zei James. ‘Die man was zo zenuwachtig. We moesten drie keer stoppen met filmen omdat hij helemaal buiten adem was van de spanning.’

‘Hoe hebben jullie hem het nieuws verteld dan?’

‘Dat moest ik doen! Ik denk dat ik nog nooit in mijn carrière een ongemakkelijker moment heb meegemaakt. We stonden allebei in de tuin voor zijn cottage met het schilderij tussen ons in. Ik legde eerst uit hoe je een echte Mondriaan kunt herkennen. Welke verschillende stijlen de schilder allemaal kenmerken.’

'Wat gemeen van je, om zo veel tijd te rekken!' riep Molly.

James moest hoorbaar lachen. 'Hoort erbij. Toen zei ik: "Dan wilt u nu natuurlijk weten of dit schilderij echt is..." Vervolgens begon hij zo te trillen op zijn benen dan ik het niet langer kon uitstellen en riep: "Het is helaas niet echt!" Iedereen was zó teleurgesteld. Ikzelf misschien nog wel het meest. Vervolgens heb ik hem uitgelegd welke experts er allemaal naar hebben gekeken, maar daar had hij niet echt meer oren naar, geloof ik.'

'Wat een verhaal,' zei Molly. 'Ik ben zo benieuwd naar de uitzending!'

'Ja, het is wel goeie televisie. O! En morgen heb ik een afspraak met mijn baas op de zaak en iemand van het Tate Museum. Voor jouw ei!'

'Beloof me dat je me deze keer niet zo lang laat wachten,'

'Je kunt altijd meegaan.' James' stem klonk aarzelend. 'Naar de afspraak. Het is tenslotte jouw ei.'

'In Londen?'

'Ja, waarom niet?' antwoordde James. 'Kunnen we samen uit eten en lange avondwandelingen maken langs de Thames. Klinkt goed, toch?'

Molly wist even niet wat ze moest zeggen. Uiteraard wilde ze James dolgraag zien en stiekem was ze ook wel heel nieuwsgierig naar die expert. Maar dat betekende dat ze zo'n beetje onmiddellijk haar spullen moest pakken en naar Londen moest reizen. Peinzend keek ze even naar haar wandelschoenen. 'Hoelang doet de trein erover?' No way dat ze met de Morris het hele eind naar Londen zou rijden.

'Vanuit Porlock is het met de bus en trein iets minder dan vier en een half uur,' zei James. 'Als je nú vertrekt, kunnen we vandaag zelfs nog samen lunchen.'

Molly's hart maakte een sprongetje. Ze hield even haar adem in voor ze antwoordde: 'Ik kom eraan!' en hing meteen op.

Als een malle schopte ze haar wandelschoenen uit en rende naar boven om een tas in te pakken. Ze had niet echt kleding bij zich die geschikt was voor een avond uit in Londen. Zelfs haar Toscaanse jurk zou er misstaan. Maar als ze zo snel mogelijk de trein nam, kon ze vast nog wel ergens een winkel in snellen voor een mooie jurk. Daar was ze immers goed in.

Nog geen half uur later rende ze de brug over naar de parkeerplaats.

'Waar ga jij naartoe?' riep George, die net zijn busje had ingeladen, klaar om naar zijn volgende bestemming te rijden.

'Ik moet een bus halen in Minehead,' schreeuwde Molly terug. 'Ik ga een paar dagen naar Londen.'

'Da's toevallig, ik ga net die kant op,' zei George. 'Zal ik je afzetten bij het busstation?'

Molly keek even naar de Morris. Het busje van George was vast niet zo snel, maar dat was de Morris ook niet. En nu hoefde ze niet ook nog een parkeerplek bij het busstation te zoeken. 'Graag!' riep ze en ze stapte naast hem in.

Toen ze aankwamen had ze niet alleen haar weekendtas, maar ook een enorme tas vol eten bij zich. George had haar tijdens het rijden steeds weer iets nieuws toegestopt. 'Het is een lange zit en de stations onderweg zijn zo klein, daar vind je geen kiosk. En hier op het busstation verkopen ze alleen maar voorverpakte troep.' Hij had er een vies gezicht bij getrokken.

Met precies vijf minuten op de klok had ze nog net een buskaartje naar Taunton kunnen kopen, om daar vervolgens op te trein te stappen. En nu zat ze heerlijk in een halflege trein, waar ze bijna twee uur lang kon genieten van het landschap. Ze had haar laptop bij zich en hoopte een deel van het nieuwe hoofdstuk te kunnen schrijven.

Ze keek op haar horloge. Nog geen anderhalf uur geleden stond ze met haar wandelschoenen aan, klaar om aan een heel andere dag te beginnen. En nu zat ze in de trein naar Londen, op weg naar een leuke man en een bijzondere afspraak! Tevreden viste ze een blokje fudge uit het zakje van George en glimlachte.

34

Molly was even vergeten hoe druk Londen kon zijn. De kalme treinrit was heerlijk geweest, maar dat zen-gevoel was nu op slag verdwenen. Iedereen leek hier altijd haast te hebben en je kon eigenlijk geen moment stilstaan om eens even om je heen te kijken. Het station Paddington krioelde van de mensen en het had haar tien minuten gekost om uit de menigte te komen en richting een uitgang te dringen.

Nu stond ze in Anthropologie op Oxford Street in een pashokje bij te komen. Haar haren plakten in haar nek en haar shirt voelde klam. Ze ging even op het bankje zitten en bekeek de kleren op de hangers voor zich. Een rok met paisley-print. Een broek gemaakt van knalroze brokaat. Een witte blouse met extra dik wit borduursel; die zou mooi staan bij de rok en de broek. En een hoge donkerblauwe broek met een bijpassende donkerblauwe zijden blouse, die perfect zouden zijn voor de afspraak in het museum de volgende dag.

Alles zat als gegoten, wat leuk was voor Molly, maar niet voor haar portemonnee. Ze had de sets niet voor niets bij elkaar gesprokkeld in de koopjeshoek; meer kon ze zich niet permitteren. Ze liet de roze broek hangen, rekende de rest af en keek op haar horloge. Als ze op tijd wilde zijn, moest ze opschieten.

Ze hadden afgesproken bij de Hideaway Bakery, de favoriete lunchspot van James. Zenuwen en vlinders vochten in haar buik om een plek. Ze zag hem meteen zitten, in zijn eentje bij het raam. Hij was verdiept in een krant met een kop koffie voor zich. Zijn donkere krullen hingen voor zijn gezicht. Hij droeg een perfect gesneden pak; zijn werkuniform, dacht Molly. Zelf had ze haar ribbroek en wandeljas aan. Stom, ze had zich in het pashokje even moeten omkleden.

'Hoi,' zei ze toen ze bij zijn tafeltje kwam. Ze wist niet waar ze haar handen moest laten, dus liet ze ze maar langs haar lijf hangen. Opeens voelde ze zich ongemakkelijk. Ze was nog nooit voor een man naar een andere stad gereisd, laat staan onmiddellijk in een trein gesprongen om iemand te zien.

'Ook hoi,' zei James. Hij stond op, sloeg zijn armen om haar schouders en gaf haar een lange zoen op haar mond. 'Je zult wel trek hebben na zo'n lange reis,' zei hij toen ze gingen zitten en hij haar de menukaart toe schoof.

Molly knikte, maar ze had helemaal geen trek. Nu ze tegenover James zat kon ze amper iets zeggen, laat staan iets door haar keel krijgen. Bovendien had ze in de trein een chocoladecroissant van George opgegeten. En daarna een scone. De fudge had ze willen bewaren voor James, maar nadat ze er een had geproefd was toch opeens het hele zakje leeg gegaan.

Ze kletsten over de Mondriaan en James vertelde haar nog drie keer over de reactie van de man. 'Ik heb er nog steeds buikpijn van,' zei hij fronsend. Hij vertelde ook dat hij het ei had laten zien aan zijn baas. 'Ik kan het je maar beter zeggen...' begon hij voorzichtig.

'Het is nep,' zei Molly meteen. 'Ik had eerlijk gezegd niet anders verwacht.'

'Nou, écht nep weten we nog niet zeker, daarvoor hebben we toch echt een Rusland- en Fabergé-expert nodig, maar mijn baas denkt dat het een heel goede kopie is.'

‘*Oh, well.*’ Molly haalde haar schouders op. ‘Het is in ieder geval een goed verhaal.’

‘Ik heb een verrassing voor je,’ zei James, toen ze niet veel later langs de prachtige witte huizen van Mayfair liepen.

‘O? Wat dan?’

‘Wacht maar. Je komt er zo achter.’

Ze sloegen rechts af Royal Green Park in, waar joggers voorbijsnelden en nanny’s met kinderwagens over de paadjes liepen. In het gras zag ze een ouder stel picknicken onder een roze magnoliaboom. De zon scheen en Molly kreeg kriebels in haar buik. Ze liep met een heel leuke man door Londen. En die man was – of werd – misschien wel haar nieuwe liefde. Aan het einde van het park bleven ze voor de ingang van een statig gebouw staan.

‘Ik dacht...’ begon James. ‘Nou ja, mijn huis is nog niet helemaal af en staat nog vol dozen. Dus leek het me romantisch om hier de komende twee dagen samen door te brengen.’ Hij wees naar de ingang van een hotel.

‘Maar dit is het Ritz!’ Molly keek vol ongeloof naar de ingang. Ze was er weleens geweest voor een afternoontea en vond het het mooiste hotel van Londen. Met zijn typische Lodewijk de Veertiende-inrichting, overdadige prints, marmeren gangen met Perzische tapijten, de tearoom in zachtgeel en de palmen die het geheel een tropisch tintje gaven.

‘Klopt. Na u, mevrouw,’ James gebaarde naar de deur, waar een portier de enorme draaideur alvast een zetje gaf.

‘*Welcome to the Ritz,*’ zei de man in zijn strakke uniform. ‘*Visiting or staying?*’

‘*Staying,*’ zei James nonchalant. ‘Dat heb ik nou altijd al een keer willen zeggen,’ fluisterde hij daarna tegen Molly.

‘Goed om te weten dat je niet al je dates meelokt naar het Ritz.’

James knipoogde en zwiepte zijn krullen wild naar achteren,

terwijl hij naar haar lachte. Zijn lachkuiltjes op hun best.

Molly kon zich bijna niet voorstellen dat ze hem nog leuker zou vinden dan nu, op dit moment.

De kamer was prachtig. Het behang had een blauw bloemenmotief, de lampenkappen waren gemaakt van zachtblauwe zijde en op het bed lag een enorme sprei in dezelfde tinten crème en blauw. Het was chic, maar met een fijn gevoel, alsof je heel welkom was.

'Leuke verrassing?' vroeg James.

'De beste verrassing,' zei Molly.

'Eén ding,' zei James. 'Ik moet even terug naar kantoor, mijn baas wil iets belangrijks met me bespreken, iets wat absoluut niet kan wachten. Vind je dat erg? Ik dacht: dan kun jij even relaxen en een bad nemen.'

Molly was stiekem best opgelucht. Ze verlangde naar een warm bad en schone kleren. 'Nee hoor, ik vermaak me wel,' zei ze dan ook.

'Ik ben om vier uur terug. Kunnen we gezellig samen borrelen in de hotelbar voor we gaan eten, goed?' vroeg James.

'Perfect!' zei Molly. Ze pakte haar tas uit, hing haar nieuwe kleren in de enorme walk-in-closet en liet het bad vollopen met een heel flesje geurige badolie. Ze deed de badjas aan en maakte een foto van zichzelf in de kamer voor Celine. *Ra, ra, waar ben ik?*

OMG waar??? antwoordde Celine meteen.

Het Ritz in Londen met James, typte Molly met een brede grijns.

DAT MEEN JE NIET! Stuur meer foto's van de kamer.

Molly maakte een filmpje van de kamer en liet ook meteen even haar nieuwe aankopen zien. Ze tikte op VERZENDEN en typte er meteen achteraan: *Ik ga in bad, spreek je later!*

'Vind je het spannend, morgen?' vroeg James vanuit bed.

'De afspraak bedoel je?' vroeg Molly. 'Eigenlijk niet echt. Ik kan me niet voorstellen dat het ei authentiek is. Ik ben eerder bang dat ik me straks kapotschaam dat we met zo'n kermis-ei de tijd van een of andere expert aan het verdoen zijn.'

'Ho, ho...' James hield zijn handen in de lucht. 'Ik heb nooit gezegd dat het een kermis-ei is, hè? Ik dacht en denk nog steeds dat het origineel zou kunnen zijn. Anders had ik dit natuurlijk nooit in gang gezet.'

'Proost, op kermis-eieren!' Molly hield haar glas rode wijn in de lucht.

Na een paar glazen wijn hadden ze geen zin meer gehad om een taxi te nemen naar het restaurant. 'We kunnen ook romantisch roomservice bestellen op de kamer,' stelde James voor.

Molly had er zo naar verlangd hem tegen zich aan te voelen, dus ze wilde niets liever dan dat. 'Ik heb ook wel trek in roomservice,' zei ze, en ze lachte er geheimzinnig bij.

Ze waren zoenend de lift in gelopen en lagen nu nog na te genieten in het enorme hotelbed.

'Ik eh... Ik moet iets bekennen,' zei James.

Molly ging met een ruk rechtop zitten. Daar kwam het, dacht ze. Zijn bekentenis. Hij was vast getrouwd of zo. Of verloofd. Nee toch? Niet weer zo'n Atlas-toestand. Kon ze alleen nog maar mannen aantrekken die bezet waren? Of zou het iets anders zijn? Hij zat aan de grond. Misschien had hij wel helemaal geen huis. O jee, dan moest Molly straks zeker de rekening betalen. Hij wist toch dat ze zelf zonder baan en zonder huis zat? Of misschien was hij verliefd op een ander en was hij daar nu ineens achter gekomen. Ze voelde zich ineens ontzettend naakt. Hoe kon hij met zulk akelig nieuws komen? Zo vlak na een heerlijke vrijpartij. Hier, in het Ritz. Nu kon ze nooit meer genieten van een afternoontea in het Ritz zonder die vervelende herinnering aan wat er nu ging komen. En ook al haar eerdere herinneringen zouden voorgoed verpest zijn. Molly slaakte een diepe zucht en probeerde haar tranen te bedwingen. 'Nou?' vroeg ze voorzichtig. Ze kreeg bijna geen geluid uit haar keel.

'Ik meende het wat ik zei van die roomservice. Ik barst van de honger. Zullen we iets bestellen?'

Even later kroop Molly voorzichtig op bed en zocht een leeg plekje tussen de schaaltjes met friet, een groene salade, twee burgers – een vegetarische en een gewone – en een enorme kom vol nacho's met gesmolten kaas.

'Ik wist niet dat jij zo veel kon eten,' mompelde James met volle mond.

'Van goede seks krijg ik altijd enorme trek,' antwoordde Molly lacherig.

'O, oké… Goed om te weten. Als je dus niet meteen iets te eten pakt, weet ik dat ik mijn werk niet goed heb gedaan.' James lachte. Toen keek hij ineens serieus. 'Weet je,' zei hij en hij ging iets meer rechtop zitten. 'Als je iemand leuk vindt en je voelt dat dat wederzijds is, dan gaat de seks vaak ook vanzelf. Je hoeft er niet over na te denken.'

'Denk je?' vroeg Molly hoopvol.

'Ja. Nu ik jou heb leren kennen zeker.' Molly gloeide om het compliment, maar kon er amper van bekomen, aangezien hij vervolgde: 'In mijn vorige relatie ging alles stroef. We communiceerden nauwelijks met elkaar, leefden compleet langs elkaar heen en de seks… Tja… die was plichtmatig.'

'Waren jullie lang samen?' vroeg Molly voorzichtig, maar ze wilde het liefst ook meteen een hele rits andere vragen stellen. *Hoelang zijn jullie al uit elkaar? Wie maakte het uit? Wat deed ze voor werk? Hebben jullie samengewoond?* Dit leek haar echter een veilige eerste vraag.

'Bijna vijf jaar. Ik dacht echt: dit is het, net als mijn ouders. Die hebben een fantastisch huwelijk. Maar de laatste jaren liep het niet meer. En toen kreeg ik ook nog de mogelijkheid om voor Turner te komen werken een paar jaar geleden en was ik elke dag tot laat bezig… Vanaf dat moment was het snel afgelopen.'

'Jee,' zei Molly enkel. Ze wist even niet zo goed of ze moest doorvragen of niet. 'En is dat lang geleden?' vroeg ze maar.

'Pfoe, nou, lang genoeg om er nu in ieder geval niet meer mee bezig te zijn. Ik ben liever met mijn aandacht bij jou.' Hij haalde zijn schouders op, boog zich naar Molly toe en gaf haar een lange, intense kus.

35

Molly streek haar blouse nog een keer glad. 'Ik weet niet waarom,' zei ze, 'maar ik ben ineens superzenuwachtig.'

James sloeg een arm om haar heen. 'Je moet het zien als iets leuks. Je gaat vandaag een van de beroemdste Russische kunstexperts ontmoeten. Er zijn maar weinig mensen die dat kunnen zeggen.'

'Je hebt ook gelijk,' zei Molly en ze probeerde te glimlachen. 'Ik doe gewoon alsof het een interview is voor een tijdschrift. En dan vergeet ik voor het gemak dat ik die heel belangrijke expert vandaag naar plastic steentjes laat kijken.'

James moest lachen. Ze zaten in een café tegenover het Tate Museum te wachten op James' baas. Ze had die ochtend wel tien keer moeten plassen van de zenuwen en durfde geen slok thee meer te nemen, bang dat ze straks tijdens de afspraak ook weer moest.

'Ah, daar zul je hem hebben.' James liep naar de deur en schudde de hand van een man met een lange donkerblauwe jas, rode sjaal en een zwierige hoed.

'Turner,' zei de man, terwijl hij Molly een hand gaf. 'Dus jij denkt een schat te hebben gevonden?' Hij kneep zijn ogen samen en lachte vriendelijk.

'Nou... Ik heb nooit gedacht dat het een schat was. Ik vond het gewoon een mooi ei dat prima stond tussen mijn appels en citroenen,' antwoordde Molly.

'Ja, James vertelde al hoe hij het ei heeft ontdekt.' Turner moest lachen. 'Misschien moeten we dat soort details tijdens het gesprek maar achterwege laten.'

Molly mocht de oudere man meteen.

'Trouwens,' zei hij, terwijl hij over de tafel leunde. 'Die expert is nogal gevoelig.'

'Hoe bedoel je, gevoelig?' vroeg James.

'Hij kan nogal heftig reageren op dingen,' zei Turner. 'Er gaan wat verhalen over hem rond.'

'Wat voor verhalen?' vroeg Molly, die meteen weer zenuwachtig werd.

Turner moest even nadenken. 'Hij heeft eens een schilderij doorboord met een briefopener, om aan de eigenaar te bewijzen dat het een valse Chagall was. Er was ook nog iets met een spiegel. En een beeldje. Maar misschien kan ik dit allemaal beter niet vertellen.'

Nee, dacht Molly, misschien beter van niet.

Molly was al eens in het Tate geweest, maar de enorme, open, betonnen hal leek vandaag nog groter. Ze hoorde haar voetstappen door de ruimte galmen en het voelde alsof iedereen naar hen keek. Maar waarschijnlijk keek er helemaal niemand, dacht Molly nerveus, die haar klamme handen snel afveegde aan haar jas. 'Waar is het ei eigenlijk?' fluisterde ze tegen James.

'Dat ligt hier ergens in een kluis. Turner gaat het zo ophalen,' antwoordde hij. 'Zolang ze niets zeker weten, nemen ze het zekere voor het onzekere.'

Molly kon het niet helemaal geloven. Haar vrolijk gekleurde ei van een paar pond lag in een kluis van het Tate! Misschien wel naast een Van Gogh of Renoir. Ze kreeg er ineens een beetje de slappe lach van.

James keek haar van opzij aan. 'Gaat het wel met je?' vroeg hij.

'Binnenpretje,' antwoordde Molly moeizaam, terwijl ze een nieuwe giechel probeerde te onderdrukken. Als ze zich maar kon inhouden straks.

In de kamer van de kunsthistoricus zat Turner, die het ei uit de kluis had gehaald. Op zijn schoot lag een koffertje.

Molly had een strakke, witte kamer verwacht, met stalen meubels. Kil, minimalistisch, beetje militair. Maar deze kamer leek rechtstreeks uit een Harry Potter-film te komen. In het midden stond een enorm houten bureau, waarvan elke vierkante centimeter bedolven was onder stapeltjes papieren, post, kunstcatalogi, boeken, landkaarten en manuscripten. Achter het bureau stond een enorme, propvolle boekenkast. Molly probeerde de titels te lezen, maar het waren er zoveel dat het haar duizelde. Het liefst was ze opgestaan om alle boeken eens rustig te bekijken. Verschillende planken waren volgeplakt met post-its vol notities. Sommige waren opnieuw vastgeplakt met vergeeld plakband. Op het bureau stond een foto van een gezin: een blonde vrouw in een witte jurk en drie kinderen, meisjes, die voor haar op de grond zaten. Naast haar stond een man met een baardje in een wollen trui. Zou dit de expert zijn? Molly probeerde het lijstje een kwartslag te draaien met haar vinger, om de foto beter te kunnen bekijken, toen de deur openging. Snel trok ze haar hand terug.

'Alexander Petrov,' zei de man die binnenstapte, terwijl hij hun alle drie stevig de hand schudde. Het was inderdaad de man van de foto. Zijn baard was iets langer en puntiger, zijn ogen donker en het beetje haar dat hij nog had, was over zijn kale hoofd naar rechts gekamd. 'Zo,' zei hij vriendelijk. 'Jullie hebben iets om mij te laten zien?'

Molly kon zich niet voorstellen dat deze aardige man een schilderij zou kunnen vernielen met een briefopener.

Turner nam het woord en legde het koffertje voorzichtig op een stapel papier voor de neus van Petrov. 'Molly heeft een eivormig object gekocht op een markt in Somerset en James heeft een vermoeden dat het weleens van Fabergé zou kunnen zijn.'

'Een object van Fabergé?' Zijn mondhoeken krulden omhoog. 'Voordat we het koffertje openmaken, wil ik iets zeggen.' Hij kuchte en keek ineens serieus.

Molly slikte en ze voelde dat James naast haar even ging verzitten.

'Archeologen dromen er hun hele leven van een of andere oude nederzetting op te graven in Midden-Afrika. Een paleontoloog hoopt de botten te ontdekken van een dinosaurus in Wyoming. En een kunsthistoricus zoals ik... die droomt stiekem ook maar van één ding: een van de originele, Russische, keizerlijke eieren van Fabergé te vinden. De kans dat een van deze dingen gebeurt is vrijwel nihil. En toch heb ik gemiddeld twee keer per jaar iemand aan mijn bureau zitten die beweert een van deze verdwenen eieren te hebben gevonden.'

'Nou, ik beweer helemaal niet...'

Petrov stak zijn hand op en gebaarde Molly te stoppen met praten. 'Niemand weet hoeveel keizerlijke eieren Fabergé precies heeft gemaakt voor de tsaren. En niemand weet dus precies hoeveel er nog rondzwerven. Maar we weten wél dat het er niet veel zijn. Dus de kans dat we vandaag een echt ei gaan ontdekken, is minder dan 0,000001 procent.' Petrov begon bij elke nul iets harder te praten. 'Vorig jaar hoorde ik van een vondst in Amerika. Een of andere hobbyist had een gouden object gevonden bij een *car boot sale*. Hij vond het wel mooi glimmen en besloot het thuis om te smelten. Misschien wilde hij er wel een mooie ketting van laten maken voor zijn vrouw. Voor de zekerheid ging die goede man toch even googelen. En je raadt het nooit! Dat ding leek verdomd veel op een object dat op een oude Russische foto van de Yusupovs te zien is! Hij belde het Fabergé Museum in Sint-Petersburg. Die lieten iemand invliegen en BOEM!' Petrov schreeuwde nu bijna. 'Denk je dat ik gebeld had willen worden door die man? Denk je dat ik dat object dat hij uit een of andere KOFFERBAK had opgeduikeld graag in mijn handen had gehad?!' Petrovs haar was over zijn voorhoofd gevallen en er zat speeksel om zijn mond.

Molly durfde bijna niet te ademen. Was het raar als ze nu zou opstaan en weglopen? Het vriendelijke, kleine mannetje was ineens veranderd in een tiran. Gelukkig had ze geen briefopener gezien op zijn bureau. Maar hij moest nog wel naar haar ei kijken. De stof van haar blouse begon onder haar oksels te plakken.

'EN DUS,' schreeuwde Petrov, 'HOOP IK NIET DAT JULLIE VANDAAG MIJN TIJD KOMEN VERDOEN MET EEN OF ANDER NAMAAKOBJECT!' Hij ging staan en sloeg met een bons op het bureau, vlak naast het koffertje.

Turner kuchte een keer en begon voorzichtig te praten. 'Petrov, luister, we willen helemaal niemands tijd verdoen. Ik ben geen Fabergé-expert en heb geen idee of dit echt of nep is. Maar werp er een blik op, geef het een minuut van je tijd. Als het niks is, pakken we de boel weer in en zijn we weg.'

Petrov veegde zijn mond af met zijn mouw en streek zijn haar weer de goede kant op. 'Vooruit dan maar,' zei hij kalm en hij ging zitten alsof er niets was gebeurd. Voorzichtig klikte hij het slot van het koffertje open.

Molly probeerde het gezicht van Petrov te zien, maar hij zat verborgen achter de klep van het koffertje en het bleef doodstil.

'Petrov?' probeerde Turner voorzichtig na wat een paar minuten leek.

Weer bleef het stil. Toen klonk er ineens zacht gesnik van achter het koffertje.

'Petrov?' vroeg Turner weer en hij stond voorzichtig op over het deksel te kunnen kijken. Ook Molly en James kwamen langzaam omhoog uit hun stoel. Petrov zat met witte handschoentjes voor zijn ogen en de tranen biggelden over zijn wangen.

'Het spijt me verschrikkelijk,' begon Molly, terwijl ze de snikkende man gadesloeg. 'Ik snap dat u ontzettend teleurgesteld bent.' Ze keek naar Turner en James, deed haar jas aan en reikte in het koffertje om het ei te pakken. Het mocht dan niks waard zijn in hun ogen, zij was er nog steeds blij mee. 'Zullen we dan maar?' zei ze en ze stak het ei in haar jaszak.

Petrov liet abrupt zijn handen zakken en keek naar de lege koffer. 'Waar is het ei?' riep hij, 'Wie heeft het ei gepakt?'

Molly haalde het ei weer uit haar zak, gooide het in de lucht en ving het weer op. 'Hierzo. Ik neem hem maar weer mee. Kan ik er thuis lekker mee jongleren.'

'Wát! Néé!' Petrov stond in een flits op en griste het ei uit Molly's handen. 'Niet mee gooien! Of jongleren!'

'Hoezo niet?' vroeg Molly verbijsterd en met haar ogen op het ei gericht.

Petrov ging op de grond zitten en hield het ei als een baby in zijn handen. Vol ontzag staarde hij naar beneden. 'Dit ei… is echt!'

36

Molly kon nog steeds niet geloven wat er zojuist was gebeurd. Nadat Petrov was bijgekomen van de schok, had hij haar een stapel formulieren gegeven om te ondertekenen. Turner had de stapel van haar overgenomen en gezegd dat ze die later wel zouden afleveren bij het museum, want: 'Zoiets doen we natuurlijk niet overhaast.'

James en zij waren naar Bob Bob Ricard gegaan, het beroemde Engels-Russische restaurant in Soho, om het te vieren. Turner was in het museum gebleven om met Petrov te praten.

James was even naar buiten gelopen om te bellen en Molly keek eens goed om zich heen. Ze had altijd al een keer naar dit restaurant gewild. Maar zelfs in haar wildste dromen had ze niet verwacht er onder deze omstandigheden te zitten. James had het wel passend gevonden, een Russisch restaurant na de gebeurtenis van deze ochtend. Het zat goed vol voor de lunch, de donkergroene leren bankjes en marmeren tafels waren bijna allemaal bezet.

'Wilt u iets bestellen, *Miss?*' vroeg de ober.

'O, ik wacht even op mijn gezelschap, als dat geen probleem is?' vroeg Molly.

'Geen enkel probleem, *Miss.* En anders drukt u gewoon op de bel.' De ober wees op de muur.

Molly snapte niet waar ze naar moest kijken, maar toen zag ze ineens boven de hoek van de tafel een klein belletje met in gouden letters erboven geschilderd: PRESS FOR CHAMPAGNE. Dat kon ze natuurlijk niet laten.

Een paar minuten later arriveerde er een glas bubbels. Molly nam een tevreden slok en liet de gebeurtenissen van die ochtend nog eens door haar hoofd gaan. De reactie van Petrov was absurd geweest. En zijn blik van pure angst toen ze het ei in de lucht had gegooid, zou ze nooit meer vergeten....

Ze was blij. Heel erg blij. Maar tegelijkertijd durfde ze die blijdschap nog niet toe te laten. Turner had meteen gezegd dat de procedure die ze nu in gingen weken kon duren. Er zouden verschillende checks worden gedaan. Allereerst moest het ei onmiddellijk naar Sint-Petersburg worden gestuurd voor controle door Fabergé. Pas dan zouden ze met honderd procent zekerheid kunnen zeggen of het ei authentiek was. Vervolgens zou er een hoop getouwtrek volgen. Ze moesten er vooral voor zorgen dat het verhaal zo lang mogelijk stil bleef, want als ook maar iemand over het ei zou horen, zou het circus losbarsten.

'Niemand mag weten dat het ei bij jou vandaan komt,' had Petrov haar op het hart gedrukt. 'Journalisten zullen je vinden en daarna volgen de kunsthandelaren, verzamelaars en ook minder frisse types, die allemaal het ei van je willen kopen. Of erger.'

Molly kreeg kippenvel bij het idee.

'Pas als alles rond is en je een beslissing hebt genomen, kunnen we het verhaal naar buiten brengen. Eerder is gewoon niet... eh... verstandig.'

'Wat bedoel je precies met dat ik een beslissing moet nemen?' had Molly gevraagd.

'Wat je ermee gaat doen. De opties zijn eindeloos. Wil je verkopen, uitlenen of het ei zelf houden? Dat laatste zou ik je echter niet adviseren... Alleen al de verzekeringskosten zijn torenhoog. Dus moet je kiezen aan wie je eventueel verkoopt: een privéverzamelaar of een museum. De eerste optie levert je vaak meer op, maar ik hoop natuurlijk dat je kiest voor een museum.'

Op dat moment had Turner hem onderbroken. 'Ho, ho, niet zo snel,' had hij gezegd. 'We zullen alle opties met je bespreken en je ook echt adviseren, maar de beslissing is volledig aan jou. Niemand, maar dan ook niemand mag druk op je uitoefenen.' Hij had Petrov streng aangekeken toen hij dit zei. 'Bovendien, laten we niet op de zaken vooruitlopen.'

'Nee,' had Petrov geantwoord. 'Maar ik ben er 99,99 procent van overtuigd dat dit ei ooit in het Winterpaleis heeft gestaan, het huis van de tsaren. Misschien wel op het nachtkastje van Maria Fjodorovna. Laten we Fabergé afwachten.'

Molly nipte nog eens aan haar champagne toen James weer naast haar in het bankje schoof.

'Cheers,' zei hij en hij tikte met zijn glas tegen het hare. 'Ik had Turner nog even aan de telefoon en die heeft me een ruwe schatting gegeven van de waarde van het ei.'

'Wil ik het wel weten?' vroeg Molly. 'Misschien wil ik het pas horen als het ei écht echt blijkt te zijn. Ik ken mezelf, dan ga ik straks geld uitgeven dat ik helemaal niet heb.'

'Oké,' zei James. 'Wat jij wilt. Maar laat ik je wel vertellen dat als dit allemaal waar blijkt te zijn, jij de volgende keer op het Ritz mag trakteren.'

Molly moest lachen. 'Het lijkt wel alsof we in een heel ongeloofwaardige film zitten. Eentje die straks is afgelopen, en dan is alles weer normaal en ga ik gewoon weer naar huis.'

'Maar het is geen film,' zei James. 'Dit is heel erg echt. Stel je voor dat ik niet bij je was komen eten...'

'Stel je voor dat ik je nooit had uitgenodigd,' zei Molly en ze gaf hem plagerig een por in zijn zij. De champagne was al aardig naar haar hoofd gestegen.

'Of stel je voor dat ik net die dag niet had kunnen meedoen aan de opnamen van *Antiques Roadshow*,' zei James weer.

'Stel dat ik nooit naar Engeland was gekomen,' kaatste Molly terug.

'Stel dat ik geen kunstgeschiedenis had gestudeerd, maar toch rechten was gaan doen,' James trok er een raar gezicht bij.

'Rechten? Jij?' vroeg Molly, en ze verbrak daarmee hun spelletje. 'Dat vind ik helemaal niet bij je passen.'

'Nee, hè? Ik dus ook niet. Maar mijn moeder heeft het lange tijd zo moeilijk gehad met haar kunst dat mijn ouders allebei hoopten dat ik niet haar pad zou volgen, maar iets zou gaan doen met mijn leven waarmee ik iets meer financiële zekerheid zou hebben. Zodat ik later voor mijn gezin zou kunnen zorgen.' Hij schoof nog iets dichter naar Molly toe en sloeg een arm om haar heen.

Molly kreeg het helemaal warm vanbinnen. Deze man! Hij vond haar leuk én hij wilde een gezin? Ze werd met de minuut steeds iets verliefder op hem. 'Hmm, dus je wilt een gezin starten?' zei ze plagerig.

James' gezicht bewoog richting haar nek. 'Misschien moeten we alvast even oefenen,' zei hij zacht, voordat hij zijn lippen tegen haar huid drukte.

37

De nacht was een droom geweest en Molly was dronken van verliefdheid, maar de volgende ochtend was het toch echt tijd om uit die euforische bubbel te stappen. Zij moest een trein halen en James wilde alweer vroeg aan de slag. 'Turner heeft me gevraagd de zaak over te nemen,' zei hij plompverloren toen ze op het perron stonden.

'Dat is toch te gek?!' riep Molly uitgelaten, maar toen zag ze pas zijn ongemakkelijke blik.

'Ja… Maar hij gaat bijna met pensioen, dus ik moet alle tijd die ik heb om van hem te leren benutten. Dit is mijn droom en hier wil ik voor gaan. Dat betekent dat ik nóg harder moet werken en moet laten zien hoe toegewijd ik ben.' Hij zei het alsof hij die tekst had geoefend.

'Ik snap het,' zei ze, terwijl ze probeerde te bedenken wat hij nou écht wilde zeggen. Had hij geen tijd voor een relatie? Ging zijn werk voor alles, en dus ook voor haar?

Hij leek zo vrij in zijn tijdsbesteding, door de opnamen van de show en zijn tijd met haar in Londen, dat Molly nooit had bedacht dat hij eigenlijk heel hard moest werken. In Londen. Ver weg van haar.

'Maar…' begon ze, maar ze durfde haar zin niet af te maken.

Hij haalde zijn schouders op.

Ineens schoot Molly iets te binnen. 'Wist je dit allang?' Hij had haar toch niet mee naar het Ritz gelokt, terwijl hij dit allang wilde vertellen?

James schudde langzaam zijn hoofd. 'Ik hoorde het gisteravond laat. Turner had het weleens genoemd, maar het leek nog zo ver weg. Gisteravond belde hij me om het me officieel te vragen.'

Molly dacht terug aan de avond ervoor. Er was een tweede fles champagne besteld en ze waren tot laat in het restaurant blijven hangen. James was haar blijven kussen en als een verliefd stel waren ze terug naar het hotel gestommeld. Te dronken en te moe voor seks was James op bed geploft en Molly had besloten een extra lang bad te nemen om haar hoofd weer helder te krijgen. Ze had alle flesjes badschuim leeggegoten in het warme badwater, terwijl ze James had horen bellen. De sfeer was daarna wat bedrukter geweest, maar dat had ze geweten aan zijn vermoeidheid. Blijkbaar had ze het heel erg mis gehad. Alweer.

'Ik ben dol op je, Molly.' James zuchtte verslagen.

'Maar je hebt geen tijd voor me?' De brok in haar keel werd steeds groter. *Niet huilen nu.*

'Het is niet dat ik dit niet wil.' Hij gebaarde naar hen tweeën. 'Ik kan alleen niet beloven er helemaal voor je te zijn.'

'Dat zou vanzelf moeten gaan als je iemand leuk genoeg vindt.' De eerste tranen welden op in haar ogen.

'Ik vind je leuk genoeg. Echt waar. Maar deze baan, deze zaak, is mijn droom. Ik zou het mezelf altijd kwalijk nemen als ik daar niet voor honderd procent voor zou gaan.'

'En je neemt het jezelf niet kwalijk dat je míj laat gaan? Stik erin, James!' Molly draaide zich om en beende naar de trein. De tranen stroomden nu over haar wangen en mensen keken haar vol medelijden na, maar dat kon Molly niks schelen. Ze hoorde James nog roepen, maar ze was sneller dan hij en sprong in de trein net voordat de deuren sloten. Ze veegde haar tranen af en liep de coupé in, zonder te kijken of James haar achterna was gerend.

Snikkend liet ze zich in haar stoel zakken. Haar fantasie was natuurlijk weer eens op hol geslagen. In haar dagdromen had ze James bij haar in de cottage gezien. Samen ontbijten, samen wandelen, samen naar de pub. Natuurlijk hadden ze allebei hun werk gehad, maar een carrière had hun liefde in haar dromen nooit in de weg gestaan. Die droom was door zijn nieuws uit elkaar gespat. Ze kon zichzelf wel voor haar kop slaan dat ze niet wat realistischer was geweest, maar in ieder geval had ze deze keer de eer aan zichzelf gehouden.

Daar kwam nog bij dat Turner die ochtend had gebeld, vlak voor ze hadden uitgecheckt, en had medegedeeld dat een collega van Petrov toch zijn twijfels had over het ei. De euforie van de vorige dag was compleet verdwenen en met elke kilometer die ze verder bij Londen vandaan reisde, voelde ze zich een stukje ongelukkiger worden.

Ze probeerde wat aan haar wandelverhalen te werken, maar ook die konden haar tijdens de rit niet opvrolijken. Ze pakte haar telefoon en dacht eraan Celine te bellen. Ze had haar niks verteld over het ei en twijfelde ook of ze dat wel moest doen. Celine was haar beste vriendin, maar ze was niet de beste in geheimen bewaren. Wat Celine wel kon, was overal de humor van inzien. Molly wist dat als straks alles achter de rug was, ze er met haar het hardst om zou kunnen lachen.

Na de lange treinreis had ze twee keer moeten overstappen op een bus om terug te komen in Porlock Weir. Het was gelukkig nog licht toen ze bij Island Cottage aankwam en over het loopbruggetje liep. Ze voelde zich meteen iets minder verdrietig bij de aanblik van het vrolijke gele huisje, de blauwe kozijnen en de lichtroze duinrozen die bij de deur groeiden. Die leken in de twee dagen dat ze weg was geweest nog voller te zijn gaan bloeien. Molly was bijna bij het hekje naar de voortuin toen ze stemmen hoorde.

'Oh, that is FANTASTIC.'

'Lovely features.'

'And for such a great price we can easily redo the whole exterior. I mean, who wants a yellow house with blue windows?!'

Molly bleef stokstijf staan. Was dit niet hetzelfde Amerikaanse stel dat ze twee keer eerder had gezien? Ze meende de stemmen te herkennen. Voorzichtig keek ze om de hoek van het muurtje. Op het paadje naast het huis stond inderdaad hetzelfde stel, samen met Rick, de makelaar, in zijn te strakke pak en met een grote zwarte map in zijn hand. Hij probeerde met een sleutel de poort naar de tuin open te maken, maar dat lukte hem niet.

Molly zocht zo snel ze kon naar de sleutel, stak hem in het slot en probeerde de voordeur open te draaien. Ze hoorde de voetstappen en stemmen dichterbij komen. Nog een paar stappen en ze zouden Molly zien staan. Waarom ging de deur altijd zonder problemen open als je geen haast had, maar bleef het slot hangen als je geen seconde te verliezen had?

'*Oh, and we can always take out these roses.* Ik bedoel, ik hou van duinrozen, maar dit is wel een heel doornige soort.'

Molly's adem stokte. Die vrouw wilde de rozen weghalen? De prachtige lichtroze duinrozen die al tientallen jaren rondom de cottage groeiden?

Na wat een eeuwigheid leek te duren, kreeg Molly eindelijk de zware houten deur open. Ze viel bijna naar binnen en deed snel de deur dicht. 'Shit,' riep ze. Ze had haar koffertje buiten laten staan. Snel zwiepte ze de deur weer open, pakte haar koffer en...

'*Oh, hello Molly,*' zei Rick. 'Daar zijn we weer.'

Molly kon hem alleen maar verschrikt aankijken.

'Ik ben denk ik vergeten de juiste sleutel mee te nemen en deze kopers zouden graag even binnen willen kijken. Ze hebben eerder vandaag telefonisch een bod uitgebracht zonder het huis te hebben gezien, maar hoopten toch even het interieur in het echt te kunnen bekij…'

Molly sleurde haar koffertje naar binnen en sloeg de deur met een klap dicht. Snel draaide ze het slot erop.

'*Excuse me!*' Ze hoorde dat de vrouw op het woonkamerraam klopte en zag dat ze naar binnen probeerde te turen. Alsof haar leven ervan afhing dook Molly naar het raam en trok de gordijnen met een ruk dicht. Vervolgens sprintte ze naar de zijramen om daar hetzelfde te doen.

'*What is wrong with that girl?*' vroeg de vrouw verontwaardigd.

'Wat maakt de binnenkant nou uit?' hoorde Molly de Amerikaanse man zeggen. 'We strippen het interieur volledig, dus alles wat voor ons telt zijn de buitenmuren. En als het aan mij ligt, gooien we het hele huis plat en zetten we er iets heel nieuws neer.'

Rick kuchte even. 'Eh… Dit is een monument en er mag dus absoluut niets veranderd worden aan de buitenkant.'

'Jammer,' zei de man teleurgesteld. 'Een appartementencomplex zou hier niet misstaan. Alles van glas, zodat je optimaal kunt genieten van het uitzicht. En natuurlijk allemaal met supermoderne apparatuur.'

Molly zat op haar hurken bij de voordeur. Ze had de brievenbus voorzichtig een beetje opengezet zodat ze dit gesprek kon afluisteren. Dit kon toch niet waar zijn? Als haar tante dit hoorde…

'Maar liefje,' zei haar tante even later. Molly had haar meteen gebeld toen ze de mensen het parkeerterrein af had zien rijden. 'Ik dacht dat je blij zou zijn! Ik kreeg het idee dat je je verplicht voelde om te blijven tot de cottage verkocht werd, maar dat je veel liever allang weer in Amsterdam zou zitten. Bovendien zou ik liegen als ik zou zeggen dat ik het geld niet hard nodig heb.'

Natuurlijk had Molly dat begrepen, maar toch was ze teleurgesteld. Verdrietig had ze haar koffer in een hoek geschoven en een lang bad genomen, en nu zat ze met een dikke deken en een doos tissues op de bank voor de televisie. Ze had de afstandsbediening in haar hand, maar zapte overal voorbij. Niets kon haar genoeg afleiden.

Gisteren leek wel een jaar geleden. Toen was ze verliefd, met een fijne plek om te wonen en een topidee voor een boek. Met als bijkomend extraatje dat ze misschien wel een Russische schat in handen had.

Vandaag wilde die liefde niet in de eerste plaats voor haar gaan maar voor zijn carrière, was het ei waarschijnlijk nep en de cottage niet meer beschikbaar. En daarmee was het hele idee van het boek ook meteen in het water gevallen, want hoe kon ze dat afmaken als ze al zo snel geen wandeling in de omgeving meer kon maken?

Boos smeet ze de afstandsbediening naar de televisie. Hoe kon alles zo mis zijn gegaan?

38

'Je moet het zo zien,' zei Celine. 'Accepteer dat je niets hebt, dan heb je ook niets te verliezen.'

Molly was die ochtend wakker geworden op de bank, onder de dikke deken en met de tissuedoos nog in haar hand. Ze had meteen haar vriendin gebeld in de hoop op nuchter advies. Ze had haar verteld over James en zijn werk en de makelaar. Alleen het verhaal over het ei had ze maar even achterwege gelaten.

'Hmm,' mompelde Molly. 'Ik heb inderdaad niets. Geen huis, geen baan, geen plan en een halve liefde. Al lijkt die meer te geven om zijn werk dan om mij.'

'Ho, ho,' zei Celine. 'Hij heeft het toch niet uitgemaakt? Hij heeft alleen aangegeven wat minder tijd voor je te hebben, toch? Je weet hoe die Londenaren zijn. Carrière is zo belangrijk.'

'Maar als werk belangrijker is dan de liefde, wat is die liefde dan waard? Ik zou alles uit mijn handen laten vallen voor James.'

'Echt waar? Je zou zo bij hem intrekken in Londen?' vroeg Celine ongelovig.

Daar moest Molly even over nadenken. Eerlijk gezegd was dat idee nooit in haar opgekomen. Ze was dol op de cottage en had hier graag aan haar boek gewerkt met James om zich heen. Ze had hem zelfs al wel voor zich gezien in Amsterdam. 'Je hebt gelijk. Londen zou ik eerlijk gezegd niet zo zien zitten. Tenzij ik zeker wist dat ik er ontzettend leuk werk zou hebben. Maar ik vind die stad veel te druk en alles is er echt heel erg duur. Dat is prima voor een weekendje, maar niet als je er woont en geen inkomen hebt.'

'Precies!' zei Celine, 'Dus dan snap je James ook wel een beetje beter, toch?'

Ugh. Oké. Daar moest Molly haar gelijk in geven.

'En nu?' vroeg Celine. 'Kom je dan eindelijk terug naar huis?'

'Ik denk dat ik geen keus heb. Ik heb mijn ouders al gebeld en kan een tijdje bij hen logeren.'

'O, kom je eerst een weekje bij mij?' smeekte Celine. 'Ik ben bezig met die opening van dat hotel en je móét met me mee. Het feest wordt geweldig en alle vips mogen een weekend blijven overnachten, alles erop en eraan.'

'Dat klinkt heerlijk. En ik kan wel weer eens een Amsterdams feestje gebruiken.'

'Weet je wat? Ik zet je op de vip-lijst. Kun je lekker blijven slapen en je weer even onderdompelen in Amsterdamse luxe.'

'Kun je dat echt doen?' vroeg Molly verrast.

'Tuurlijk, want ík maak die lijst. Moet je me wel beloven dat je volgende week terug bent, oké?'

'Beloofd,' zei Molly. Ze had met haar tante afgesproken dat ze nog een week kon blijven. Daarna moesten de sleutels naar de makelaar en was het klaar met de cottage. Haar tante had al opslag geregeld voor al haar meubels en boeken. En dat was dan dat.

Molly keek verdrietig om zich heen. Ze had zich nog nooit zo snel ergens thuis gevoeld. Misschien was het haar ervaring met reizen. Ze had nooit heimwee gehad en had van elke hotelkamer een eigen plekje kunnen maken. Maar deze plek hier aan het water was echt speciaal. En de mensen; George, Kate, Wilkie… Zelfs de barman. Ze kende ze nog maar net, maar ze zou ze vreselijk missen.

God, ze moest hen nog op de hoogte stellen ook. Een diepe zucht ontsnapte haar.

Hoi. Dat was een naar afscheid... Ik dacht: ik laat je in ieder geval weten dat ik overmorgen naar Amsterdam vertrek. Snel even bellen?

Molly drukte voor ze de kroeg binnenstapte snel op VERZENDEN. Ze had er bijna *ik mis je* achteraan getypt, maar dat toch weer weggehaald. Celine had gelijk gehad. James had natuurlijk een punt dat hij zijn droom wilde najagen. En dat hij voor zijn werk koos, betekende niet dat dit niks meer was. Ze schudde haar zorgen van zich af en liep naar het tafeltje achter in de pub, waar George, Kate en Wilkie klaarzaten voor Molly's afscheidsetentje.

'Ga je nu ook je boek niet meer schrijven?' vroeg George toen ze de situatie had uitgelegd.

Molly draaide haar ciderglas rond op het viltje. 'Dat weet ik nog niet. Ik heb de afgelopen dagen heel veel gewandeld, soms zelfs twee etappes op een dag, maar nu de cottage wordt verkocht, weet ik niet of ik het ga redden om alle geplande routes te lopen,' zei Molly beteuterd.

'Dus moet je van de zomer gewoon terugkomen,' zei Kate. Ze legde een hand op Molly's arm en keek haar bemoedigend aan.

'Weet je,' zei Wilkie. 'Je schrijft gewoon af wat je hebt, stuurt het op naar een uitgever en dan wacht je af. Als ze enthousiast zijn, kom je terug en ga je al die andere wandelingen lopen.'

Molly haalde haar schouders op. Zo enthousiast als ze eerder geweest was over haar boek, zo saai leek het haar nu. Wie wilde er nou een wandelboek kopen van iemand die hier niet eens woonde of verbleef? Dat was toch helemaal niet meer speciaal?

Kate brak haar uit haar overpeinzingen. 'We hebben iets voor je. Een soort aandenken.' Ze reikte onder haar stoel en legde een groot plat pakket op tafel. 'Ik hoop dat het nog in je koffer past.'

'Jullie hadden toch helemaal geen cadeau hoeven kopen!' zei Molly ontroerd.

'Nee, inderdaad,' zei Wilkie. 'Maar we wilden het graag.'

Molly scheurde voorzichtig het papier los en hapte naar adem. 'Dit is prachtig! Wie heeft dit gemaakt?' In haar handen hield ze een schilderijtje van de cottage, geschilderd in impressionistische stijl, maar wel duidelijk genoeg om de duinrozen te kunnen zien en de bootjes die voor het huis in het water dobberden als het vloed was.

'*I love it*,' zei ze en de tranen sprongen in haar ogen. 'Ik ga jullie echt heel erg missen.'

George sloeg een arm om haar heen. 'Hé, je gaat terug naar huis, maar dat betekent niet dat we elkaar nooit meer zien, hè?'

Molly lachte door haar tranen heen. 'Ik kom hier elke vakantie terug.'

'Daar hou ik je aan,' zei Kate. 'Het is een stuk saaier zonder jou. Waar moeten we nu over roddelen als jij er niet meer bent?' Ze knipoogde erbij en Molly moest lachen.

Ze had inderdaad best wat meegemaakt in de korte tijd dat ze hier was en gek genoeg had het hele dorp daarvan kunnen meegenieten: Celine, Atlas, de geheimzinnige date met James, en nu de verkoop van de cottage waar een groot deel van de dorpsbewoners echt niet blij mee was.

'Ik hoorde dat er een speciaal comité opgericht gaat worden om te protesteren tegen de verbouwing van de cottage,' zei George.

'Nou, ik hoorde dat ze niet alleen tegen de verbouwing zijn, maar ook liever niet hebben dat het halve dorp straks wordt opgekocht door buitenlanders die hun huizen de helft van het jaar verhuren aan vakantiegangers en het de andere helft leeg laten staan,' zei Kate.

'Stel je voor,' zei Wilkie. 'Dan komen we straks in de pub op vrijdagavond en kennen we haast niemand meer. Dan verandert Porlock Weir in een spookdorp in de winter.'

Molly snapte ze helemaal. 'Maar wat doe je ertegen? Die mensen hebben het huis eerlijk gekocht. En wie weet gaan ze er wel echt wonen!' Ze geloofde zelf helemaal niets van haar woorden. Die Amerikanen leken haar niet het soort mensen dat hier maanden achter elkaar zou gaan zitten. Vanaf hier was het bergafwaarts voor Porlock Weir.

39

'Kijk! Kijk dan!' Molly stapte net met haar enorme koffer en uitpuilende rugzak het appartement van Celine binnen. Haar vlucht was die ochtend al om zes uur vertrokken, dus haar wekker was om half twee 's nachts afgegaan.

Nu stond ze doodmoe en oververhit in de deuropening. Haar vader had aangeboden haar te komen halen, maar Molly wilde liever meteen de taxi pakken en naar Celine gaan. De hotelopening was al na het weekend en ze had zin in ontbijt bij haar favoriete koffietentje, een wandeling door het Vondelpark en een uurtje door het antiekcentrum struinen. Ze had de hele week opgezien tegen haar vertrek, maar vanochtend kon ze ineens niet wachten en merkte ze hoezeer ze alles in haar favoriete stad had gemist.

'Kijk dan!' riep Celine weer.

'Wat is er dan?' Molly bestudeerde haar gezicht om te zien of er iets was veranderd. Ze had haar haar niet geknipt en had ook geen gekke contactlenzen in. (Celine had een periode gehad dat ze speciale kattenoog-lenzen droeg. Doodeng vond Molly het.) Misschien was het haar voorhoofd?

'Heb je botox?' vroeg Molly vol ongeloof.

'Ja, dat ook.' Celine begon geïrriteerd te klinken. 'Maar dat doet er nu niet toe. Kijk hier!' Ze hield haar hand voor Molly's gezicht.

'IK BEN VERLOOFD!' riep Celine, die zich duidelijk niet meer kon inhouden.

'Wát?' Molly greep Celines hand om de ring te bekijken. 'Wauw,' zei ze. 'Ik bedoel, wauw, wat een ring. Maar vooral, wauw… je bent verloofd! Met Aziz?'

'Ja, met wie anders, gekkie! Ga zitten, dan vertel ik je het hele verhaal.'

Molly zette haar rugzak op de grond en rook even snel onder haar oksels. 'Eh…' begon ze.

'Ik snap het,' zei Celine, die haar vriendin als geen ander kende. 'Ga jij maar eerst lekker douchen. Ondertussen regel ik iets te drinken, en als je klaar bent vertel ik je alles!'

Celine klopte op de badkamerdeur, deed hem op een kier en begon ongeduldig te vertellen. 'Ik wil natuurlijk een witte jurk en van die bloem…' De rest van haar stem viel weg.

'Ik hoor je niet!' riep Molly. Ze had net haar haar ingeshampood en stond met de straal vol op haar hoofd onder de regendouche van Celine. Niets lekkerder dan een lange, warme douche, helemaal na een extreem vroege ochtend in een bomvol vliegtuig.

Celine probeerde het nog een keer, deze keer iets harder, maar Molly verstond er nog steeds niets van.

'VERTEL HET ME STRAKS MAAR!' riep Molly.

Celine deed de badkamerdeur verder open en schreeuwde: 'SCHIET OP! Ik heb me al bijna twintig uur moeten inhouden en móét het hele verhaal aan iemand kwijt.'

Molly spoelde vliegensvlug haar shampoo uit, droogde zich in recordtempo af en schoot in de eerste de beste badjas die ze zag hangen. 'Oké, oké… Ik ben er!' riep ze en ze stortte zich op de bank.

Celine zat al klaar, met twee glazen bubbels in haar handen. Haar gezicht straalde van geluk. 'Dit moeten we natuurlijk vieren!'

'Vertel!' zei Molly. Ze kon het eerlijk gezegd niet geloven. Celine verloofd? Ze had toch nog maar net verkering?

'O, het was zo romantisch! Aziz vroeg of ik mee ging eten op een dakterras. Maar hij moest eerst nog iets afgeven bij een of andere compagnon op de Spiegelgracht. Komen we daar aan, is dat hele pand verlicht met lampjes en kaarsen. Ook de buitenkant, hè?'

'Te gek,' zei Molly. 'En toen?'

'Nou, wij naar binnen, staat er een ober klaar met champagne. En toen dacht ik dus ineens: hij zal me toch niet gaan vragen? Zo snel al? Maar hij deed de hele dag al zenuwachtig en dus werd ik ook ineens heel zenuwachtig. Echt zenuwen, hè? Met zweetplekken en alles. Godzijdank had ik een jumpsuit met luipaardprint aan.' Celine haalde even diep adem. 'En toen moest ik gaan zitten aan een tafel, waar echt al mijn lievelingshapjes klaarstonden, zo'n beetje de meest uitgebreide borrelplank ooit. De ober schonk champagne in en ineens zat Aziz op één knie voor me. Je begrijpt dat ik het niet meer hield. Ik heb niks gehoord van wat hij zei, maar aan het eind hield hij een ring omhoog.'

'En wat heb je gezegd?' vroeg Molly, die inmiddels op het puntje van de bank zat, maar het antwoord natuurlijk allang kende.

'Ja! Ik riep ja!' riep Celine verrukt uit en ze stak haar hand weer uit naar Molly. Ze viel even stil.

'Dat is niet zomaar een ring,' zei Molly. Ze boog zich nog eens over de geelgouden ring, waar een enorme roze diamant op pronkte.

'Cool, hè? En godzijdank had die ober het aanzoek gefilmd, zodat ik achteraf alles heb kunnen terugkijken.'

'Ik ben zo blij voor je!' zei Molly gemeend.

Celine zuchtte diep. 'Ik was even bang dat je er misschien moeite mee zou hebben. Met dat gedoe met Atlas en dat het nu even niet zo makkelijk is met James en zo.'

'Nee joh, helemaal niet! Ik ben echt ontzettend blij voor je. Bovendien zijn bruiloften mijn allerallerlievelingsfeesten!'

'O, en dan heb ik wel nog een belangrijke vraag voor je, voordat we eindelijk kunnen proosten.' Celine keek ineens serieus. 'Wil je mijn getuige zijn?'

'Natuurlijk!' riep Molly en ze omhelsde haar beste vriendin. 'Ik kan niet wachten.'

'Ik ook niet!' Celine straalde en zei toen: 'Je begrijpt dat ik een heel moodboard heb gemaakt voor mijn jurk. Kom, laten we ergens gaan ontbijten, dan laat ik het je uitgebreid zien.'

Molly en Celine schoven aan bij hun favoriete cafeetje net buiten het centrum. Ze serveerden er al jaren dezelfde worteltaart met kruidenthee en het meisje dat er ooit net kwam werken, was inmiddels een vrouw en werkte er nog steeds.

'Ik kan het eerlijk gezegd nog steeds niet geloven,' zei Celine, die de menukaart bestudeerde.

'Ik ook niet,' zei Molly. 'En je weet het echt zeker, hè? Ik bedoel, als vriendin en getuige is het mijn plicht om je dit te vragen.'

'Ik weet het zeker. Het is ontzettend snel, maar wat ik voor hem voel is gewoon niet te beschrijven. Het klinkt zo cliché, maar we horen bij elkaar. Dat wist ik eigenlijk al vanaf het eerste moment,' zei Celine met een dromerige blik in haar ogen. De verliefdheid spatte ervanaf.

De rest van het ontbijt praatten ze over bruiloften en trouwjurken en kreeg Molly uitgebreid het moodboard van Celine te zien.

'We hebben nog niks gepland, maar weten wel dat we het liefst in het buitenland willen trouwen. Misschien wel Italië of ergens in Zuid-Frankrijk. En vooral niet te veel mensen. Als ik in Amsterdam trouw, moet ik al mijn pr-contacten uitnodigen. Daar heb ik echt geen zin in. En voor mijn jurk... Kijk...' Celine liet haar de website zien van verschillende designers. 'Ik weet niet of ik helemaal over the top wil met allemaal glimmende steentjes of juist een heel modern, strak design van satijn. Jij moet met me mee als ik trouwjurken ga passen, hoor. Ik heb al wat winkels op het oog waar ik graag een afspraak wil maken.'

Molly kon zich niks leukers voorstellen en nam tevreden een hap van haar worteltaart. 'Ik heb dit gemist,' zei ze. 'Ik had het daar echt heerlijk in Engeland en vond het verschrikkelijk om weg te gaan, maar nu ik terug ben, besef ik pas hoe ik jou en dit hier' – ze wees naar het cafeetje en de straat – 'heb gemist.'

Die middag liep Molly in haar eentje door de stad. Ze was langs al haar favoriete plekjes gelopen. De boekenwinkel op de hoek van De 9 Straatjes, het koffietentje in de Jordaan, het Vondelpark en nu zat ze op een bankje op het Amstelveld met een kop thee van Nel en een kaascroissant van Tromp. Ze kon maar niet beslissen wat ze lekkerder vond: de scones van George of deze overheerlijke, knapperige kaascroissant. Ze besloot dat ze niet hoefde te beslissen. Je kon altijd beginnen met een kaascroissant en de scone als toetje kiezen, toch? Ze moest om zichzelf lachen. Stonden die croissant en scone nou ineens symbool voor de twee plekken waar ze zich zo thuis voelde? En kon ze niet kiezen omdat ze zich op beide plekken net zo goed voelde? Ze haalde haar schouders op, veegde de kruimels van haar schoot en wandelde weer verder over de bruggetjes van de Prinsengracht.

40

'Hé, stoor ik je?'

Molly had eigenlijk met zichzelf afgesproken dat ze zou wachten tot James haar zou bellen. Ze had hem sinds Londen maar een paar keer gesproken en dat was steeds een beetje afstandelijk geweest. Maar nu bleef ze maar aan hem denken en ze wilde zijn stem gewoon even horen. Bovendien had ze hem wel op de hoogte gesteld van haar vertrek, maar ze wist niet zo goed wat ze nu hadden samen. Was dit überhaupt nog wel iets? Als ze James niet zo leuk had gevonden, had ze het allang laten verwateren.

'Nee, hoor. Ben je goed aangekomen?' vroeg James ongemakkelijk.

'Jazeker. Ik heb alweer mijn lievelingsworteltaart bij mijn favoriete ontbijttentje op en zojuist een heerlijke kaascroissant bij mijn favoriete kaasboer gehaald. Mijn vaste boekenwinkel bezocht. Het is goed om weer terug te zijn.' Shit, dacht ze, ik ben aan het ratelen.

James bleef even stil. 'Ik mis je,' zei hij toen.

Dat was de eerste keer dat hij dat tegen haar zei en Molly voelde voorzichtige vlinders in haar buik. De afgelopen dagen had ze geprobeerd die te onderdrukken. Bang om gekwetst te worden. Bang dat James niet voor haar voelde wat zij voor hem voelde.

'Ben je er nog?' vroeg James.

'Ja, ik ben er nog. Ik mis jou ook,' zei Molly.

'Het spijt me dat ik de afgelopen tijd nogal afwezig was. Ik heb veel aan mijn hoofd hier. Maar ik denk de hele tijd aan je.'

'En ik aan jou,' antwoordde Molly en dat verliefde gevoel was in één keer helemaal terug.

'Hé, ik zat te denken… Weet je nog dat ik over die vriendin vertelde die van wandelen haar werk heeft gemaakt? Ze gaat een praktische gids over wandeluitrusting en -kleding uitgeven,' vertelde James. 'Ik moest meteen aan jouw boek denken. Misschien kunnen jullie het combineren.'

'Ik weet het eerlijk gezegd even niet meer met het boek,' antwoordde Molly voorzichtig.

'Wat?!' zei James. 'Waarom? Je was er zo enthousiast over! En ik ook!'

'Dat was ik ook,' zei Molly. 'Maar nu ik hier zit, lijkt het niet meer te kloppen dat ik dat boek schrijf. Dan ben ik ineens gewoon maar een toerist en niet meer iemand die daar echt woont.'

'Maar niemand die het boek leest hoeft toch te weten dat je er niet woont? Je weet nog steeds hoe het daar is. Schrijf het gewoon alsof je daar nog bent.'

'Dat zei George ook al, maar…' Molly wist zelf eigenlijk ook nog niet wat ze ging zeggen. Ze vond het heerlijk om terug te zijn in Amsterdam, maar tegelijkertijd confronteerde het haar met haar leven dat ze had voordat ze halsoverkop naar Engeland vertrok.

De grachten waren nog even mooi. De bomen waren net zo groen als elke andere lente. De man van de boekenwinkel nog net zo aardig. Maar ineens was toch alles anders. En dat kwam, dacht ze, vreesde ze, doordat ze geen redacteur meer was bij *Vagabond.* Ze had het niet van zichzelf verwacht, maar ineens besefte ze dat die baan bepalend was geweest voor wie ze was en hoe ze zich voelde. Als je tegen iemand zei dat je voor het tijdschrift *Vagabond* werkte, dan waren mensen altijd onder de indruk. En dat gaf haar een goed gevoel. Ze wilde het eigenlijk niet toegeven, maar ze miste het om ergens bij te horen. Om een baan te hebben. In Engeland was ze het meisje geweest zonder baan, maar dat was anders. Daar had dat iets stoers en onafhankelijks om zo in the middle of nowhere te wonen, bijna iets onechts. Hier in Amsterdam leek het echte leven weer te tellen en was ze ineens een deel van haar identiteit kwijt.

'Nou, wat is het dan?' vroeg James lachend. 'Ben je er nog?'

'Ja, sorry,' zei Molly. 'Ik twijfel of ik niet toch liever echt ergens een baan heb...'

'Tja,' zei James. 'Ik snap dat je na zo'n periode verlangt naar financiële zekerheid, maar vergeet niet dat dit boek echt een goed idee is. Bovendien zag ik dat je al heel wat hebt gepost op je Instagram en heel veel nieuwe volgers hebt!'

Molly knikte, alsof James het kon zien. Ze had de afgelopen dagen elke dag iets gepost over haar wandelingen, de scones van George of haar wandel-outfit gepost en zelfs af en toe een filmpje durven maken. 'Misschien moet ik beide maar doen. Verder werken aan het boek én hard op zoek gaan naar een baan,' zei ze.

'Dat zou een gouden combinatie zijn,' zei James bemoedigend. 'Net zo'n goede combinatie als jij en ik.'

Molly bloosde en toen ze ophing was ze iets positiever gestemd. Ze zou een baan zoeken, misschien voor een paar dagen per week, en de overige tijd besteden aan haar boek. Dan had ze zowel financiële zekerheid als genoeg tijd om te schrijven. Dat zou een goed plan zijn, toch? Ze staarde vertwijfeld voor zich uit, want in dat plan kwam James niet voor. Misschien moest ze ditzelfde doen, maar dan in Londen? Of zo hard werken dat ze genoeg geld had om twee keer per maand die kant op te reizen? Maar dan had ze waarschijnlijk niet genoeg tijd voor haar boek...

Opeens bedacht ze dat ze de laatste uitgave van *Vagabond* nog niet eens had gezien. Het eerste nummer zonder haar boekenpagina, zonder haar reisverhaal. De eerste editie die van haar identiteit was gestript. Molly zuchtte diep, nam nog een hap van de kaascroissant en liep richting de tijdschriftenkiosk op het Spui.

41

'Maak je nou niet zo druk. Echt iedereen uit bladenland is er straks. Ik weet zeker dat je in no time weer een baan hebt.' Celine maakte een pirouette voor de spiegel. Vanavond was de grote opening van het nieuwe hotel en ze had voor de gelegenheid een hele riedel nieuwe outfits besteld. Haar bed lag vol met dozen, tasjes en vloeipapier waar zijden mouwen, leren broekspijpen en jurken met prints uit staken.

'Dit wordt 'm,' zei ze uiteindelijk tevreden, terwijl ze over de rode satijnen stof van haar jurk streek. 'Wat ga jij eigenlijk aantrekken? Over een uur worden we opgehaald!' Ze tikte op het scherm van haar telefoon om de taxi-app te openen.

Molly rommelde even in haar koffer en haalde de jurk uit Florence tevoorschijn. 'Ik heb alleen deze bij me. De rest ligt nog bij mijn ouders.'

'Ha! Dat dacht ik al,' zei Celine. 'Ik heb een verrassing voor je en je mag absoluut geen nee zeggen.'

'O, god. Je gaat me toch niet een heel dure jurk geven, hè?' vroeg Molly meteen. 'Je weet hoe bezwaard ik me dan voel.'

'Joh, laat me toch gewoon. Mag ik mijn vriendin die het even moeilijk heeft niet trakteren op iets moois? Bovendien: het is helemaal geen jurk. Dus.' Ze trok een doos onder het bed vandaan en schoof hem richting Molly. Toen ze hem openmaakte, haalde ze er de mooiste rok uit die ze ooit had gezien. Hij was crème-wit en versierd met geborduurde donkerblauwe patchworkpatronen.

'Celine, hij is prachtig!' zei ze verrukt en ze gaf haar vriendin een knuffel.

'Wacht even, dat is nog niet alles.' Celine haalde een laag vloeipapier uit de doos en trok er een bijpassend gilet en witte blouse uit. 'Kijk, die horen erbij. Ik vond het zo'n typische Molly-look!'

Een uur later zaten ze gespannen in de taxi. Molly had sinds haar ontslag geen collega meer gezien of gesproken, dus ze zag ertegen op om die vervelende dag te moeten herbeleven. Ze dacht met op elkaar geperste lippen aan de schaamte die ze al die tijd al voelde, sinds haar ontslag, terwijl ze er zelf natuurlijk niks aan kon doen.

Celine werd non-stop gebeld door het productieteam over de boxen van de dj, de set-up van de champagnebar en de plaatsing van het logo-bord bij de ingang. Ondertussen checkte ze op haar telefoon voor de laatste keer de vip-gastenlijst.

Kosten noch moeite waren gespaard voor het feest. Het zou geopend worden met champagne, cocktails en kleine hapjes. De grootste namen uit muziekland kwamen optreden. Op de binnenplaats van het hotel konden gasten bij verschillende foodtrucks Mexicaans, sushi of Hollandse patat bestellen. En aan het eind van de avond zou er een speciale lichtshow op de voorkant van het pand geprojecteerd worden. Dat was meteen een goede manier om alle gasten het hotel uit te krijgen en de avond op een knallende manier te laten eindigen. Molly wist dat Celine niets erger vond dan feesten die langzaam doodbloedden, met een paar dronken achterblijvers. Alleen de genodigden mochten na afloop het hotel weer in voor een speciale overnachting.

Molly verheugde zich er nu al op. Voor de vip-gasten lagen gepersonaliseerde goodies op de kamer. Badjassen waarop hun namen waren geborduurd. Zijden pyjama's van gerecyclede stof uit India, allemaal met een unieke print. Een doos bonbons van anderhalve meter lang, van een Franse patissier. Voor iedereen een vaas van een keramist uit Kopenhagen met voor elke gast zijn of haar lievelingsbloemen erin. Een sportoutfit voor wie de dag erna wilde sporten in de hotelgym of een lesje yoga wilde volgen. Hiervoor had Celine speciaal een team personal trainers uit L.A. laten invliegen. En natuurlijk de hele collectie beautyproducten van de spa van het hotel.

De dagen voor het event was Celine enorm gestrest geweest. Een van de vips had onlangs besloten veganist te worden en wilde die bonbons dus niet. Een ander had het uitgemaakt met haar vriendje en nam een nieuwe scharrel mee. Daar moest dus met spoed een nieuwe badjas voor komen. En een belangrijke influencer had haar gemaild met de vraag of hij een kamer op het oosten mocht, omdat hij heel vervelend wakker werd als de zon niet door zijn gordijnen scheen 's ochtends. En zo was de lijst maar doorgegaan. Glutenallergieën, lactose-intoleranties, iemand die niet tegen de kleur groen kon – daarvoor had ze het groene, Egyptisch katoenen beddengoed laten vervangen door een roze variant – en één gast had haar gevraagd of ze in een wifi-vrije zone kon slapen, omdat ze bang was voor straling.

Dat laatste verzoek had Celine helaas niet kunnen inwilligen. Ze had contact gehad met een bedrijf dat gespecialiseerd was in antistralingsschermen, maar die hadden niet genoeg materiaal beschikbaar om de enorme suite mee af te schermen.

Maar nu zaten ze dan eindelijk in de taxi en kon er eigenlijk niets meer misgaan.

Molly bekeek zichzelf in het raampje. De outfit zat als gegoten en ze voelde zich voor het eerst sinds ze terug was weer zichzelf. De crèmekleurige stof stond perfect bij haar gebruinde huid. Door al die wandelingen had ze een gezonde kleur gekregen en ook haar wallen – veroorzaakt door het harde werken en nachtenlang doorhalen met een boek – waren vrijwel verdwenen.

Of ze zich nou verscheurd voelde tussen twee landen of niet, ze had een plan en hoopte vanavond een hoop mensen uit de tijdschriftenwereld te spreken. Het zou hoe dan ook mooi zijn als dat haar iets opleverde.

'*Ready?*' vroeg Molly. Ze zag hoe geconcentreerd haar vriendin keek toen ze voor het hotel stopten.

'*Born ready,*' zei ze. Ze haalde diep adem, smeerde wat lipgloss op haar lippen en knikte naar de chauffeur die de deur voor haar opendeed. '*Let's do this!*' riep ze.

Samen liepen ze over de rode loper het hotel binnen. Er stonden nog geen fotografen, want ze waren er ruim voordat de pers zou arriveren, maar toch voelde Molly zich nu al een echte vip.

'Het komende uur ga je mij weinig zien,' zei Celine, die meteen bij binnenkomst werd omringd door drie mensen met clipboards die allemaal iets wilden vragen. 'Waarom check je niet vast in, voordat het straks druk wordt bij de balie? En kijk lekker rond. Ik zie je straks bij het openingsmoment, oké?'

Molly wist dat dat niet zo was. Ze was het gewend om tijdens dit soort events haar vriendin de hele avond niet te zien of te spreken, en daar had ze vrede mee. Op weg naar de receptie van het hotel liep ze door een enorme ronde hal, waar glazen kroonluchters uit Venetië het plafond sierden. Midden in de cirkel stond een enorme toren champagneglazen. Een man in een strak wit pak en met witte handschoenen aan stond naast een ladder klaar om de glazen op het moment suprême van de opening als een waterval te vullen.

In de hoek van de lobby zag Molly een chocoladefontein waar romige chocolade over tropisch fruit kletterde. Normaal gesproken zou ze er meteen naartoe zijn gesneld, maar ze durfde het niet aan met haar nieuwe outfit. Het zou echt iets voor haar zijn om binnen een uur haar nieuwe kleren te verpesten.

'Welkom!' riep een meisje dat achter de balie stond in een champagnekleurige satijnen jurk. 'Jij bent zeker Molly?'

'Ja,' zei Molly verbaasd. 'Kennen wij elkaar?'

'Nee, niet echt,' zei het meisje. Ze draaide het scherm van haar computer naar Molly toe. 'Niet verder vertellen hoor, maar dit heb ik gekregen.'

Molly keek naar het scherm, waar allemaal kleine foto's op te zien waren. Haar foto stond er ook bij, met haar naam eronder.

'Maar ik wist sowieso wel wie je bent, hoor,' zei ze. 'Ik lees je artikelen altijd zo graag. Sterker nog, ik scheur jouw reisverhalen meestal uit om ze te bewaren.'

'Eh, bedankt,' zei Molly stomverbaasd en ze wist verder niets te zeggen.

'Je slaapt in kamer 63,' zei het meisje, dat Molly een crèmekleurig armbandje om haar pols bond. 'Met dit armbandje heb je toegang tot je kamer, de spa en het zwembad. Je kunt er het licht mee bedienen en vrij bestellen bij de bar. Dat is voor vanavond natuurlijk niet nodig, maar zo werkt het normaal wel.'

'Dank je,' zei Molly weer en ze bekeek het crèmekleurige bandje om haar pols. 'Ben ik even blij dat ik een bijpassende outfit draag vanavond.'

Het meisje begon te lachen en opende een kistje op de balie. 'We hebben ze in alle kleuren. De opdracht is om iedereen altijd een bandje te geven dat bij de outfit past. Mocht je morgen een rode jurk dragen, dan krijg je van ons een rood bandje.'

Molly was heel wat gewend van haar reizen, maar ze moest toegeven dat ze zoiets origineels nog nooit had meegemaakt. Dit moest ze onthouden. Ze draaide zich om naar de lift en vertrok naar haar suite. Ze kon er niets aan doen: ze wenste dat ze de hele ervaring met iemand kon delen. Wat een overdaad.

42

'Wacht heel even,' zei Molly in het scherm tegen James. Molly hield haar bandje voor de groen gelakte houten deur. Met een klik ging hij open. Ze hoorde zachte muziek en liep voorzichtig naar binnen. 'Niet normaal toch?' zei ze. 'Kun je het zien?' Ze draaide de telefoon door de kamer. Die was enorm. Aan de muur hingen hoge spiegels met gouden baroklijsten, bij het raam stond een chesterfield bank en in het midden van de kamer een hemelbed met het zachtste beddengoed dat Molly ooit had gevoeld. Ze ging even op de groene stof zitten en keek om zich heen.

'Het lijkt wel een oud grachtenhuis,' zei James. 'Ik had het bed graag met je willen inwijden.' Zijn ogen werden groot; hij leek te schrikken van zijn eigen woorden.

Molly besloot te doen alsof ze het niet gehoord had. 'O, en kijk die bloemen. Mijn lievelings.' Ze liep met de telefooncamera naar de salontafel, waar een prachtige handgemaakte vaas gevuld met mimosa stond.

'Ik zal het onthouden,' zei James wijselijk.

Molly moest lachen. 'Wees blij dat je Celine niet bent, die moest het voor alle gasten onthouden.'

Ze had Celine de afgelopen dagen horen bellen met allerlei bloemisten, op zoek naar heel specifieke bloemen. Lichtroze klaprozen uit China. Tulpen die alleen bij een bepaalde kweker groeiden. En de mimosa voor Molly, een bloem die eigenlijk helemaal niet bloeide in deze tijd van het jaar. Naast de vaas stond een lange gouden doos. Dat zullen de bonbons uit Parijs wel zijn, dacht Molly. Ze opende de minibar en tot haar grote verrassing stond er zelfs een flesje Somerset Cider tussen de blikjes. Celine was echt een perfectionist. Ze ging op de bank zitten, klemde het flesje tussen haar knieën om het open te maken en maakte een proostend gebaar naar James. Toen pas zag ze dat hij nog op kantoor was. 'Ben je zo laat nog aan het werk?'

'Ja,' zei James. 'Er is een hoop te doen en ik zou graag de hele avond met je meebeleven, maar ik moet door als ik hier niet tot middernacht wil zitten.'

Molly lachte even naar hem. Ze zag zijn vermoeide ogen, maar ook die aantrekkelijke kuiltjes in zijn wangen. 'Snap ik,' zei ze met een zucht. 'Bovendien moet ik heel dringend een stel overheerlijke bonbons proeven. Spreek ik je snel weer?'

'Heel snel. Zet 'm op vanavond, hè? Ik weet zeker dat er geen tijdschrift is dat jou niet wil hebben.' Ter afscheid maakte hij een luchtkusgebaar naar het scherm.

Ze hing op en peuterde voorzichtig het stickertje van de bonbondoos los. Ze zou alleen even kijken. Misschien één bonbon proeven. Maar daarna zou ze echt naar beneden gaan. Het feest zou over een uur losbarsten en Molly wilde heel graag de rest van het hotel bekijken voor het er vol zou staan met gasten.

Ze bestudeerde het papiertje met smaken dat bij de bonbons zat en koos een vierkant exemplaar, waar een dun laagje chocoladepoeder overheen gestrooid was. Terwijl ze de bonbon voor haar mond hield, nam ze een selfie met haar telefoon en typte: *Kan het nog beter? Deze kamer, al die cadeaus en deze bonbon. Dank je wel, liefste Celine. Zet 'm op vanavond.*

Ze stuurde het bericht naar Celine, leunde achterover en liet de chocolade op haar tong smelten. Toen stond ze op en liep de prachtige kamer uit, naar de lift.

Beneden kon je aan alles voelen dat het feest bijna zou losbarsten. De muziek schalde inmiddels door de boxen. De baliemedewerkster wreef nog een keer met een doek over het marmer. Andere personeelsleden van het hotel hadden hun positie al ingenomen bij de deur, de rode loper en het enorme bord vol sponsornamen. Molly liep de binnenplaats op, waar de foodtrucks stonden. Het rook er heerlijk.

'Wil je alvast iets proeven?' vroeg de kok van de bus waar in grote gele letters LA CANTINA op stond. Hij had een vrolijke gele luifel en om zijn bus stonden gekleurde tafeltjes en stoeltjes.

'Heb je ook een quesadilla?' vroeg Molly, want ze had inmiddels wel trek. Ze kon beter nu iets eten, dacht ze. Straks zou er vast een rij staan, en als ze mensen wilde spreken kon ze natuurlijk niet met volle mond staan.

'Zeker, de lekkerste ter wereld,' antwoordde de man.

'Nou, kom maar op dan,' zei Molly, die een geel tafeltje koos met uitzicht op de ingang van de binnenplaats.

Ze at de quesadilla op – inderdaad een van de lekkerste die ze ooit had geproefd – en keek naar de eerste gasten die ze door de glazen deur het gebouw binnen zag komen. Allemaal in hun mooiste kleren, hun haren geföhnd en hun lippen gestift. De paar mannen die ze had gespot, hadden hun beste pak aangetrokken. Dit zou goede foto's opleveren, wist ze, en dat was positief voor Celine. Hoe meer mooie beelden, hoe groter de kans dat er over de opening geschreven zou worden en dat was natuurlijk goede pr voor het hotel.

De muziek ging een paar standjes harder en zo nu en dan zag ze een rode satijnen vlek voorbijschieten. Celine genoot van dit soort momenten. Hoe groter de uitdaging, hoe hoger haar energie en hoe blijer ze was als alles lukte zoals ze had bedacht.

Molly hoopte zelf ook weer diezelfde drive te vinden. Ze had die middag de hoofdstukken van haar boek nog eens doorgelezen en was eigenlijk best tevreden met wat ze had. Het had haar weer het positieve gevoel teruggegeven dat ze eerder had gevoeld toen ze op het idee was gekomen van het boek en dus ook de drive om het af te maken. James had gelijk: niemand hoefde te weten dat ze nu niet meer in de cottage aan zee woonde. Een schrijver had immers de vrijheid dingen te bedenken, toch?

Maar goed: ze was hier om een baan te vinden. Haar uitkering kwam over een paar maanden ten einde en de korte hoop die ze had gehad op een fortuin vanwege het ei was compleet vervlogen, nu James ook niks meer had gehoord van de professor uit het museum.

Turner en hij hadden Petrov een paar keer gebeld en gemaild, en maar één keer een heel kort bericht teruggekregen. *Onderweg naar Sint-Petersburg. Ben over een week terug. Ook afspraak Fabergé. Nog geen nieuws.* Volgens Turner kon dat weinig goeds betekenen. Als experts op basis van de foto's die vooruit waren gestuurd ook maar een vermoeden van echtheid hadden gehad, dan hadden ze er binnen vierentwintig uur naar willen kijken en allang nieuws gehad.

Het maakte ook niet uit. Molly zag het als een gek avontuur. Een mooi verhaal, goed voor feestjes. Zoals nu. Ze veegde de kruimels van haar lippen, streek haar rok recht en wandelde naar de lobby. Klaar om zich in het feestgedruis te storten.

43

'Molly!'

Molly draaide zich om. Achter haar stond haar oud-collega Rebecca, die op die verschrikkelijke dag net voor haar werd ontslagen. Dat leek ineens wel een eeuwigheid geleden. Ze had Rebecca voor het laatst gezien met roodomrande ogen. Nu zag ze er stralend uit in een zwarte kanten jurk die over haar knieën viel en suède laarsjes.

'Jij zat toch ergens in the middle of nowhere in Schotland?' vroeg Rebecca verbaasd.

'Nou ja, zoiets,' zei Molly. 'Ik heb een tijd op de cottage van mijn tante gepast in Engeland.' Ze haalde haar schouders op.

'Gaaf, hoor! Ik hoorde het via via en vond het zo'n stoer verhaal. Gewoon alles achter je laten en ergens in een gehucht gaan zitten. Ik zou het niet kunnen.'

Molly voelde even een moment van trots. 'Dank je. Hé, wat doe jij nu eigenlijk?'

'Je gelooft het niet,' zei Rebecca, 'maar ik ben terug bij de uitgeverij.'

'Terug?' Molly keek haar verbaasd aan.

'Ja,' zei Rebecca. 'Een week na mijn ontslag belde Maxime of ik dat wilde. Hij beloofde me een heel goed voorstel te doen.'

'Dus je werkt daar weer?!' Molly had moeite dit te geloven. 'Bij dezelfde titel? Gewoon in je oude baan?'

'Nou, niet helemaal,' zei Rebecca, 'Ik heb eigenlijk wel een soort promotie gemaakt, maar het komt er eigenlijk op neer dat ik mijn werk doe en jouw oude werk erbij…'

Molly keek haar met grote ogen aan. 'Mijn rubrieken? Erbij? Maar dat is een fulltime baan! En dat was jouw baan eigenlijk ook!'

'Het gaat overal zo,' vertelde Rebecca. 'Iedereen die teruggehaald werd, was natuurlijk heel erg blij. En de extra werkdruk valt op zich echt wel mee, hoor.' Ze leek zichzelf ervan te moeten overtuigen.

Molly wist niet wat ze moest zeggen. Ze was blij voor Rebecca, maar het stak dat ze haar baan als extra klusje aan een andere redacteur hadden gegeven.

'Maar ze hebben jou dus niet gebeld? Ze hebben die dag zes mensen ontslagen van wie ze er uiteindelijk drie hebben teruggehaald,' ging Rebecca verder.

Molly slikte. Waarom hadden ze haar niet teruggevraagd? 'Ik moet even… Ik moet even…' De tranen prikten achter haar ogen en ze wilde weg. Wég uit dit gesprek. 'Plassen,' zei ze met een te hoge stem en ze draaide zich om.

Ze hoorde nog net dat Rebecca haar nariep: 'Sorry, ik wilde je niet…' maar Molly worstelde zich zo snel mogelijk door de mensenmassa naar de wc.

'Godverdegodverdegodver!' Ze kneep zo hard ze kon in een van de groene handdoekjes op het toilet. Ze wilde haar make-up niet verpesten door nu een plens koud water in haar gezicht te gooien. Nee. Ze zou hier niet om huilen. Dat had ze al genoeg gedaan. Het was logisch dat een ander haar werk nu deed. Wat had ze dan verwacht? Dat niemand haar rubrieken zou overnemen? Dat het tijdschrift gewoon zou blijven bestaan zonder boekenrubriek, zonder reisverhalen? Streng keek ze zichzelf aan in de spiegel en sprak zichzelf toe: 'Kom op, Molly. Terug het feest in. Denk aan je doel.'

Dat Rebecca nu haar baan had, betekende natuurlijk niet dat er geen werk meer voor haar was. Misschien niet bij het tijdschrift

Vagabond, maar wie weet wel bij een andere titel of uitgeverij. Molly lachte naar zichzelf in de spiegel en inspecteerde haar wangen. Geen vlekken, geen uitgelopen mascara. Ze haalde een paar keer extra diep adem. Godzijdank had ze zichzelf op tijd tot de orde weten te roepen. Opgelucht zwiepte ze de deur open. Bijna tegen Rebecca aan, die op haar stond te wachten met twee cocktails in haar hand.

'Molly, het spijt me,' begon ze. 'Het was natuurlijk nooit mijn bedoeling je een rotgevoel te bezorgen. Ik dacht dat jij helemaal op je plek zat in Engeland en ik hoorde dat je bezig bent met heel bijzondere wandelverhalen...'

'Hè?' zei Molly. 'Van wie heb je dat gehoord?'

'Van Celine. Die vertelde het tijdens een champagnereis. Ik wil ze heel graag lezen.'

Molly wist dat Celine het vast goed bedoelde, maar ze had haar schrijfambities liever nog even voor zich gehouden. Dit was precies waarom ze haar nog niet over het ei had verteld. 'Ik heb wat aantekeningen gemaakt, inderdaad,' zei ze. 'Je weet maar nooit waar je een mooi reisverhaal van kunt maken, toch?'

'Wie weet kunnen we er wel iets mee in *Voyager*, het nieuwe reistijdschrift dat we gaan uitgeven,' zei Rebecca.

Molly keek verrast op.

'Maxime heeft dat vrij recent aangekocht. Het is een titel die zich vooral richt op bijzondere reizen.'

Molly's hart begon iets sneller te kloppen. Dus toch! 'En wie doet de redactie?' vroeg ze luchtig.

'Niemand. Het is allemaal nog zo nieuw.'

Molly's hart begon nog harder tekeer te gaan. Dit was het! Dit was haar droombaan! De baan waarvan ze een tijd geleden dacht dat ze hem zou krijgen. 'O, wat leuk! Is Maxime er eigenlijk vanavond?' vroeg ze zo nonchalant mogelijk, terwijl ze gretig om zich heen keek in de hoop het kale hoofd van Maxime te spotten tussen de mensen.

'Ja, ik zag hem net lopen met zijn assistente. Zij heeft een knalgele Versace-jurk aan. Die kun je echt niet missen!'

Molly bedankte Rebecca en liep richting de bar. Ondertussen speurde ze de menigte af naar gele stof. Al was het bij een Versace-jurk ook vaak vooral het ontbreken van stof wat de ontwerpen bijzonder maakte.

Ineens zag ze achter de champagnetoren een gele schouder en een strakke blonde knot tevoorschijn komen. Dat moest haar zijn. Molly baande zich een weg richting de lobby en zag nu ook Maxime staan. Sneller dan ze dacht stond ze achter hem en ineens wist ze niet meer zo goed wat ze moest doen. In een impuls was ze op hem af gelopen, maar nu ze zo dicht bij hem stond, kon ze geen woord uitbrengen. Wat moest ze tegen hem zeggen? *Hé Maxime, jammer dat je me ontslagen hebt! Ik wil graag voor je nieuwe reistijdschrift werken!* Nee, dat kon natuurlijk niet.

Net toen ze besloten had rechtsomkeert te maken, keek zijn assistent op. 'Hé, jij bent toch Molly?'

Je hebt geen keus, Molly, zei ze streng tegen zichzelf. Ze rechtte haar schouders en lachte haar beste lach naar Maxime, die inmiddels ook was omgedraaid.

'Molly! Terug uit Engeland?' vroeg hij.

'Eh, ja,' zei Molly. Hoe wist hij dat nou weer?

'Ik volg je op Instagram en was helemaal verliefd op je huisje daar. Al die heerlijke scones, en de wandelingen die je maakte,' zei zijn assistente. 'Ik zei elke keer tegen Maxime: "Dat je haar hebt ontslagen is echt niet oké, je moet haar echt vragen om reisverhalen voor je te gaan schrijven." Jouw content is zo uniek!'

Dit ging bijna vanzelf.

'Dat lijkt me enig!' zei Molly snel. 'Reisverhalen zijn mijn favoriete verhalen om te maken. Sterker nog, het is altijd mijn droom geweest om voor een reistijdschrift te werken.'

Maxime keek haar serieus aan. 'Meen je dat nou?' vroeg hij.

'Ja, dat meen ik,' zei Molly. Ze durfde hem bijna niet aan te kijken.

'Waarom kom je maandag niet even kletsen op kantoor?' zei hij uiteindelijk. 'Ik heb misschien wel een voorstel voor je.'

Molly kon haar oren niet geloven. Dit ging bijna té makkelijk. Ze had Maxime gevonden, het gesprek was bijna vanzelf gegaan en ze had ook nog eens een afspraak om te komen praten! Het kon niet anders dan dat dit over dat nieuwe reistijdschrift zou gaan. Haar hart maakte een sprongetje. Ze zag het al helemaal voor zich. Misschien werd ze wel hoofdredacteur! Wie kon dat anders worden? Ze zou weer kunnen reizen en schrijven en andere journalisten ontmoeten en slapen in de mooiste hotels en...

Ho ho, dacht ze. Haar hoofd was al eens eerder op hol geslagen. Dat mocht nu niet weer gebeuren. Ze zou zonder verwachtingen het gesprek in gaan, sprak ze zichzelf toe. Voor de zekerheid zou ze alleen een lijstje maken met voorstellen voor rubrieken en artikelen voor als ze hoofdredacteur zou worden. Ze kon maar beter voorbereid zijn. En nu ze erover nadacht: dat lijstje ging ze meteen maken, op haar kamer. Haar hoofd liep al over van de plannen en ideeën en na een cider, een champagne en de cocktail die Rebecca haar had gegeven, zou ze dat sowieso vergeten. Vastberaden beende ze naar boven. Op haar kamer zocht ze naar een stuk papier en een pen. In het bureau vond ze groen briefpapier en een potlood met het logo van het hotel erop. Gretig begon ze haar ideeën op te schrijven.

Idee nummer één: luxe hotelovernachtingen, getest door drie soorten mensen. Een ervaren reiziger, iemand die normaal alleen in budgethotels verbleef en zijzelf. Dat leek haar nou zó leuk om te lezen, en natuurlijk om te maken. Het tweede idee: reisverhalen over reizen waar niks is gepland. Ze wist immers uit ervaring dat je dan op de leukste plekken terecht kon komen. Dan kon ze slapen bij de plaatselijke bevolking en letterlijk opschrijven wat ze zag, hoorde, proefde en meemaakte. En ten slotte natuurlijk wandelverhalen, geschreven door een local. Dat zou dan haar eigen vaste rubriek worden. En drie keer raden waar die eerste wandelingen zouden plaatsvinden... Molly bekeek met een tevreden gevoel de lijst. Het voelde bijna alsof ze drie koppen koffie had gedronken. En dat was best veel voor iemand die nooit koffie dronk.

Later die avond, toen het feest was afgelopen en de lichtshow met groot succes was afgerond, lag ze in het enorme bed, met haar telefoon. Ze had een Pinterest-board aangemaakt en pinde erop los. Ideeën voor de vormgeving, foto's van bestemmingen, lettertypen die mooi pasten bij reisverhalen. Ze had zelfs al een idee hoe haar wandelverhalen eruit mochten zien.

Molly had ook vast wat looks gepind die op haarzelf van toepassing zouden zijn. De hoofdredacteur-van-een-reistijdschrift-look. Als je steeds in luxe hotels sliep, moest je je badpakken- en kaftancollectie natuurlijk wel op peil houden. Stel dat ze er tegelijkertijd verbleef met de Amerikaanse schrijver van *Tatler*, of iemand van de Franse *Vogue*? Dan kon ze natuurlijk moeilijk op oude slippers en met een vale wikkeldoek aan komen zetten. Nee, áls ze die baan kreeg, zou ze op alle mogelijke manieren voorbereid zijn.

44

Molly streek haar rok glad en nam met trillende hand een slok van haar water. Ze had zich streng voorgenomen compleet blanco het gesprek in te gaan. Maar dat bleek moeilijker dan gedacht.

Zodra ze het pand was binnengelopen, zag ze het al helemaal voor zich: dat ze hier de volgende keer zou binnenkomen als hoofdredacteur van een reistijdschrift. En dat ze haar handbagage-koffertje dan waarschijnlijk al bij zich had, omdat ze in één keer door zou moeten naar een of ander tropisch oord.

'Goedemorgen.' Molly schrok van Maximes zware stem. Hij keek een stuk vrolijker dan de laatste keer dat ze hem zag in dit glazen kantoor. 'Fijn dat je zo snel kon komen.'

'Dank voor de uitnodiging,' zei Molly. Verder hield ze haar mond. Ze wilde er niet weer iets compleet onnozels uit flappen.

'Zoals je misschien wel in de wandelgangen hebt gehoord, hebben we onlangs een reistitel aangekocht,' begon hij. 'Het is een licentietitel die het vooral heel goed doet in Amerika. In Nederland zal de markt natuurlijk een stuk kleiner zijn, maar ook hier verwacht ik genoeg inkomsten.'

Molly knikte en glimlachte. Nu zou hij vast beginnen over de functie die hij voor haar in gedachten had.

'Ik zoek eigenlijk iemand die dat tijdschrift een beetje zou willen leiden. Niet echt als hoofdredacteur, maar meer als manager. Zie je dat zitten?'

'Hoe bedoel je precies, als manager?' vroeg Molly. Ze ging even verzitten.

'Nou, we willen deze titel compleet budgetloos maken. Dat betekent dat we vooral verhalen vanuit de internationale titels gaan overnemen, tot en met het beeld en de opmaak aan toe.'

'Maar wat heeft een redactie hier dan nog te doen?' begon Molly. Ze haalde haar aantekeningen uit haar tas en haalde diep adem. 'Ik heb verschillende ideeën op papier gezet, die helemaal niet veel hoeven te kos...'

'Nee!' zei Maxime streng. 'Geen eigen rubrieken. Daar hebben we geen tijd en geen geld voor. Het is verhalen kiezen, vertalen of laten vertalen, opmaak overnemen, en weer door. Minimale input, maximaal resultaat.' Maxime keek er tevreden bij.

Molly zuchtte gefrustreerd. Hij wilde een geldmachine. Tijdschriften en advertenties verkopen zonder geld uit te geven. 'En hoeveel dagen per week zou ik daar dan mee bezig zijn?' vroeg Molly. Misschien kon ze dit doen en hield ze dan tijd over om andere rubrieken te maken.

'Vijf,' zei Maxime. 'We komen twee keer per maand uit, het tijdschrift heeft honderdzesenveertig pagina's en je bent in je eentje. Dus reken maar uit, daar ben je wel de hele week zoet mee.'

Molly wist niet zo goed wat ze moest zeggen. Ze wilde dolgraag hoofdredacteur – of 'manager' – van een reistijdschrift zijn, maar in dit voorstel was al het leuke eraf. Misschien kon ze Maxime overtuigen als hij hoorde waar ze mee bezig was, bijvoorbeeld met haar boek. Dan zou hij snappen dat dit unieke content kon opleveren voor het blad. Als ze het in haar eigen tijd zou schrijven, dan kon hij toch geen bezwaar maken? 'Ik ben bezig met een boek over wandelen. In mijn eigen tijd natuurlijk,' voegde ze er snel aan toe. 'Misschien kunnen we die content wel plaatsen in het tijdschrift.'

'Luister, we gaan hier niet onze eigen zaakjes lopen promoten. Als je voor mij werkt, werk je nergens anders voor. Dus geen freelanceklussen voor een andere titel en al helemaal geen eigen reis- of wandelboek. Dat staat ook allemaal in je contract.' Maxime schoof een stapel velletjes naar haar kant van de tafel. Hij was er duidelijk van uitgegaan dat ze meteen op het aanbod zou ingaan.

Ze draaide de eerste pagina voorzichtig om. Het was een jaarcontract. Dat was gunstig, want meestal kreeg je niet meer dan zes maanden, met een proeftijd van een maand. Bij het salaris stond een lege stippellijn. 'Moet dit nog ingevuld worden?' vroeg ze, terwijl ze met haar vinger op het lege lijntje wees.

Hij knikte. 'Tja, de banen liggen niet voor het oprapen, maar ik snap dat de functie meer verantwoordelijkheid met zich meebrengt dan je vorige baan. Al hoef je hier wel minder zelf te schrijven en te produceren.' Maxime vulde slordig een bedrag in op de stippellijn. Hij keek haar strak aan en schoof een pen naar haar toe.

Molly durfde niet meteen te kijken, maar haar oog werd er toch naartoe getrokken. Zag ze het nou goed? Dit was bijna driehonderd euro per maand meer dan haar vorige salaris. Was hij vergeten wat ze hiervoor verdiende?

'Ik heb natuurlijk niet de hele dag de tijd,' begon Maxime, terwijl hij overdreven op zijn horloge keek.

Molly ademde een keer diep in en dacht aan het advies van haar vader die ochtend. *Je hebt altijd het recht om erover na te denken. Natuurlijk moet je elke baan aannemen die je nu aangeboden krijgt, je bent immers werkloos, maar het staat sowieso beter als je ze even laat wachten.* 'Vind je het goed als ik het je voor het einde van de dag laat weten?' vroeg Molly daarom rustig. Haar stem trilde zowaar niet eens.

Maxime keek haar verbaasd aan. 'Je gaat niet nu tekenen?'

'Ik wil er een paar uur over nadenken en het contract rustig doornemen,' zei ze vastberaden.

'Je weet dat dit een unieke kans is, hè?' zei Maxime. 'Wie wil er nu niet aan het hoofd staan van een reistijdschrift?!'

Molly stond op, trots op haar eigen moed. 'Ik bel voor het einde van de middag met mijn antwoord.' Ze pakte haar tas en het contract en liep de glazen deur door. Maxime bleef perplex achter. Eenmaal buiten kon ze pas weer normaal ademhalen en begonnen haar handen weer te trillen. Wat moest ze doen?

45

'Dit is een wurgcontract!' Molly had het twaalf pagina's tellende document vluchtig bekeken en begon nu met rode pen hele paragrafen te onderstrepen. 'Belachelijk!' mompelde ze bij de ene zin. 'Absurd!' riep ze met ingehouden woede bij een volgend stuk. Maar zodra ze de cijfertjes zag die waren ingevuld bij het salaris, begon ze opnieuw te twijfelen.

Ze wilde dolgraag weer aan het werk en dit leek op papier een droombaan. Maar eigenlijk was alles wat ze leuk vond aan het werken bij een tijdschrift uit de functieomschrijving geschrapt. In haar eentje teksten vertalen, contact met de drukker onderhouden en het proces begeleiden, zonder collega's, was nou niet bepaald waarom ze op een redactie wilde werken. Molly was een creatieve geest, en die kwam zo niet tot uiting.

Ze was meteen na het gesprek naar haar ouders gegaan, waar haar vader in eerste instantie nogal stellig was geweest. 'Je hebt geen werk. Je hebt niets!' had hij geroepen. 'En dan twijfel je over een baan die je in de schoot wordt geworpen? Nota bene een functie waar je altijd al van droomde?'

Molly had geprobeerd het hem uit te leggen, maar hij was onvermurwbaar. Ze had het contract aan de keukentafel tevoorschijn gehaald en er een pen bij gepakt.

Nu besloot ze het nog een laatste keer zorgvuldig door te lezen en daarna Maxime te bellen. Deze baan zou haar in ieder geval een inkomen bieden. Van daaruit kon ze op zoek naar een nieuw woonadres en haar leven weer een beetje op de rit krijgen.

Toen ze op het punt stond te tekenen, ging de deurbel. Het was de koerier die alle cadeaus van de hotelovernachting kwam brengen. Het was zo veel geweest dat iedereen die die nacht niet met de auto was gekomen voor een bezorgservice kon kiezen. Molly zou de zachte badjas aan haar moeder geven en de bonbons aan haar vader. Al waren er hier en daar wel wat lege vakjes in de doos…

Toen ze terugkwam in de keuken, stond haar vader over het contract gebogen. Hij keek er ernstig bij. 'Je hebt gelijk,' zei hij opgelaten. 'Dit is geen normaal contract. Wat die man allemaal van je eist, mag wettelijk volgens mij niet eens. Hier staat zelfs dat je geen persoonlijk Instagramaccount meer mag hebben. Dat is toch te zot voor woorden!'

Molly kwam naast hem staan. Dat deel had ze nog niet eens goed gelezen.

'En kijk!' Hij wees naar een paragraaf over vakantiedagen. 'Je hebt recht op vakantiedagen, maar als de deadlines van het tijdschrift botsen met je geplande vakantie, dan heeft hij het recht je te verzoeken niet te gaan en ben je die geplande dagen bovendien kwijt. Ik heb nog nooit zoiets absurds gelezen!'

Molly moest toegeven dat ze wel iets had gezien over vakantiedagen, maar ze was vooral met haar rode pen op het concurrentiebeding blijven steken. Daarin stond dat ze niet mocht freelancen, niets zelf mocht schrijven en al helemaal niks mocht publiceren.

'Lees dit dan, dit is echt het toppunt!' zei haar vader, die steeds geïrriteerder klonk: '"Tijdens en tot vijf jaar na het verlaten van Max Magazines mag werknemer op geen enkele wijze werken bij of verbonden zijn aan een tijdschrift of ander mediagerelateerd bedrijf. Ook het publiceren – betaald of onbetaald – van eigen werk is tot drie jaar na het verlaten van Max Magazines ongeoorloofd." Sorry hoor, maar dat zou betekenen dat je de komende jaren nooit meer bij een tijdschrift mag werken!' Haar vaders gezicht was knalrood geworden en ook Molly's wangen gloeiden.

Hoe kon Maxime haar na al die jaren van keihard werken zo in de wurggreep nemen? Voelde hij zich zo machtig dat hij ervan uitging dat mensen dit zomaar zouden tekenen? Ergens was ze blij dat haar vader inzag hoe belachelijk dit was. Want hoe graag ze ook weer aan het werk wilde, en hoezeer dit ook een droombaan leek, alles wees erop dat dit niet de juiste beslissing zou zijn.

'Ik weet dat je heel graag weer aan het werk wilt en het geld nodig hebt, maar met dit contract kun je geen kant meer op. Hij moet of het hele contract aanpassen, wat ik hem niet zie doen, of je moet toch nog verder kijken. Dit contract gaat je in de toekomst een hoop narigheid opleveren, vrees ik. Zeker met de ideeën die je hebt, met je boek en zo. En voorlopig kun je natuurlijk altijd weer bij ons intrekken.'

'Wat?' Molly's moeder kwam met twee volle boodschappentassen de keuken in gelopen. 'Kom je weer bij ons wonen?' Ze zette de tassen neer en sloeg haar armen om Molly heen. 'O Molly. Hier maak je me zo blij mee!'

'Eh, mam,' zei Molly. 'Ik weet niet of dit...'

'Dan kunnen we elke avond samen koken. En samen *Escape to the Country* kijken. En ik heb die puzzel van tienduizend stukjes waar je vader me nooit mee wil helpen. Die kunnen we ook samen maken. En je mag natuurlijk je oude kamer we....'

Molly stak haar handen in de lucht. 'Mam. Mam! Echt heel erg aardig van je, maar ik kom hier natuurlijk niet weer wonen, hè? Ik blijf hier misschien wel een tijdje logeren als dat mag, maar mijn doel is uiteindelijk iets voor mezelf te vinden. Dat snap je toch wel?'

Molly's moeder keek beteuterd. 'Tuurlijk wel. Maar nou ja, je bent gewoon welkom om hier zo lang te blijven als je wilt.'

'Je moeder is bang dat je naar Londen gaat verhuizen. Naar die man,' bromde haar vader.

'Welke man?' vroeg Molly verbaasd. Ze kon zich niet herinneren dat ze iets had verteld over James.

'Die man van het antwoordapparaat. Die jou de hele tijd belt,' zei haar moeder en ze knipoogde erbij. 'Hij heeft een bericht achtergelaten en klinkt heel aardig.'

Molly keek op haar telefoon. Ze had negen oproepen uit Engeland gemist en twee voicemails ontvangen. Die had ze natuurlijk gemist tijdens het sollicitatiegesprek en daarna was ze vergeten het geluid van haar mobiel weer aan te zetten. Maar hoe wist James het nummer van haar ouders?

'Heb je naar het bericht geluisterd?' vroeg ze aan haar moeder.

'Ja natuurlijk! Als iemand op ons antwoordapparaat inspreekt, dan luisteren we die berichten altijd af.'

'We?' vroeg Molly.

'Ja, je moeder riep mij erbij omdat ze er niks van verstond. Ik moest er twee keer naar luisteren. Ene John uit Londen die je dringend moest spreken. We konden hem maar slecht verstaan, door de haperende verbinding.'

'Eerst dachten we dat iemand ons iets probeerde te verkopen,' viel haar moeder bij. 'Want hij bleef maar door ratelen over auto's en iets Russisch, maar bij de derde keer leek hij op het eind iets te zeggen als "miss you". Kijk, hier.'

Molly's moeder haalde een blocnote tevoorschijn, waar in blokletters de boodschap stond, tenminste, wat haar ouders ervan hadden gemaakt.

Hello Molly deer. How are you? I can't teach you. ... I think your mobile Ipswich offer .... reception. I just got a massage from ... that the Russian Art dound a tion firm oh and isn't it the eck. I can't believe... say thi. Please don't yell to anyone. The major cost in Volvo and you need two. A rain in sure and soon ... can. Please call me so weak us. Will you come to Londen soon? Miss you...

'Heb je het bericht nog?' vroeg Molly gehaast. Zou dit nieuws zijn over het ei? Haar wangen begonnen te gloeien.

'Ah,' zei haar moeder, die dat natuurlijk meteen doorhad. 'Is het iemand die je leuk vindt? Uit Londen?'

'Nee, nee. Of ja, misschien...' zei Molly, die ongeduldig op de knopjes van het antwoordapparaat begon te drukken.

'Nee? Als in: nee geen leuke man, of: nee hij komt niet uit Londen?' vroeg Molly's moeder, die achter haar aan liep. Molly gebaarde hen allebei om stil te zijn en probeerde vol concentratie naar het gehakkelde bericht van James te luisteren.

Hey Molly, dear, how are you? Listen, I can't reach you, I think your mobile is switched off or you don't have any reception. I just got a message from Alexander Petrov that the Russian Art Foundation confirmed the authenticity of the egg! I can't believe I am actually saying this. Please don't tell anyone. There's major costs involved now and you need to arrange insurance as soon as you can. Please call me so we can discuss. Will you come to London soon? Miss you...

'O mijn god. O mijn god. O mijn god!' Molly hield het antwoordapparaat voor haar gezicht.

'Wat is het?!' riep haar moeder.

'Vertel!' zei haar vader.

'Dit gaan jullie niet geloven. Ik geloof het zelf ook nog niet helemaal.'

'Wat!' riepen haar ouders tegelijk.

'Wacht,' zei Molly. 'Ik moet hem eerst terugbellen, zodat ik het zeker weet. En als het echt is, dan... dan... gaan we uit eten vanavond!' Molly rende de trap op met haar mobiele telefoon en belde James.

46

'Molly!' riep James, nog voor de telefoon over was gegaan. 'Waar zat je?! Ik probeer je al de hele dag te bereiken.'

'Ik had dat sollicitatiegesprek, weet je nog? Mijn telefoon stond op stil.'

'O ja, hoe is dat gegaan?' vroeg James.

'Slecht, of nee, het gesprek ging goed, maar ik kreeg een contract mee van twaalf pagina's dat me zo'n beetje verbiedt om nog te ademen… Maar wacht, stop! Vertel me over het ei!'

'Het is echt ongelooflijk. Turner en ik kregen vanochtend een telegram, geloof jij het? Een echt telegram, met een cryptische boodschap van Alexander Petrov van het Tate Museum. We moesten hem onmiddellijk bellen en dat mocht niet met onze mobiele telefoon, die man is zo paranoïde! We hebben hem vanuit de antiekzaak van Turner gebeld en toen vertelde hij dat het ei absoluut authentiek is! Ze hebben het ding op alle mogelijke manieren doorgelicht!'

'En ze weten het echt heel zeker?' vroeg Molly, die zich moest inhouden om niet te gaan gillen.

'Heel zeker. Ze hebben ons de rapporten gestuurd, ook weer met een strengbeveiligde e-mail. En daar staat in dat ze met behulp van speciale technologie konden zien hoe oud het ei was. Dat jaartal kwam exact overeen met de tijd waarin de tsaren leefden. Dat was het eerste bewijs.'

'Waarom duurde het dan zo lang?' vroeg Molly. 'Zo'n foto is toch zo gemaakt?'

'Het was niet alleen die foto. Er hebben tien verschillende experts naar gekeken.' James vertelde dat een emaille-specialist de compositie wist te achterhalen. Die kwam blijkbaar overeen met de samenstelling die Peter Carl Fabergé altijd gebruikte.

'Er was al geen twijfel meer mogelijk, maar volgens Petrov gaf het slotje van het ei de doorslag,' vertelde James. 'Dat zat op een bepaalde manier in een van de edelstenen verborgen, iets waarvan alleen Fabergé wist hoe je dat moest maken.'

Molly was even stil en kreeg over haar hele lichaam kippenvel.

'En weet je wat helemaal bijzonder is?'

'Nou?' vroeg Molly.

'Ze hebben onlangs ook oude dagboekfragmenten gevonden van Maria Fjodorovna, een van de tsarina's, en daarin vertelt ze over een cadeau dat ze heeft gekregen van haar man. Ze schrijft dat hij haar verraste met het mooiste Fabergé-ei dat ze ooit heeft gezien. Ze vertelt over edelstenen in alle kleuren van de regenboog en een ring als verrassing die bezet is met zulke enorme diamanten dat ze hem alleen zittend kon dragen, zo zwaar is-ie.'

'Wauw,' fluisterde Molly.

'Molly, je moet weten dat de hele kunstwereld in rep en roer is. De mensen die ervan weten, tenminste. Iedereen heeft voorlopig geheimhouding gezworen, maar je weet hoe dat gaat: elke persoon die iets weet, is er eigenlijk een te veel. Als dit uitkomt, barst het circus los. Turner heeft een voorlopige verzekering geregeld en het ei ligt weer veilig in een kluis. Maar je zult op korte termijn echt een hoop beslissingen moeten nemen. Of je het ei wilt verkopen, en zo ja aan wie.' James stopte even om adem te halen, maar ratelde toen weer door. 'Daar heeft Petrov natuurlijk allerlei ideeën over. Wij zijn heel erg bang dat iedereen je straks zal proberen te manipuleren. Sint-Petersburg en het Fabergé Museum zullen de druk behoorlijk gaan opvoeren. Die willen natuurlijk koste wat het kost dat het ei terug naar Rusland komt en daar in het museum komt te liggen. Zeker met de net ontdekte dagboeken van de tsarina is dat groot nieuws en een enorme trekpleister. Maar Alexander Petrov wil dat het ei in het Tate komt te liggen. En dan heb je natuurlijk nog de privéverzamelaars, die straks allemaal komen aankloppen. Dit is echt enorm. Dit is wereldnieuws!'

Molly zuchtte. Ze dacht aan de dag dat ze het ei had gekocht op de country fair in Porlock. Als Maxime haar niet had ontslagen, was ze die dag nooit naar huis gegaan. Als haar relatie niet uit was gegaan, was ze nooit tijdelijk in Engeland gaan wonen. En als ze daar niet was gaan wonen, was haar moeder niet op bezoek gekomen, die per se naar de country fair wilde. Dan had ze die eieren nooit gekocht. En als ze Atlas niet had ontmoet, had ze zich ook nooit zo rot gevoeld op de avond dat ze erachter kwam dat hij ging trouwen. Dan had ze nooit in een dronken bui met James gezoend. Dan was hij nooit bij haar komen eten. En had hij nooit het ei gevonden. Voor hetzelfde geld had het ei nu dus nog steeds in haar fruitschaal gelegen en had ze er nog elke avond mee gejongleerd.

'Ben je er nog?' vroeg James. 'Ik denk dat je zo snel mogelijk naar Londen moet komen. De Russian Art Foundation wil je uitnodigen en je vlucht en hotel betalen. Je bent een soort eregast voor ze.'

Achter Molly kraakte iets. Ze keek op en zag nog net dat de deur achter haar een beetje verder dicht werd getrokken. Stonden haar ouders daar nou al die tijd mee te luisteren?

'Pap, mam?' vroeg Molly en ze gooide de deur wijd open. Haar ouders probeerden weg te springen, maar ze waren te laat. 'Ik ga naar Londen en jullie gaan mee.'

47

'Heb je je boardingpas? En je paspoort?'

'Mam, dat heb je nu al tien keer gevraagd. We hebben alles. Kom, anders missen we onze vlucht nog.' Molly was zenuwachtig. Ze moest vandaag al met allerlei mensen spreken en ze zou James eindelijk weer zien.

Molly's moeder was nog veel zenuwachtiger voor de trip. Ze had haar koffer sinds ze het nieuws had gehoord al vijf keer opnieuw ingepakt en elke keer opnieuw aan Molly's vader gevraagd of de weersomstandigheden veranderd waren. Molly moest toegeven dat de weer-app eerst had aangegeven dat het drie dagen lang zou regenen in Londen. Maar vanochtend, een half uur voordat de taxi voor de deur stond, stond er ineens dat het prachtig zonnig weer zou zijn.

Molly's moeder had haar hele koffer omgekeerd en alle lange broeken, truien, leren hoge laarzen, regenjas en trenchcoat omgewisseld voor jurken, rokken, vestjes en ballerina's. Molly had haar niet durven zeggen dat de weersvoorspelling er opnieuw anders had uitgezien vlak voor ze de deur uit gingen. Voor de zekerheid had ze de trenchcoat van haar moeder bij haar vader in de koffer gedaan. Ze wist niet zo zeker of ze er goed aan deed haar ouders mee te nemen op deze trip, maar ze had ze in een opwelling uitgenodigd en als ze heel eerlijk was, kon ze wel wat steun gebruiken. Bovendien was haar vader altijd goed met onderhandelingen en wie weet zou dat nog van pas komen.

De Russian Art Foundation had haar inderdaad uitgenodigd en ze had zelf een hotel mogen kiezen. Natuurlijk had ze opnieuw het Ritz gekozen en haar moeder was in extase geweest toen ze het hoorde.

'Het Ritz! We slapen in het Ritz! Daar heb ik alleen nog maar een keer geplast! In Parijs!'

Molly's moeder maakte er een sport van om, als ze moest plassen tijdens een stedentrip, altijd het mooiste toilet in de omgeving op te zoeken. Ze kon uitgebreid vertellen over de gouden kranen in de vorm van een zwaan met rozerode robijnen als ogen in het hotel in Parijs.

De avond ervoor had Molly haar ouders verteld over het ei. Dat ze het had gevonden op de country fair. ('O, ik weet nog precies welk kraampje!' had haar moeder uitgeroepen.) Over James. (Ze had maar even weggelaten dat ze hem in een dronken, emotionele bui had gekust.) En over Alexander Petrov en het vervolg.

Ze had de hele nacht niet kunnen slapen en nu zat ze in het vliegtuig en wist ze niet of ze zenuwachtiger was over het ei of om James weer te zien. En dan moest ze hem ook nog voorstellen aan haar ouders!

Haar moeder zat naast haar ijverig een sudoku in te vullen en haar vader zat aan het raam, verdiept in artikelen over Fabergé-eieren en de tsaren. Na Molly's verhaal de avond ervoor had hij de hele avond achter zijn computer gezeten. 'Als je wilt dat ik met je meega naar deze gesprekken, dan wil ik wel weten waar we het over hebben,' had hij gezegd. En dus had hij alles geprint wat hij kon vinden over de tsarenfamilies, de juwelen, Fabergé en het Winterpaleis. Zijn inklaptafeltje lag inmiddels vol met paperassen. 'Moet je kijken,' zei hij en hij wees op een van de printjes. 'Een ei dat tien jaar geleden werd ontdekt in Amerika is op een veiling verkocht aan een Engelse antiekdealer. Die heeft nooit prijsgegeven wat hij ervoor heeft betaald, maar ze denken zo rond de drie miljoen dollar!'

'Ja hoor, pap, dat geloof je toch niet?!' Molly pakte het papier van zijn tafeltje. Zelf had ze die verhalen eerder ook al gelezen. James had haar al verteld dat het weleens voorgekomen was, maar vaak helemaal niet zo ging. 'In de meeste gevallen kun je alleen kiezen in welk museum zo'n vondst komt te liggen en gaan ze uit van een schenking. Ik ga mezelf in ieder geval niet rijk rekenen,' zei ze. Ze staarde uit het raampje, terwijl ze probeerde rustig te blijven ademen. Sinds het telefoongesprek met James had ze zich behoorlijk opgefokt gevoeld, maar ze zou haar verwachtingen binnen de perken houden. *Blijf realistisch, Molly.*

Ze waren net de douane door toen iemand haar op de schouder tikte. Het was een man in een donkerblauw pak met een pet op, en hij hield een bordje in zijn hand waar in grote letters haar naam op stond. '*Your pick-up service*,' zei de man stijfjes. '*Any luggage?*'

'We worden zelfs opgehaald,' zei Molly's moeder, die de man uit enthousiasme bijna een omhelzing gaf.

De man deed een stap achteruit en knikte kort naar haar moeder. '*Your luggage, please?*' Hij pakte de koffer over van Molly's moeder en gebaarde hun hem naar de uitgang te volgen.

'Eigenlijk,' zei Molly's moeder, 'is het best gek dat we nu zomaar met deze man meegaan. En hem onze bagage geven. Voor hetzelfde geld is hij van een of andere Russische bende en worden we nu ontvoerd!'

O mijn god, dacht Molly bij zichzelf. Ze was al zenuwachtig genoeg, daar hielpen de uitspattingen van haar moeder niet bij. En dan moest ze straks ook nog al die serieuze gesprekken voeren. 'Mam!' zei Molly. 'Tuurlijk niet. Dit is de pick-upservice van het Ritz. Zag je het logo niet op zijn jasje staan?'

48

'*Welcome to the Ritz.*' Dezelfde portier als de vorige keer zwaaide de deur open voor Molly en haar ouders. Het leek even alsof Molly hier helemaal niet weg was geweest.

Haar moeder had de hele rit non-stop gekletst. Van de zenuwen, wist Molly. Over het weer ('Ik heb het idee dat het toch zomaar ineens zou kunnen gaan regenen.'), en over wat ze hoopte te gaan eten ('Zouden ze hier nou lekkere scones hebben? Op het platteland weet je zeker dat je overal waar je bent een luchtige, dikke scone kunt vinden. Maar ik ben bang dat die Londenaren helemaal niet eten.') Ze hadden op dat moment door Sloane Street gereden en de vrouwen die daar liepen zagen er niet bepaald uit alsof ze ooit in hun leven een scone hadden aangeraakt. Maar nu kwamen ze het Ritz binnen en viel de moeder van Molly stil. Het was ook zo'n indrukwekkende hal.

'Welkom, *Miss Winter*,' zei de conciërge van het hotel. 'We hebben twee suites voor u.'

'Suites! Zei hij nou suites?' De moeder van Molly was alweer bijgekomen van de eerste indruk en kwam naast Molly staan.

De man overhandigde Molly en haar moeder hun pasjes en wees hen naar de liften. 'Uw bagage staat in uw kamer, en er staan thee en koekjes geserveerd.'

Molly bedankte hem en wilde weglopen toen de man haar nog nariep. 'Ik heb deze nog voor u.' Ze kreeg een envelop met een geprint programma voor die middag. Haar eerste afspraak was om twee uur met de Russian Art Foundation. Daarna een afternoontea met Alexander Petrov in de lobby van het Ritz. Gelukkig zouden James en Turner er de hele dag bij zijn, zodat ze dit niet allemaal in haar eentje hoefde te doen.

Voor vanavond stond er niets gepland en daar was Molly wel blij om. Ze had geen idee wat haar te wachten stond.

'Zullen we allemaal even rustig uitpakken, opfrissen en elkaar over een uur in de lobby treffen voor de lunch?' stelde Molly's vader voor.

'Perfect,' zei Molly, die niet kon wachten om James te bellen.

Ze liepen de gang in op zoek naar hun kamers en kwamen als eerste langs de suite van haar ouders.

'Even in jullie kamer spieken, hoor,' zei Molly, terwijl haar moeder het pasje plechtig voor de deurklink hield. Een gewone kamer was al prachtig, dus Molly wist dat de suite nog veel mooier moest zijn.

'Ooo!' riep Molly's moeder, die als eerste naar binnen stapte. De kamer was volledig gedecoreerd in gele en rode tinten. Gele gordijnen van brokaat met rode patronen. Gouden details op alle muren. Een bed met een okergele sprei van zijde. En een zitje met twee übercomfortabele fauteuils. De badkamer was een en al marmer, met de bekende gouden kranen. Op het tafeltje naast de fauteuils stond een etagère gevuld met koekjes, sandwiches en cakes met een enorme gouden theepot ernaast.

'Dit is... Dit is... ongelooflijk mooi,' zei Molly's vader.

Molly's moeder was ondertussen op het bed gaan liggen om het matras te testen. 'Ik wil hier nooit meer weg,' zei ze lachend.

Molly zei haar ouders gedag en liep verder de gang in naar haar eigen kamer. Ze hield even haar adem in voordat ze de deur opendeed. 'O, kijk nou...' zei ze hardop. De muren waren voorzien van vanillekleurig behang en overal hing kunst. De kamer bestond uit twee delen. Een woonkamer met twee enorme lila pluchen banken naast de openslaande deuren die naar het balkon leidden, dat op het park uitkeek. Het slaapgedeelte was volledig in blauwtinten gedecoreerd en ook hier gaf een enorm raam uitzicht op het groen van het park. De salontafel was gedekt met thee en een etagère vol lekkers. Gedachteloos nam ze een hap van een komkommersandwich, terwijl ze verder zocht naar haar koffer.

Op dat moment belde haar moeder. 'Molly! Onze koffers zijn niet aangekomen op de kamer en volgens je vader, die net naar beneden is gelopen, heeft de conciërge ze allang naar boven gebracht. We zijn onze bagage toch niet kwijt? Stel dat iemand anders nu mijn koffer heeft en door mijn kleren aan het rommelen is?'

Molly snapte er niks van. 'Misschien is de piccolo nog op weg naar onze kamers,' probeerde ze. Ineens schoot haar te binnen wat ze zo fijn vond aan dat hotel in Zuid-Frankrijk. Het laatste hotel waar ze was geweest voordat alles finaal mis was gegaan. Ze had het artikel over haar verblijf nooit meer kunnen schrijven. Daar was ze ook op de kamer gekomen en op zoek geweest naar haar koffer. 'Check jullie kledingkasten eens.' Molly trok haar eigen kast open: een enorme walk-in-closet tegenover de marmeren badkamer.

'O!' riep Molly's moeder. 'Maar... Dit is... Ze hebben onze koffers uitgepakt en alles in de kast gelegd, mijn jassen en jurken... Wat een service!'

Molly moest lachen. Ze had het kunnen weten. Zo'n chic hotel, daar moesten ze je bagage wel voor je uitpakken.

'En kijk!' Molly's moeder riep opnieuw door de telefoon. 'Ze hebben er zelfs geurzakjes tussen gelegd. Al mijn kleren ruiken straks heerlijk naar Engelse roos!'

Molly stapte snel onder de douche. Ze had een blauwe rok, een blouse en ballerina's klaargelegd op het bed. Die zou ze ook naar de afspraken dragen straks. Eerst wilde ze een pak aandoen, dat leek haar zakelijker, maar toen bedacht ze zich. Ze hield niet van pakken. Terwijl veel vrouwen altijd riepen dat het ze zo'n powervrouwengevoel gaf, voelde Molly zich juist eerder gevangen. En ze wilde zich vooral zichzelf voelen vandaag. Het was al spannend genoeg.

Ze had nog tien minuten voordat ze beneden hadden afgesproken, dus dit was het enige moment dat ze had om James te bellen. En daar maakte ze gretig gebruik van.

'Goed aangekomen?' vroeg hij.

'Heel goed. Ik zit op een enorme lila bank in de zachtste badjas die je je maar kunt indenken, met uitzicht op Green Park met een mini-scone in mijn hand en een heerlijke kop Lady Grey-thee. Het enige wat ontbreekt ben jij.'

'Dat komt mooi uit,' zei James.

'Hoe bedoel je?' vroeg Molly verward.

Op dat moment werd er aangeklopt. 'Een moment!' riep ze naar de deur, terwijl ze naar de badkamer rende om zichzelf vliegensvlug in de spiegel te checken. Prima. Ze trok de deur open en haar hart maakte een sprongetje bij de aanblik van James, in hetzelfde pak dat hij gedragen had tijdens de opnamen van *Antiques Roadshow*, een maand eerder. Godzijdank zat zijn haar gewoon normaal.

Molly liet hem binnen, waar hij haar een lange kus gaf.

'Ik heb je zo ontzettend gemist,' zei hij.

'En ik jou,' antwoordde Molly. 'Het is dat we niet veel tijd hebben, want anders...' Molly liet haar badjas openvallen.

'Hebben we echt geen tijd?' vroeg James, die de badjas verder van haar schouders duwde.

'Nee, sorry! Mijn ouders staan zo op me te wachten in de lobby voor de lunch. Vind je het niet gek dat je ze gaat ontmoeten?'

'Nou,' begon James met een verontschuldigend gezicht. 'Ik denk dat ik ze zojuist al heb ontmoet in de lobby. Ik zag twee mensen nogal verloren kijken en je lijkt zo op je moeder, dus ik ben me maar even gaan voorstellen. Niet erg, hoop ik?'

Molly wist niet zo goed wat ze moest denken. Ze had zo enorm opgezien tegen dit moment. Haar moeder werd altijd heel zenuwachtig als ze iemand mee naar huis nam. Niet dat dat vaak was voorgekomen. En haar vader werd altijd een beetje flauw als ze een nieuw vriendje aan hem voorstelde. Die ging allemaal vervelende vragen stellen. Misschien was ze ook wel opgelucht dat ze er juist niet bij was geweest. Tegelijkertijd vroeg ze zich af hoe hij zich had voorgesteld. Als een vriend, een bekende, de kunsthandelaar? Of misschien wel als haar vriend? 'Nee, hoor,' zei ze. 'Hoe ging het?'

'O, ze zijn heel aardig. Maar volgens mij ook heel zenuwachtig voor de komende dagen. Ze vroegen of ik mee ga lunchen en ik heb gezegd dat ik dat even met jou wil overleggen.'

'Tuurlijk ga je mee,' zei Molly. 'Ik ben veel te blij om je te zien. Als je dat wilt, natuurlijk.'

'Dat wil ik heel graag,' zei James en hij sloeg zijn armen nog eens om haar heen.

49

'Misschien moet jij die gesprekken maar niet leiden,' grapte Molly's vader. Ze zaten in een bistro om de hoek van het hotel. Een waar ze normale scones verkochten en niet van die suikervrije, glutenvrije gevallen. Dat had de conciërge van het hotel ze verzekerd.

'Waarom niet?' vroeg James.

'Nou... Molly heeft nogal de gewoonte om als ze iets verkoopt zelf te gaan afdingen.'

'Dat valt wel mee, hoor,' protesteerde Molly.

'Weet je nog met die oude scheepskist? Je had hem eigenlijk al verkocht voor vijfenzeventig euro, maar toen die man hem kwam halen, vond je het zielig dat hij door de regen moest fietsen en riep je, nog voor die man iets kon zeggen: doe maar vijftig.' Molly's vader moest er hard bij lachen. 'En die keer met die krukjes van die designer, die je per se wilde hebben. Tijdens het afdingen ging je de verkoper vertellen hoe zeldzaam ze waren. Die man vroeg meteen het dubbele.'

Molly hield haar handen ter verdediging in de lucht. 'Oké, oké... Ik geef het toe. Als we het over geld gaan hebben, zal ik mijn mond houden. Maar vergeet niet: dit waren allemaal situaties waarin ik iets van de ander wilde. De rollen zijn nu omgedraaid en ik weet heel goed wat ik wel en niet wil.'

Molly keek even de tafel rond. Haar ouders voelden zich duidelijk een stuk meer op hun gemak na de vroege trip van vanochtend en James leek ontzettend goed met ze te kunnen opschieten. Haar vader stelde de ene na de andere vraag over kunst en het ei en het gesprek dat ze die middag zouden hebben.

'Oké,' begon Molly. 'Wat kan ik van de gesprekken verwachten? Kan ik me op bepaalde vragen voorbereiden?

'Ik weet het niet precies,' zei James. 'Ik denk dat het vooral een ontmoeting is, een soort formaliteit. Misschien willen ze de verschillende opties bespreken. Wel weet ik dat de Russian Art Foundation ook de belangen van verschillende musea behartigt, dus het kan best dat zij namens hen spreken.'

'En met Alexander Petrov?' vroeg Molly.

'Tja, die zal waarschijnlijk met een plan komen om het ei in het Tate te houden hier in Londen. Wat ik van Turner begreep, voelt het voor hem een beetje als zíjn ontdekking,' zei James.

'Zíjn ontdekking?' riep Molly.

'Wie is Turner ook alweer?' vroeg Molly's vader.

'Turner is mijn baas, van het antiekcentrum. En nee, zo bedoelt hij het niet. Maar binnen de kunstwereld zal hij een statement maken dat hij vanuit het Tate de eerste was die het ei in handen heeft gekregen.'

'Hmm,' antwoordde Molly. 'Als hij maar niet denkt dat hij er met de credits vandoor kan, want ík heb dat ei ontdekt.'

'Misschien dat ik die gesprekken vanmiddag even oversla,' zei Molly's moeder ineens, terwijl ze de laatste kruimels van haar scones van het bord veegde. 'De kapper van de beautysalon in het hotel heeft vanmiddag een plekje vrij en ik heb altijd al eens mijn haar bij een buitenlandse kapper willen laten knippen. Dat is wel goed, toch?'

'Tuurlijk, mam!' zei Molly. 'Maar bij de high tea sluit je weer aan, toch?'

'Die met Alexander Petrov? Die zou ik voor geen goud willen missen. Misschien krijgt hij wel weer zo'n rare uitbarsting. Na die verhalen van jou wil ik dat ook weleens meemaken.'

'Ik ben kapot.' Molly schopte haar schoenen uit en viel op bed.

James ging naast haar liggen. 'Maar het was wel een goede dag, toch?' vroeg hij.

'Een heel interessante dag,' zei Molly.

Natuurlijk had ze alles reuzespannend gevonden, maar ze had zich voorgenomen voet bij stuk te houden en niet af te wijken van haar eisen. Bovendien waren de gesprekken vandaag een stuk prettiger geweest dan die in het Tate een paar weken eerder. Het gesprek met de Russian Art Foundation had niet langer dan een uur geduurd. Het kwam er vooral op neer dat ze lieten weten wie er allemaal geïnteresseerd waren in het ei en dat ze hoopten dat ze, als ze besloot het ei uit te lenen of te verkopen, als eerste met hen zou gaan praten. Ze hadden ook een persbericht opgesteld dat naar alle kunstinstellingen, verzamelaars en musea gestuurd zou worden, waarin de ontdekking bekend zou worden gemaakt. Molly's naam zou hierin niet worden genoemd, puur om veiligheidsredenen.

De afternoontea met Alexander Petrov, later die middag, was vooral heel gezellig geweest. Hij leek wel een totaal ander mens. Er waren, tot grote teleurstelling van Molly's moeder, geen uitbarstingen geweest. Wel had ook hij na afloop gevraagd of Molly vooral aan het Tate wilde denken als ze wist wat ze met het ei wilde doen. Vervolgens had hij een envelop in haar handen gedrukt, met daarin een voorstel vanuit het Tate.

Molly had de brief die erin zat vluchtig bekeken en toen het volgende besloten: 'Ik wil graag dat jullie alle voorstellen die binnenkomen voor me verzamelen en daarin mag wat mij betreft meteen een schifting gemaakt worden. Ik wil dat niemand me onder druk zet. En mijn eis is dat het ei straks voor iedereen te bezichtigen moet zijn. Alle voorstellen met tijdslimieten of van privéverzamelaars die het ei in eigen bezit willen houden, vallen dus af wat mij betreft. Ongeacht hoe hoog het bod is.'

Wat haar betreft was het prima dat Turner en James als een soort agent zouden optreden, en ook voor haar eigen veiligheid kon de communicatie beter via het antiekcentrum lopen. Maar ze wilde alle serieuze voorstellen zelf zien. Het was immers haar ontdekking. Haar ei!

'Bereid je maar voor. De komende dagen wordt het gekkenhuis. Helemaal nu de Russian Art Foundation het nieuws binnen de kunstwereld naar buiten gaat brengen,' zei Turner. 'Ik heb het een keer eerder meegemaakt, toen er een Renoir werd ontdekt. De kunstwereld stond op zijn kop. Ik verwacht nu eerlijk gezegd een nog grotere reactie.'

Molly vond het allemaal wel spannend. Haar ei. Haar lelijke, glimmende ei.

'Wie had gedacht dat jij ineens kon onderhandelen?' had haar vader geroepen toen ze weer buiten stonden.

Molly had haar tong naar hem uitgestoken. 'Ik zei het je nog zo!'

Plotseling werd ze uit haar gedachten getrokken door James, die teder een arm om haar heen sloeg. 'Ik ben trots op je, hoor,' zei hij, terwijl hij haar naar zich toe trok. 'Je weet heel duidelijk wat je wilt en weet dat ook goed over te brengen. Zeker bij mannen als Petrov is dat echt niet makkelijk. De meeste mensen zouden zich behoorlijk geïntimideerd voelen binnen dit wereldje.'

'Geïntimideerd? Ik? Nooit,' zei Molly plechtig.

James lachte vol bewondering naar haar en Molly kon een giechel niet onderdrukken.

Ze voelde zich een beetje de hoofdpersoon in een spannende film. Of nee, nog beter: een romántische, spannende film.

50

'Dit geloof je niet!' James zat rechtop in bed met zijn telefoon in de hand. 'Het persbericht is vanochtend om zeven uur verstuurd en het staat nu al op alle grote sites: CNN, BBC, *The New York Times*... Ongelooflijk!'

Molly wreef in haar ogen. Ze had heerlijk geslapen in het enorme donzige bed na een fantastische nacht. Met James leek alles vanzelf te gaan. Die leek overigens alweer andere dingen aan zijn hoofd te hebben.

'Dit moet je horen,' zei hij, terwijl hij begon voor te lezen van zijn scherm. '"Russische schat ontdekt in Engeland." Dat is de kop. En dan staat er: "Vanochtend vroeg is bekendgemaakt dat in Engeland een van de misschien wel laatste ontbrekende keizerlijke Fabergé-eieren is ontdekt. Een van de acht waarvan in documentatie bekend is dat ze geschonken zijn binnen de Russische tsarenfamilie."' James' ogen glommen. 'Dit is echt gigantisch. Dat ik dit mag meemaken!' Hij gaf Molly een kus en stapte uit bed. 'Ik heb koffie nodig en de krant.' Hij belde roomservice, bestelde twee latte macchiato's en een thee, trok zijn badjas aan en opende de deur van de kamer, waar aan de buitenkant een tas vol kranten hing. Service van het hotel.

'Hoe laat is het eigenlijk?' vroeg Molly verdwaasd. Normaal was zij degene die als eerste uit bed was.

'Tien over zeven,' zei James.

'Dan zijn ze er inderdaad snel bij.' Molly keek naar de kranten die James op bed had gelegd. Hij keek teleurgesteld. 'Niet eens op de voorpagina!'

'Je zei dat het persbericht vandaag om zeven uur verstuurd is? Dan zijn de kranten toch allang gedrukt? Dit kan er helemaal niet nu al in staan.'

'Je hebt gelijk.' James zuchtte. 'Dan wachten we de middagkranten wel af.' Hij scrolde opnieuw door zijn telefoon.

Ondertussen las Molly het nieuws op verschillende sites. Het ging zo snel, ze kreeg er een raar gevoel van in haar buik. Alsof ze een groot geheim had, of had gespijbeld en er niet op betrapt was, maar dan in het kwadraat. Het was een gek idee dat dit wereldnieuws bij haar vandaan kwam.

Onderaan de nieuwsberichten las ze de commentaren van lezers. Iedereen wilde weten wie de ontdekker van dit gouden ei was! Wisten zij veel dat het helemaal niet van goud was... En mooi niet dat Molly iets ging zeggen! Dit anonieme leven beviel haar prima.

'Molly...' James wees opnieuw naar een bericht op zijn telefoon. 'Dit gaat je leven compleet veranderen. Geloof me.'

'Dat lijkt me sterk,' zei Molly. 'Hoe dan?'

'Dat kan niemand voorspellen, *but this is big*. Beloof me dat jij niet verandert, oké?'

'Beloofd,' zei Molly plechtig. 'Maar ik zie echt niet in hoe dit mij als persoon zou kunnen veranderen.'

'Ten eerste kan het natuurlijk best dat je er goed aan verdient.'

'Maar jij zei dat ik al die verzinsels op internet niet moest geloven,' zei Molly.

'Nee, ik geloof niet in dat soort absurde bedragen. Maar je kunt alsnog een smak geld krijgen van een museum. Ook die kopen weleens een stuk aan.'

'Nou, ik ben eerlijk gezegd al blij als het ergens mooi komt te liggen en mensen ervan kunnen meegenieten. Als dat betekent dat ik iets minder financiële druk heb, of in ieder geval de eerste maanden van mijn huur kan betalen, dan ben ik al dolgelukkig.' Molly zwaaide haar benen over de rand van het bed en schonk zichzelf een kop thee in. Stel dat ze er wel een heleboel geld voor zou krijgen. Wat dan?

Alsof James haar gedachten kon lezen, vroeg hij: 'Wat zou je doen als je ineens een enorm bedrag zou hebben?'

'Ik heb altijd al een Mulberry-tas willen hebben. Die zijn niet eens belachelijk duur, Chanel en Dior zijn nog veel duurder, maar ik heb nooit het geld gehad om er een te kopen. En als we het echt over een groot bedrag hebben, dan zou ik naar New York vliegen en in het Plaza Hotel gaan slapen. Dat is altijd al een droom van me geweest. Ik heb door mijn werk altijd op mooie plekken geslapen, maar het Plaza zat daar nooit bij. Dat lijkt me heerlijk. De hele dag rondstruinen door New York en dan eindigen met roomservice op je kamer met uitzicht over Central Park.'

James moest lachen.

'Zit je me uit te lachen?' vroeg Molly.

'Nee, nee. Ik dacht alleen... Laat maar.'

'Sorry hoor, maar je kunt me niet uitlachen en dan "laat maar" zeggen, meneer!' Molly probeerde hem omver te duwen, maar James was veel sterker. Hij tilde Molly op en liet haar op bed vallen. Net toen hij haar begon te zoenen, werd er op de deur geklopt. 'Shit!' riepen ze allebei tegelijk.

James trok zijn badjes recht en liep naar de deur. Hij kwam terug met een dikke envelop. 'Voor jou,' zei hij.

Molly opende de envelop voorzichtig. Er zat een soort gouden certificaat in. 'Ik snap niet zo goed wat dit is.'

'Laat eens kijken,' zei James.

'O, ik zie het al. Het is van de spa!' riep Molly, die nog een brief vond in het pakket met het spa-menu. Haar moeder had de dag ervoor haar haar laten doen en Molly moest toegeven dat het nog nooit zo mooi geknipt en gekleurd was geweest. Zelf had ze de kapper al weken niet bezocht. Als er iets nu niet binnen haar budget paste, dan was het de kapper wel. Maar met deze vouchers had ze recht op duizend euro aan behandelingen.

'Beetje vaag dat er helemaal geen prijzen bij staan. Zo kan ik toch helemaal niet berekenen wat ik hier allemaal van kan doen?'

'Ga er maar van uit dat als een kop thee in de lobby veertien euro kost, een massage ook iets duurder is dan gemiddeld,' zei James.

Molly moest lachen. 'De kapper moet wel lukken, lijkt me. Kijk nog maar even goed naar deze rattenkop. Straks zit mijn haar fantastisch!

'Zie je,' zei James. 'Je verandert nu al. En het begint bij je haar.'

51

'*We don't use the scissor, but we cut cut cut!*'

Molly durfde niet te kijken. Ze hoorde alleen het geluid van het mes dat hele stukken van haar lokken afsneed.

'*Look!*' riep de kapper en hij draaide haar stoel richting de spiegel.

'O!' kon Molly alleen maar uitbrengen.

'Is dat een goede of een slechte o?'

'Een perfecte o!' Molly lachte en ze bekeek zichzelf eens goed. Haar haar was een stuk korter, maar dat was volgens haar kapper hard nodig. Hij had gelijk gehad: het viel nu vol en golvend op haar schouders en zat precies mooi rondom haar gezicht. Er was geen schaar aan te pas gekomen. Deze kapper stond erom bekend dat hij alleen een kappersmes gebruikte.

Haar moeder zat in de kamer ernaast voor een manicure. Ze hadden eigenlijk een hele spa-dag gepland met de vouchers die ze had gekregen, maar de kapper nam al een derde deel van het budget in beslag en toen bleef er alleen nog geld over voor een massage voor haar vader en twee manicures voor Molly en haar moeder. Molly had haar nagels laten lakken in de kleur van de robijnen waarmee het ei was versierd. Dat leek haar wel toepasselijk.

'Zal ik blauw of groen doen?' riep Molly's moeder vanuit de andere kamer.

De kapper trok geërgerd zijn wenkbrauwen op.

'Blauw of groen?' reageerde Molly verbaasd.

'Volgens de *nail artist* zijn dat de kleuren van dit moment.'

'Ik zou gewoon iets klassieks doen. Dit blijft er echt drie weken op zitten, hoor!'

Molly hoorde haar moeder overleggen.

Ondertussen ging Molly's telefoon nu al voor de derde keer. Het was een onbekend Brits nummer dat ze al twee keer had weggedrukt. Misschien moest ze toch maar eens opnemen. '*Yes?*' zei ze alleen maar, want je wist maar nooit.

'Hé Molly, ik probeerde je al een paar keer te bereiken.'

Molly hoorde James' stem. Hij klonk plechtig.

'Welk nummer is dit dan? Ik herken het helemaal niet.'

'Het nummer van de zaak. Ook meteen een beveiligde lijn. Dat leek Turner beter. Luister, we willen wat contracten opstellen, zodat we straks zijn voorbereid. Standaard papieren, maar hou je mail in de gaten, want die moet je straks wel even goed bekijken.'

Bleh, contracten, dacht Molly. Daar had ze na haar gesprek met Maxime wel even genoeg van. 'Is goed,' antwoordde ze. 'Als je me belooft dat je snel weer bij me komt slapen. Ik kan niet wachten om...'

'Je staat op speaker, Molly!' riep James snel.

Molly's wangen gloeiden. Ze was blij dat ze haar zin niet had kunnen afmaken. 'Bedankt James, bedankt Turner,' stamelde ze en ze hing snel op. Gelukkig was het geen FaceTime geweest.

'Tadaa!' Molly's moeder stond bij de uitgang van de spa op Molly te wachten. 'Dit is dus helemaal van nu,' zei ze.

'Laat eens goed kijken,' zei Molly.

'*Nail art* noemen ze dat hier. Dat is dus geen gewone manicure, maar kunst op je nagels.'

Molly probeerde haar lach in te houden. Haar moeder had voor een tie-dye patroon gekozen, met blauw en groen door elkaar. Het zag er niet eens zo gek uit, het was alleen niet echt iets voor haar moeder. Helemaal niet in combinatie met de roze gebloemde Laura Ashley-jurk die ze erbij droeg.

'Zullen we dan maar?' Molly en haar moeder zouden een dagje gaan winkelen. Molly's vader moest wat werk afmaken en zou hen later ergens treffen voor de lunch.

'Ik wil nu eindelijk weleens al die winkels zien waar jij het altijd over hebt. Etymology, en natuurlijk Harrods en Harvey.'

'Anthropologie, bedoel je.'

'Ja, waar je altijd van die leuke jurken koopt. Ik heb al zo lang niks voor mezelf gekocht en weet je wat? Jij mag dan ook iets uitzoeken. We zijn immers dankzij jou hier in Londen!'

Het was lang geleden dat Molly echt gewinkeld had. Behalve die keer toen ze in alle haast in Londen iets kocht voor de eerste afspraak in het Tate Museum. Maar dat was een last minute paniekaankoop geweest in een kwartiertje. Molly zuchtte een keer diep. Haar leven was de laatste weken een soort rare achtbaan geworden. Haar souvenir was opeens wereldnieuws en ze stond op het punt terug te keren naar haar oude werkgever...

'O, nee!' riep Molly hardop.

'Wat is er?' vroeg haar moeder.

'Ik ben helemaal vergeten Maxime te mailen over het contract!' Ze was zo druk geweest met het plotselinge vertrek naar Londen dat ze helemaal niet meer aan het contract had gedacht. Snel opende ze de mail op haar telefoon en scande de berichten. Geen mail van Maxime.

Molly wist nog steeds niet wat ze moest doen. Ze wilde de baan, maar niet onder deze voorwaarden. Eigenlijk was ze van plan geweest om een mail te sturen waarin ze haar eigen voorwaarden zou stellen. Het was nu zaterdag, dus dat gaf haar wat tijd. Vanmiddag zou ze de mail schrijven en die voor de zekerheid laten checken door haar vader. Ze had ook geen belachelijke eisen. Ze wilde af van het concurrentiebeding, het punt waarin stond dat ze geen eigen werk mocht, en de paragraaf over vakantiedagen zou ze ook aanpassen.

'Kom, het is weekend. Alsof die man nu zijn mail aan het checken is.'

'Je hebt gelijk,' zei Molly. '*Let's go!*'

Ze liepen langs de portier naar buiten, die hen vriendelijk groette. Molly begon zich hier al aardig thuis te voelen.

James was die ochtend vroeg naar kantoor gegaan om met Turner al het papierwerk door te nemen. De voorstellen waren van over de hele wereld binnengestroomd. Weekend of geen weekend, niemand wachtte hiervoor de maandag af. Ze zouden later die middag de eerste voorstellen bespreken.

'We gaan niet meteen reageren, hoor!' had Turner haar verzekerd. 'Maar de eerste berichten zijn wel vaak een goede indicatie van wat je kunt verwachten.'

Verder moesten ze deze dagen gebruiken om zich in te lezen in de verschillende musea.

'Grote spelers als het Tate in Londen en het Fabergé Museum en de Hermitage in Sint-Petersburg lijken de meest logische opties, maar de keuze is toch echt aan jou,' zei James.

Die druk maakte haar ontzettend zenuwachtig en dus probeerde ze er nog even niet aan te denken. Ze had het idee dat er van alle kanten aan haar getrokken werd. Alsof de hele wereld iets van haar wilde.

'Daarom is het ook zo belangrijk dat jij anoniem blijft,' had Turner gezegd. 'Mensen die dit soort verkopen privé proberen af te handelen, zonder tussenkomst van een expert, worden vaak onder druk gezet, omgekocht met dure cadeaus of nog erger: afgeperst of bedreigd.'

Plotseling was Molly dubbel zo blij dat ze James had ontmoet.

52

Molly liep met haar moeder door Harrods, waar ze bonbons, koekjes en allerlei soorten thee hadden ingeslagen. Eerder op de dag hadden ze de hele koopjeshoek van Anthropologie leeggekocht en zich vergaapt aan de avondjurken bij Harvey Nichols. 'Als je ooit gaat trouwen, moet je hier een jurk kopen,' had Molly's moeder gezegd.

'Mam!' riep Molly. 'Begin nu niet meteen over trouwen. En maak dit soort opmerkingen alsjeblieft niet waar James bij is!'

'Maar je wilt toch wel trouwen, ooit?' had ze gevraagd.

'Natuurlijk,' zei Molly. Ze wist zelfs al helemaal hóé ze wilde trouwen. Een tuinfeest met lange tafels vol taarten en champagne. Lampjes in de bomen en iedereen in prachtige jurken. Tijdens de ceremonie zou ze een kanten jurk dragen, misschien wel met geborduurde bloemen erop. En voor het feest zou ze een prachtige avondjurk kiezen. Ze had uiteraard een heel moodboard op haar laptop.

'Met James?' vroeg haar moeder.

'Mam! Ik ken die man nog maar net!'

'Oké, oké...' Haar moeder hief haar handen verdedigend in de lucht. 'Toen ik je vader ontmoette...'

Daar gaan we weer, dacht Molly. Al vond ze het verhaal over de ontmoeting van haar ouders, dat haar moeder haar al tienduizend keer had verteld, stiekem ontzettend romantisch.

'... toen wist ik vanaf het moment dat ik hem zag: dat is 'm.'

Molly kende het verhaal uit haar hoofd. Toch liet ze haar moeder uitpraten.

'Hij kwam aanlopen over de kade, in dat stoere bruine ribfluwelen pak van hem. Ik zat met vriendinnen onder een boom te picknicken en we zeiden alle drie tegen elkaar: wat een hunk. Maar hij, met die wilde haardos van hem, keek naar mij, knipoogde en liep door. We waren net over hem aan het praten toen hij terugkwam met een bos wilde bloemen, geplukt uit de berm. Hij liep recht op ons af. Het leek wel zo'n filmscène in slow motion. We hielden alle drie onze adem in. Alsof we wisten dat dit een levensbepalend moment kon zijn. Hij had die bos aan elk van ons drieën kunnen geven, maar hij koos voor mij. Voor mij! Hij gaf me de bloemen en zei: "Ik denk dat ik zojuist de vrouw van mijn leven heb ontmoet. Het liefst zou ik hier en nu op mijn knieën gaan, maar dat is misschien wat voorbarig. Wil je in plaats daarvan eerst een keer met me uit?" We gingen de dag erna naar de bioscoop. Dat kostte in die tijd een rijksdaalder.'

Meestal wijdde de moeder van Molly hier ook nog uit over de prijzen uit die tijd. Dat een spijkerbroek nog geen twintig gulden kostte. Een spijkerjasje niet meer dan dertig. En ook dat men in die tijd helemaal niet zo vaak uit eten ging. Of even iets ging drinken op een terrasje. 'Koffie to go. Daar dacht je helemaal niet aan. Koffie en thee dronk je thuis en daarna ging je in één keer door naar waar je moest zijn.'

'Welke film hadden jullie ook alweer gezien?' vroeg Molly, die het antwoord natuurlijk allang wist.

'Een hele enge film, over aliens. Dat had je vader natuurlijk expres gedaan, zodat ik wel tegen hem aan moest kruipen. Die avond gaf hij me een eerste kus. Daarna was het aan. Twee maanden later vroeg hij mijn vader om mijn hand. En nog geen half jaar later zijn we getrouwd. In die tijd ging je niet naar een bruidsboetiek om tien jurken te passen en er vervolgens een te kiezen. Als je geluk had, kon je er een laten maken, maar veel vrouwen droegen niet per se een witte jurk. Dat is pas later een ding geworden.'

Molly was dol op de oude trouwfoto's van haar ouders. Ze waren in de kerk getrouwd en gaven een diner en feest op een oude boot aan het water. Niet op de plek waar ze elkaar hadden ontmoet, maar het had er wel op geleken. Bij de boot hoorde een terras waar de tafeltjes schots en scheef door elkaar stonden en er lampjes in de bomen hingen. Haar moeder droeg geen witte jurk, maar een zijden groene rok met een prachtige zalmroze blouse.

'Die had ik weken eerder al zien hangen in de etalage van Puck & Hans, dat waren de designers van dat moment. De rok zwierde prachtig om mijn enkels en de blouse was zo'n typisch hippiemodel met een bloemenpatroon van kraaltjes. Hij hangt nog ergens op zolder, dus mocht je ooit trouwen, dan mag je hem natuurlijk altijd lenen.'

Molly dacht even aan de jurken die ze op haar Pinterestboard had staan. Kant, lang met prachtige borduursels. Binnenkort zou ze trouwjurken gaan shoppen. Niet voor zichzelf, maar voor Celine.

Plotseling ging haar telefoon. James, zag ze op het schermpje. Het was helemaal geen handig moment om op te nemen. Het was ontzettend druk op de foodafdeling van Harrods en James wist dat ze aan het winkelen was met haar moeder. Dus als hij haar belde, dan moest er wel iets dringends zijn.

'Molly!' riep James door de telefoon toen ze opnam.

'Wat is er?' Hij klonk zo hyper dat Molly even dacht dat er iets ergs was gebeurd.

'Ik loop even naar buiten, mam,' zei ze en ze baande zich een weg door de meute naar de eerste de beste draaideur.

'Turner heeft me gevraagd je nog geen exacte informatie te geven, maar ik wil je wel vast even voorbereiden voor later vanmiddag.'

'O, wat is er dan?' Molly wist al wat hij ging zeggen. Dat ze niet op een financiële meevaller moest rekenen. Dat de voorstellen inderdaad om een gift zouden gaan. Eigenlijk had ze niet anders verwacht.

'Het is eh....' begon James. 'God, ik weet niet hoe ik het moet zeggen. Maar je kunt er...'

'Laat maar, James, ik weet het al,' onderbrak Molly hem. 'En ik had eerlijk gezegd ook niet anders verwacht.'

'Echt?' vroeg James. Hij klonk verbaasd.

'Nee, eerlijk gezegd niet. En ik sta midden in Harrods, zal ik je later maar even terugbellen?' vroeg Molly snel, terwijl ze een vrouw ontweek die met drie grote tassen door de draaideur kwam en Molly geïrriteerd aankeek.

'Eh, oké, dan zie ik je later.'

James hing op en Molly liep weer naar binnen. Ze passeerde de afdeling met handtassen en keek even een tikkeltje teleurgesteld naar de Mulberry-tassen die in rijen stonden opgesteld. Een bruin suède exemplaar stond prominent op de bovenste plank. Het oranje stiksel maakte het tot de perfecte tas. Molly had hem al gezien in een tijdschrift dat op de hotelkamer lag en stiekem waren haar gedachten al op hol geslagen. Maar goed, dat kon ze nu wel uit haar hoofd zetten.

53

Molly keek James aan. 'Waarom heb je dit niet gezegd vanmiddag?'

'Dat probeerde ik je juist te vertellen. Maar jij zei dat je het al wist.'

Molly dacht terug aan hun telefoongesprek. Ze had inderdaad gezegd dat ze niet anders had verwacht. Maar zij was uitgegaan van het meest ongunstige scenario, terwijl James haar juist het tegenovergestelde had willen vertellen.

Ze hadden na hun middagje shoppen een taxi naar het hotel gepakt. Molly's moeder was met alle tassen naar de kamer gegaan, terwijl haar vader buiten klaarstond en bij Molly in de taxi stapte om naar het kantoor van Turner te gaan. Molly had hem vast voorbereid en hem verteld over het telefoontje van eerder die dag. Maar nu bleek dat dus allemaal een misverstand.

Turner schoof nu opnieuw en stuk papier richting Molly. 'Dit eh...' Hij leek niet zo goed te weten hoe hij het moest zeggen. Molly's vader was compleet wit weggetrokken na het eerste voorstel. 'Dit is misschien nog wel iets... meer,' zei hij voorzichtig.

Molly en haar vader bogen zich over het papier. Terwijl het vorige voorstel nog van een museum kwam, was dit van een privéverzamelaar uit Dallas.

'Deze man heeft al twee andere Fabergé-eieren in zijn collectie, die liggen in het Met in New York, maar hij aast al tientallen jaren op een origineel keizerlijk ei van de Russische tsarenfamilie. Zoals je ziet, heeft hij genoeg te besteden. En dit is nog maar een eerste bod. Meestal staan dit soort figuren open voor een tegenbod.'

Molly begon te zweten en werd een beetje misselijk. Ze wist niet zeker of ze heel erg blij was, of heel erg verward, of heel erg... Eigenlijk had ze geen goede woorden voor de emoties die door haar heen raasden. Ze knoopte haar blouse een beetje open en voelde even aan haar voorhoofd. Bezweet.

James schoof haar een doos tissues toe en Turner was de karaf met water gaan bijvullen. 'Het zweet brak mij ook uit toen ik vanmiddag deze papieren te zien kreeg,' zei hij begripvol.

Molly's vader kon geen woord uitbrengen. Zodra Turner zijn glas had volgeschonken, nam hij een enorme teug. Hij zette het glas met een klap terug op tafel, stond op en begon door de kamer te ijsberen. Molly depte haar voorhoofd nog een keer en probeerde een paar keer diep adem te halen. Ze keek naar haar vader, die over een vitrine gebogen stond. Hij draaide zich opeens om naar James en Turner en vroeg: 'Is dit echt? Is mijn Molly straks in één klap miljonair?'

Molly begon zenuwachtig te lachen. Miljonair. Wat een raar woord. Helemaal in één zin met haar naam.

'Ja,' zei Turner. 'Natuurlijk gaat er een deel naar de verzekering, het transport en de belasting. Maar met wat er overblijft is Molly nog steeds miljonair. Multimiljonair.'

Molly's vader begon opeens te lachen. Hij sloeg een paar keer hard op tafel. James kreeg ook de slappe lach en ook Turner begon mee te grinniken. Opnieuw had Molly het gevoel alsof ze in een overdreven film zaten. En deze scène zou dan later bij de aftiteling getoond worden als blooper. Maar het was de werkelijkheid.

'Pap,' zei Molly plotseling schaterend. 'Ik ga dat contract van Maxime dus écht niet tekenen, hè?'

Molly's vader begon nu nog harder te lachen. Zijn hele lichaam schudde mee. 'Nee!' zei hij met overslaande stem. 'Dat ga je zeker niet tekenen!'

'Wat?' zei James geschrokken, die meteen stopte met lachen. 'Wát zeg je?'

'Nee, nee…' Molly probeerde het hem uit te leggen in het Engels. 'Dit gaat over een ander contract, van die sollicitatie die ik vorige week had in Amsterdam.'

'*Thank goodness*,' antwoordde James en Turner knikte mee. 'Ik dacht al: een beter aanbod dan dit ga je niet krijgen. Het is het hoogste bod en hij belooft het ei uit te lenen aan het museum in New York, zodat iedereen het daar kan bekijken. Dat wilde je toch ook graag?'

'Jazeker,' antwoordde Molly. 'Dat was een van mijn voorwaarden. Niemand heeft er iets aan als het ei ergens in een kluis verdwijnt, toch?'

'Wil je er nog over nadenken? Of wil je dat we de papieren in orde maken?' vroeg James. 'Er is natuurlijk geen haast bij, hè?'

'Tekenen,' zei Molly vastberaden. 'Zo snel mogelijk.' Ze wilde van het ei af zijn. De laatste dagen was ze er steeds zenuwachtiger om geworden en ook al was het iets fantastisch, het voelde steeds meer als een last. Als dat met een handtekening voorbij zou zijn, leek dat haar een zegen. Bovendien besefte ze ineens wat het betekende dat ze straks genoeg geld had. Duizend plannen schoten door haar hoofd. Ze wilde Celine bellen en haar eindelijk het nieuws vertellen. Ze wilde op zoek naar een eigen huis. Ze zou een nieuwe laptop kopen en haar boek afmaken… Ineens werd ze ontzettend ongeduldig. 'Wanneer staat dat geld eigenlijk op mijn rekening?' vroeg ze zo nonchalant mogelijk.

'Ha!' Turner lachte. 'Wilde plannen? Dit soort bedragen kosten altijd even tijd. Ga nou niet meteen vanavond op een huis bieden. Geef het een week en het is geregeld.'

54

'Proost!' riep James, die was gaan staan en zijn theekopje de lucht in hief. 'Op country fairs en eieren!'

'Op country fairs en eieren!' riepen ze allemaal in koor.

'En...' zei Molly. 'Op jou. Zonder jou hadden we hier nu niet gezeten.'

James knipoogde naar Molly.

'Eigenlijk best jammer dat Louise net de cottage heeft verkocht. Anders had je die kunnen kopen. Als buitenhuis. Als een van je buitenhuizen!' Molly's moeder was door het dolle heen. Ze zaten met zijn vieren in de bar na te praten over de dag. De tafel stond vol kopjes, een grote pot thee en alle mogelijke snacks die bij de hotelbar te bestellen waren.

Molly keek geschrokken op. 'Dat is waar ook! De cottage!' Ze had er helemaal niet meer aan gedacht. Het was waarschijnlijk al te laat, probeerde ze tegen zichzelf te zeggen. Maar toch kon ze het niet laten: 'Heb jij tante Louise nog gesproken? Heeft ze echt gezegd dat de cottage honderd procent zeker is verkocht?'

'Pin me er niet op vast, hoor. Maar vorige week leek alles zo goed als rond. Louise vertelde me dat ze zelf heel blij was, maar dat ze wel een aantal boze mails van de dorpsgenoten had gekregen.'

Molly keek op haar horloge. Shit, het was te laat – of vanwege het tijdsverschil eigenlijk juist nog te vroeg – om Louise in India op te bellen.

De ober kwam terug met een nieuwe pot thee. Hij schonk de kopjes vol en keek ietwat verbaasd naar het gezelschap. Molly's moeder in pyjama (want die lag al in bed toen ze terugkwamen), James strak in pak en Molly's witte blouse half open, want ze had het nog steeds snikheet. Molly's vader had champagne willen bestellen, maar Molly wilde pas echt feestvieren als ze definitief akkoord hadden gekregen van de bieder.

Iedereen nipte aan zijn thee en ze keken allemaal een beetje beduusd voor zich uit.

'Molly!' riep Molly's moeder zo nu en dan ineens, om er vervolgens heel zacht achteraan te fluisteren: 'Je bent rijk!'

Die avond kon Molly de slaap niet vatten. Vlak voor ze de bar hadden verlaten, was het bericht binnengekomen van de kunstverzamelaar uit Dallas. De deal was rond en hij zou deze week alle papieren in orde maken. James was meteen teruggegaan naar kantoor om alles af te ronden. Molly was opgelucht. De rare druk was verdwenen en had plaatsgemaakt voor een nieuw soort zenuwen. De zenuwen van iemand die opeens een heleboel geld had.

Ze had gegoogeld wat mensen deden die ineens een fortuin tot hun beschikking hadden en was beland op een site vol verhalen van lottowinnaars. De meeste verhalen waren mooi geweest: mensen hadden aan goede doelen geschonken of een huis voor hun familieleden gekocht, en anderen waren gestopt met werken en gingen de rest van hun leven reizen. Maar er stonden ook een heleboel horrorverhalen tussen. Een man was veel van zijn vrienden kwijtgeraakt, omdat die steeds vaker aanklopten voor geld. Het begon met etentjes en reisjes, die hij altijd betaalde. Maar na verloop van tijd vonden zijn vrienden het ook niet meer dan normaal dat hij met geld over de brug kwam als ze een nieuwe auto nodig hadden of een fantastisch businessplan bedachten. Een ander verhaal ging over een vrouw die met het hele bedrag naar Las Vegas was afgereisd, alles had ingezet op de roulettetafel en het bedrag in één klap was kwijtgeraakt.

Een positiever verhaal ging over een stel dat hun winst altijd had stilgehouden. Ze hadden hun leven geleefd zoals ze dat altijd deden, maar doneerden anoniem studiebeurzen aan kinderen van familie, hielpen hun kinderen een huis kopen en gingen iets vaker dan normaal op vakantie – maar dan wel extreem luxe. Ze waren nog steeds dolgelukkig. Wat zouden die kinderen verrast zijn als de erfenis ineens een gigabedrag bleek te zijn.

Molly's favoriete verhaal ging over een boer die al zijn hele leven naar een waterpark in Florida wilde. Hij had het geld en de tijd niet gehad om ernaartoe te gaan. Toen hij de mega-jackpot won, stapte hij naar de gemeente, vroeg een vergunning aan en bouwde het waterpark exact na op het land van zijn boerderij. Toegang voor kinderen was gratis.

Molly wist nog niet zo goed wat ze moest doen. Haar hoofd was het ene moment een chaos, dan weer supergeordend. Ze had een lijstje met prioriteiten gemaakt. Gewoon voor de zekerheid en ook om te voorkomen dat ze alles zou inzetten in een of ander casino.

1. *Blijf jezelf.*
2. *Mulberry-tas.*
3. *Huis kopen of eerst huren?*
4. *Nieuwe laptop.*
5. *Bruidsjurk Celine?*
6. *Cadeau papa en mama.*
7. *James cadeau?*
8. *Maxime afbellen.*

Het was nog maar een klein lijstje, maar deze dingen waren haar als eerste te binnen geschoten. Ze zou zichzelf, zodra het geld op haar rekening stond, trakteren op die Mulberry-tas. Meer niet. Ze zou niet ineens losgaan met spullen aanschaffen die ze voorlopig niet nodig had. En waar ze niet eens een kast voor had. Oké, misschien een paar mooie nieuwe schoenen. En zo'n fijne kasjmieren cameljas voor de winter. Dat was tenslotte een *investment piece*. Maar dat was het. Wat ze wel had bedacht, was dat ze Celine zou trakteren op haar bruidsjurk, als ze dat wilde. En ze had al precies een plannetje bedacht hoe ze dat zou doen.

55

'Klaar?' vroeg Molly.

'Ja, hoor. Ongelooflijk dat het allemaal in onze koffers past,' zei Molly's moeder, die trots haar overvolle koffer ronddraaide.

Molly stond in de deuropening van de hotelkamer van haar ouders. Ze had die ochtend afscheid genomen van James, zonder dat ze precies wisten wanneer ze elkaar weer zouden zien. Hij zou over een paar weken de zaak van Turner overnemen, en dat betekende heel veel en heel hard werken. Tijd om naar Amsterdam te komen zou hij in die beginfase absoluut niet hebben. En Molly wist niet of ze naar Londen kon komen, als ze ook een huis moest kopen en de voorbereiding van Celines huwelijk moest regelen. Eigenlijk hadden ze dus nog steeds geen oplossing voor hun probleem.

'Ik heb een hekel aan langeafstandrelaties,' had Molly die ochtend pruilend gezegd

'*We'll make it work,*' had James geantwoord. 'Als we er allebei in geloven, dan komt het goed.'

'*Sure.* Als je maar niet alleen maar bij me blijft om het geld,' had Molly gegrapt.

James' enige antwoord was een *katsjing!*-geluidje geweest, voordat hij haar weer kuste.

'Heb je al een taxi gebeld?' vroeg Molly's vader.

'Ja, die heeft de conciërge geregeld,' zei Molly. 'De taxi staat als het goed is klaar.'

Molly's ouders waren een stuk minder gestrest dan op de heenweg. Logisch, dacht Molly, de terugreis was ook iets minder onverwacht dan het plotselinge vertrek naar Londen een paar dagen geleden. De taxirit zou niet langer dan een uur duren en ze waren ruim op tijd.

Net toen ze de afslag richting het vliegveld namen, werd Molly's moeder gebeld. 'Het is tante Louise,' zei ze, terwijl ze naar het scherm bleef kijken.

'Neem op!' zei Molly. Ze hadden Louise de afgelopen dagen non-stop geprobeerd te bereiken, maar zonder succes.

'Dat is toch helemaal niet handig?' zei Molly's moeder. 'We moeten zo uitstappen en onze koffers uitladen.'

'Mam, sorry!' zei Molly en ze trok de telefoon uit haar moeders hand. Molly kon niet langer wachten. Sinds het nieuws van het ei en het enorme geldbedrag wilde ze maar één ding weten: stond de cottage nog te koop of hadden de Amerikanen al officieel getekend?

'Hallo, Louise! Alles goed? Molly hier.'

'O, hallo Molly. Ik zag dat jullie me hadden gebeld. Wel twaalf keer zelfs!'

'Dat klopt, ik heb nogal een dringende vraag,' begon Molly.

Maar Louise hoorde haar niet en begon een lang verhaal over haar retraite in de woestijn van Rajasthan, waar ze vijf dagen niet had mogen praten.

'Vijf dagen niet praten?' vroeg Molly. Ze keek er geschrokken bij; ze moest er niet aan denken.

'Wie kon er vijf dagen niet praten?' vroeg Molly's moeder. 'Is alles wel goed met Louise? Heeft ze iets aan haar keel? Is er iets met haar tong? Kan ze niet beter terugkomen naar Europa?!'

Molly legde haar hand even over de hoorn. 'Ssst, nee, ze is alleen maar op retraite en ze mocht niet praten.'

'Ze had me toch wel even een berichtje kunnen sturen?' zei Molly's moeder verontwaardigd.

'Louise, ben je daar nog?' vroeg Molly. Ze hoorde de lijn kraken.

'Jazeker, maar ik zit in een open jeep en rij zo een gebied in waar weinig bereik is, vrees ik.'

'Heel snel dan een korte vraag: is de cottage verkocht? Aan die Amerikanen?' vroeg Molly snel, terwijl ze haar vingers kruiste.

'O, de cottage. Het is dramatisch...' begon Louise. 'Maar...'

kggGGGgggGGG. De lijn werd steeds slechter.

'Wat zeg je, Louise?! HOOR JE ME NOG?'

KgggGGGGGgg. 'En toen kwam de gemeente...' *kgggGGGGG*. '... een brief...' *kKKGGG*. '... dat geloof je toch niet?'

'Wat? Wat geloof ik niet?' Molly durfde nergens op te hopen. 'Louise, kun je herhalen wat je net zei?'

Ineens was de lijn weer een stuk helderder.

'Ik zei dat die Amerikanen meteen hun bod hebben teruggetrokken toen ze doorkregen dat hun verbouwingsplannen nooit goedgekeurd zouden worden door de gemeente Porlock! Ik heb nog geprobeerd te zakken in de prijs, maar...'

'Stop!' riep Molly abrupt uit. De taxichauffeur trapte op de rem. De tas van Molly's moeder vloog uit haar handen op de grond. Tientallen flesjes shampoo, douchegel en bodylotion van de badkamer van het Ritz belandden op de bodem van de auto.

'*No, sorry, not you, sir!*' riep Molly. Ze wees naar de telefoon. De taxichauffeur reed weer verder en Molly's moeder probeerde zo goed als dat lukte de flesjes van de grond op te rapen.

'Louise! Ik koop de cottage van je!' schreeuwde Molly nu door de telefoon.

'Jij?' *KgggggGGGGGGG*. 'Hoe dan?' vroeg Louise, die nu bijna helemaal geen bereik meer had.

'Dat vertel ik later wel. Maar ik beloof je: IK KOOP DE COTTAGE!'

'Bel meteen mijn makelaar.' *KGGGGGgggGGG*. 'Hij heeft vandaag om vijf uur een afspraak met serieuze nieuwe kijkers die een bod willen doen en cash willen betalen.' *kgggGGGggg. Pliep.* En toen was de verbinding verbroken.

'O nee...' kreunde Molly. 'Ik ben bang dat we alsnog te laat zijn.' Ze vertelde haar ouders kort wat ze net van haar tante had gehoord.

'Om vijf uur, zei je?' Haar vader keek op zijn horloge.

Precies op dat moment parkeerde de chauffeur de auto naast de vertrekhal van het vliegveld. '*Right on time. Need help with your luggage?*' Hij had zich omgedraaid en keek afwachtend naar Molly en haar ouders.

'Eh...' zei Molly's vader.

'Denk jij wat ik denk?' vroeg Molly.

'Wat denken we dan?' vroeg Molly's moeder.

Molly's vader tikte de chauffeur op zijn schouder. '*Question,*' zei hij. 'Hoelang doet u erover om naar Porlock te rijden, in Somerset?'

56

Het was zeven minuten voor vijf toen ze de parkeerplaats van Porlock Weir op reden. De chauffeur had het hele verhaal over de cottage aangehoord en was vervolgens plankgas over de snelweg gereden. Maar het laatste stuk ging over kleinere wegen en dwars door de eeuwenoude dorpen. Normaal gesproken had Molly dat enig gevonden, maar nu werkte het alleen maar op haar zenuwen.

'Ren jij vooruit, wij komen er zo aan,' zei Molly's vader.

Molly haastte zich uit de auto, sprintte langs het hotel over de kade, de brug over naar de cottage. Ze probeerde de voordeur, maar die zat op slot. Snel rende ze naar de tuinpoort aan de zijkant. Ook op slot. Ze rende over het paadje langs het huis richting de zee. Rick, de makelaar, stond op het strand, en iets verderop zag ze twee mensen foto's maken van de achterkant van het huis. 'Hallo!' riep Molly. 'Joehoe!'

Rick draaide zich om en kwam zo goed als dat ging over het keienstrand op haar afgelopen. 'Molly, goed dat ik je zie. Ik kreeg een nogal vage voicemail van Louise, je tante. Dat jij de cottage wilt kopen en dat ik deze mensen absoluut moest afzeggen. Ik vond het bericht zo vaag dat ik deze afspraak maar gewoon heb laten doorgaan.'

'Hebben ze het al gekocht?' Molly was buiten adem van haar sprint.

‘Nee, nog niet. Maar ik heb alles bij me en ze zijn van plan zo te tekenen.’ Rick zwaaide met een stapeltje papieren in de lucht.

‘Ik koop het,’ zei Molly. ‘En ik ga vandaag tekenen. Volgende week heb ik het geld voor je.’ Even dacht ze na, en zei toen grijnzend: ‘En een nieuw boek, natuurlijk.’

Rick keek haar even vertwijfeld aan. ‘Je weet dat je helemaal niks mag veranderen aan de cottage. Aan de buitenkant moet alles exact zo blijven. Want hiervoor wilde dat Amerikaanse stel het kopen en het compleet verbouwen.’

‘Ik weet het. Rare lui,’ zei Molly, terwijl ze een blik op de duinrozen wierp. ‘Wie wil een huis dat zo perfect is nou veranderen?’

‘Molly!’ Ook haar ouders klauterden hun kant op.

‘Dat zijn mijn ouders,’ zei Molly.

Rick leek ietwat te ontspannen nu ook haar ouders konden bevestigen dat Molly inderdaad een serieuze koper was. ‘Ik geloof dat ik heel even twee mensen moet gaan teleurstellen,’ zei hij en hij liep richting het koppel dat iets verderop in een notitieblok leek te schetsen.

‘O jee. Die zijn vast in gedachten het huis al aan het inrichten,’ zei Molly.

Even later hoorde ze de man tegen Rick schreeuwen. ‘Dit kun je niet maken! Denk maar niet dat ik ooit nog zaken met je doe!’ Ze liepen boos het strand af, terwijl de man zijn middelvinger leek op te steken naar Molly en haar ouders.

‘Zo,’ zei Rick, die met een verhit gezicht terug kwam lopen. ‘Ik geloof dat het geregeld is. Zullen wij in de pub iets gaan drinken en de papieren in orde maken?’

‘Mag ik het huis nog een keer zien vanbinnen?’ zei Molly.

‘Je weet het toch wel zeker?’ antwoordde hij geschrokken.

‘Heel zeker,’ zei Molly. ‘Maar ik wil gewoon graag even binnen kijken. De sfeer weer proeven.’

Rick gaf haar vertwijfeld de sleutel en Molly liep samen met haar ouders het huisje binnen, dat nu eindelijk bijna van haar was. Ze keek ineens heel anders naar het halletje, de prachtige eeuwenoude tegelvloer, de houten balken, de keuken met het afstapje en de zachtgeel geverfde kastdeurtjes. Het zag er allemaal piekfijn en opgeruimd uit. Dat had het makelaarsbedrijf natuurlijk geregeld voor alle afspraken. Molly zou helemaal niets willen veranderen aan de cottage.

'Kom, ik ben wel toe aan een drankje,' zei Molly's vader. 'En ik geloof dat we de chauffeur even moeten laten weten wat onze plannen zijn.'

Ze liepen even later de pub in, waar Molly werd begroet door de barman en een paar mensen die aan een grote tafel aan het kaarten waren.

Molly's moeder keek haar met tranen in haar ogen aan. 'Ik zie gewoon meteen dat je je hier helemaal thuis voelt. O, Molly, ik ben zo blij voor je.' Ze kneep even in haar hand.

Bij gebrek aan champagne bestelden ze allemaal appelcider.

Rick had verschillende papieren en contracten klaargelegd op tafel en begon het een en ander voor te lezen. 'Je bent bekend met de vraagprijs?' begon hij.

'Eigenlijk niet,' zei Molly.

'Je weet de vraagprijs niet van het pand dat je zo gaat kopen?!' Ricks ogen vielen bijna uit zijn hoofd, zo verbaasd keek hij.

'Nee, eerlijk gezegd heb ik daar nooit naar gevraagd.'

Rick schraapte zijn keel en noemde het bedrag van vierhonderdvijftigduizend pond. 'Dat is omgerekend zo'n vijfhonderddertigduizend euro.' Hij bleef even stil, alsof hij bang was dat Molly zou protesteren. Ze knikte enkel. Toen het stil bleef, ging hij verder met voorlezen. Hoeveel vierkante meters het pand was. Hoeveel tuin erbij hoorde. Dat er een schuur op het terrein stond. Wat er allemaal wel en niet aan het huis veranderd mocht worden. 'Dat komt op het volgende neer,' zei hij. 'Vanbuiten helemaal niets. Vanbinnen wel een aantal dingen, mits je natuurlijk rekening houdt met draagmuren. Maar daarvoor zou je altijd eerst met een bouwkundige moeten afspreken.' Hij las nog wat punten voor over de betaling en gaf Molly een pen.

Molly nam de pen aan, maar begon ineens te trillen. Ze had nog nooit zoiets groots gekocht. Helemaal alleen. Het duurste dat ze bezat was een laptop, die ze ooit voor dertienhonderd euro had gekocht. Ze vulde de datum en haar naam in en zette zo zelfverzekerd als ze kon haar handtekening op het lijntje. 'Zo!' zei ze. 'Ik heb geloof ik zojuist mijn droomhuis gekocht.'

Samen proostten ze. Ze bestelden nog een rondje cider en liepen toen het al bijna donker begon te worden opnieuw het bruggetje over naar de cottage. Ditmaal met haar eigen sleutel.

57

Molly werd wakker en moest even bedenken waar ze was. Toen ze het bloemenpatroon op de muur zag, wist ze het weer. Haar eigen huis! De dag ervoor waren haar ouders vertrokken en dit was de eerste keer geweest dat ze de nacht alleen in haar huis had doorgebracht. Ze had met het raam open geslapen en hoorde dat de zee zich na elke golf terugtrok en alle kleine steentjes meerolden.

Molly snoof de zilte zeelucht op, rekte zich uit en pakte haar telefoon van het nachtkastje. Het was acht uur. Dat betekende dat George elk moment op de parkeerplaats zou staan. Ze had hem, Kate en Wilkie nog helemaal niet gesproken en kon niet wachten om het ze te vertellen.

Toen ze opstond, opende ze haar koffertje en keek naar de paar schone kleren die er nog in zaten. Een precies plan had ze nog niet, maar ze zou ergens volgende week de weinige spullen die ze bezat hier laten bezorgen. De grote kledingkasten waren leeg en ze keek er enorm naar uit die straks te vullen met haar eigen spullen. Haar tante zou een deel van de inrichting laten ophalen, maar de meeste grote meubels kon Molly houden, als ze dat wilde. Voor nu vond ze dat prima, maar ze had wel een paar ideeën om het huisje vanbinnen echt helemaal eigen te maken. Ze had James gevraagd uit te kijken naar een antieke secretaire die ze naast de boekenkast onder het raam zou zetten. Dat zou dan haar schrijftafel worden. Ze wilde wat nieuwe kussens kopen voor de bank. En er mocht wel iets moois aan de muur tegenover de boekenkast. Maar ze had geen haast. Ze wist precies wat de woonbladen altijd schreven: eerst een tijdje in een huis wonen, en pas dan voel je wat het nodig heeft.

Ze trok het oude vest van de kapstok, stapte in haar loafers en liep naar buiten. De zon scheen en de rozen leken nog voller te bloeien dan anders. '*Good morning*,' hoorde ze naast zich. Molly keek opzij. Daar zat iemand in de tuin van de buren. Ze had al die weken dat ze hier was geweest nog nooit iemand bij de buren gezien.

'Hallo, ik ben Jim.' De man schudde haar de hand.

'Hallo, Jim,' zei Molly en toen schoot haar ineens het welkomstbriefje te binnen dat op de keukentafel had gelegen toen ze hier voor het eerst met Celine binnen was gekomen. 'Ben jij de buurman?' vroeg Molly. 'Nog bedankt voor de cider.'

'Ah, dan ben jij Molly,' zei hij. 'Leuk je te ontmoeten. Ik ben niet echt de buurman. Ik beheer deze cottage voor mijn moeder en slaap er weleens. Daarom heeft onze ontmoeting even geduurd.'

'Maar je moeder woont hier zelf niet?' vroeg Molly.

'Nee, daar is ze te oud voor. Het huis is straks van mijn broer en mij. We weten nog niet wat we ermee gaan doen.'

Molly bekeek het huisje met nieuwe interesse.

'Hoelang blijf jij hier eigenlijk nog? Het staat te koop, toch? Ik zie de makelaar weleens voorbijkomen met kijkers.'

'Nou...' begon Molly. 'Dat is wel grappig... Ik heb gisteren getekend. De cottage is van mij.'

'Gefeliciteerd!' zei Jim. Hij stak zijn hand op om de hare te schudden, zag de modder aan zijn vingers en maakte er toen maar een high five van in de lucht. 'En je laat alles helemaal zoals het is?' vroeg hij er voorzichtig achteraan.

'Ik ga er helemaal niets aan veranderen,' verzekerde Molly hem.

Jim keek opgelucht. 'Ik hoorde alleen maar horrorverhalen. Over dat mensen de tuin wilden kaalplukken en er een verdieping op wilde bouwen. Brrr. Ik moet er niet aan denken.'

In de verte hoorde Molly de brommende motor van George' oude bus. 'Kan ik je blij maken met een scone?' vroeg ze. 'Ik stond op het punt naar George te lopen.'

'Graag, doe maar to go. Ik moet er zo weer vandoor.'

Molly liep het tuintje uit, richting de brug. Aan de overkant van het water draaide ze zich om. Ze kon het nog steeds niet geloven. Dat huis op het eilandje was gewoon van haar. Het was technisch misschien geen echt eiland, maar toch. Het was helemaal van haar!

'Wat zeg je nou?' George keek haar met grote ogen aan.

Ze had net de scone bij Jim afgeleverd en was vervolgens teruggelopen naar George om even bij te kletsen. 'Je kijkt trouwens naar de eigenaar van Island Cottage,' zei ze.

George keek nog even om Molly heen, alsof ze niet toch iemand anders bedoelde.

'Nee, ík. Ik ben de nieuwe eigenaar.' Molly prikte trots op haar eigen borst.

George sprong achter de broden vandaan en gaf haar een knuffel. 'Dit is het beste nieuws dat ik vandaag heb gehoord!'

'Het is dan ook pas kwart over acht,' antwoordde Molly vrolijk.

'Het beste nieuws van de hele week. De hele maand!' George slaakte een vreugdekreet die over de parkeerplaats galmde.

'Wat is hier aan de hand?' vroeg een vrouw die voorbij kwam lopen met de hond.

'Dit hier… is de nieuwe eigenaar van Island Cottage!' riep George.

De vrouw keek achterdochtig naar Molly. 'Ben jij die Amerikaanse vrouw?'

'Nee, hartstikke niet Amerikaans,' zei George.

Molly stelde zich voor aan de vrouw. 'Ik ben Molly, het nichtje van Louise. En ik ben niet van plan ook maar iets te veranderen aan de cottage,' zei ze er snel achteraan.

De vrouw klapte in haar handen voor ze wegliep. Halverwege de parkeerplaats draaide ze zich om. 'Ik heb nog een boek van je tante thuisliggen. Dat zal ik je binnenkort een keer teruggeven.'

'Helemaal goed. U weet me te vinden!' Molly zwaaide naar de vrouw, rekende de broodjes af en liep terug naar huis.

Nog voor ze bij haar voordeur was – háár voordeur! – had haar telefoon al drie keer gepiept.

Kate: *Oh my lordddddd!*

Wilkie: *Kloppen de geruchten?*

En weer Kate: *Pub om 11 uur? Ik moet je spreken!*

Molly moest lachen. Het nieuws ging hier nog sneller dan de internetverbinding. Al was dat misschien niet zo'n goede vergelijking, want die was hier niet zo snel. Ze liep haar keuken in en bekeek de ruimte ineens met heel andere ogen. Toen ze hier weken geleden voor het eerst aan de keukentafel zat, was ze moe en verdrietig geweest en had ze zich verloren gevoeld. Het was heel gezellig geweest met Celine, maar nu ze zich beter voelde, merkte ze pas het verschil en wist ze dat ze echt door een dal was gegaan. Ze zette een pot thee en zag dat George verse clotted cream en jam bij de scones had gedaan. Dit was genieten, dacht ze toen ze aan tafel zat. Ze opende haar laptop en las de eerste hoofdstukken van haar boek nog eens door. Ze kreeg meteen zin om weer naar buiten te gaan.

'Ik ga vanmiddag gewoon een wandeling maken,' zei ze hardop tegen zichzelf. 'Waarom niet?' Ze moest lachen. Dit gesprek ging fantastisch. Ze was het volledig met zichzelf eens. Via Google zocht ze naar de route waar ze al vaak over had gehoord: de bossen achter Porlock op het landgoed Holnicote. Horner Wood moest een echt, oud bos zijn. Een woud zoals ze vaak alleen voorkomen in kinderboeken. Vol bomen met dikke stronken, goudgroen mos en varens.

Op de site van de National Trust las ze dat je met een beetje geluk ook herten kon zien. Dat zou natuurlijk helemaal te gek zijn voor haar verhaal!

Twee uur later zat ze met Kate, Wilkie en George aan hun favoriete tafel achter in de pub.

'Ik kan het gewoon niet geloven! We hebben ons de afgelopen periode zo veel zorgen gemaakt om de cottage van je tante. De verhalen werden steeds wilder!' zei Kate.

'Hoe bedoel je?' vroeg Molly.

'Eerst hadden die Amerikanen hun oog erop laten vallen. En terwijl hun extreme verbouwingsplannen bij de gemeente lagen, hadden ze ook nog geprobeerd om het huisje ernaast te kopen én een bod gedaan op het vervallen hotel hier verderop in de straat,' zei George.

'Alles leek erop dat ze van Porlock Weir een vakantiedorp wilden maken. Zo'n plek waar busladingen vol toeristen komen, die een dag of een lang weekend aan het authentieke Engelse platteland komen proeven. Ik moet er niet aan denken!' zei Wilkie. 'Ik hoorde zelfs dat ze plannen hadden om de naam van het dorp te veranderen. Dat geloof je toch niet? Porlock Weir, een dorp dat al sinds de achtste eeuw bestaat en waarvan de naam gebaseerd is op de oorsprong van de haven.'

'Ik ben benieuwd wat ze ervan gemaakt zouden hebben, als ze het mochten veranderen,' zei Molly.

'Waarschijnlijk iets als Porville,' zei Kate.

'Of Harborview. Of Porlockton,' zei Wilkie.

'Of nog erger: Holidaytown Rusticton,' zei Molly. Ze keek de tafel rond en kon niet stoppen met glimlachen. 'Nou, maak je maar geen zorgen,' zei ze. 'Island Cottage blijft precies zoals het is. De rozen, het rieten dak, de gele muren, de blauw geschilderde kozijnen. En Porlock Weir blijft gewoon Porlock Weir.'

'Mag ik iets persoonlijks vragen?' Kate schoof ongemakkelijk op haar stoel.

'Ga je gang,' zei Molly.

'Het gaat ons natuurlijk niks aan, maar hoe heb je die cottage zomaar ineens kunnen betalen?'

Molly twijfelde even. 'Laat ik het zo zeggen,' begon ze voorzichtig. 'Er is een verrassing op mijn pad gekomen waardoor ik ineens wat extra geld heb.' MILJOENEN! Maar dat zei ze natuurlijk niet hardop. Ze wist niet of ze het zich verbeeldde, maar even meende ze het woord 'country fair' te horen en zag ze Kate en George een veelbetekenende blik uitwisselen.

'En alles goed met James?' vroeg Kate wantrouwig.

'Kan niet beter,' zei Molly kalm. Geen enkel geheim zou haar lippen verlaten.

George keek kort naar Molly en weer terug naar Kate, om vervolgens zijn keel te schrapen. 'Nu kun je ook eindelijk verder aan je boek,' zei hij voorzichtig.

'Precies,' zei Molly. 'Vanmiddag staat er al meteen een wandeling op de planning. Een pad door Horner Wood, langs de oudste eikenbomen van het land.' Dan kon ze ook meteen haar Instagram weer updaten. Ha!

'Die wandeling is prachtig. Zullen we met je meegaan?' vroeg Kate.

'Dan verzorg ik de picknick wel,' zei George. 'Ik heb mijn ronde vandaag door alle commotie niet afgemaakt, dus er is nog genoeg lekkers over in de bus.'

'Ik gooi de ijzerhandel wel dicht voor een dag,' zei Wilkie vrolijk.

'Je winkel dicht?!' Kates mond viel open. 'Dat doe je normaal alleen met kerst.'

Kate vertelde dat Wilkie zelfs op nieuwjaarsdag met de ergste kater zijn winkel nog opende. Bang dat mensen nét die dag een spijker, lamp of snoer nodig zouden hebben.

‘Vandaag voelt beter dan kerst,’ zei Wilkie. ‘Ons dorp blijft ons dorp. En dat vier ik heel erg graag met jullie mee.’

Molly pakte haar wandelkaart erbij en stippelde de route uit, die midden in het bos bij een riviertje begon.

‘Ik ga mijn bus halen,’ zei George. ‘En dan gaan we!’

58

'Maar hoe dan?' vroeg Celine. 'Ik weet gewoon even niet wat ik moet zeggen. En eerlijk gezegd ben ik ook wel een beetje beledigd dat je het mij niet eerder hebt verteld.'

Molly had eindelijk de rust en de tijd gehad om Celine te bellen om haar uitgebreid het hele verhaal te vertellen. Ze hikte er al een paar dagen tegen aan. Celine was altijd degene aan wie ze alles als eerste vertelde. Maar dit enorme nieuws had Molly wekenlang geheimgehouden. Dat was niet echt gemakkelijk geweest, maar met zo'n flapuit als Celine had ze niet echt een keus gehad. En bovendien wist Molly zelf natuurlijk ook pas sinds een paar dagen wat het ei haar uiteindelijk echt had opgeleverd.

'Sorry, Celine, ik kon niet anders. James zei dat het gevaarlijk kon zijn als dit verhaal bij de verkeerde persoon terecht zou komen.'

Het bleef even stil. 'Oké,' zei Celine uiteindelijk, maar ze klonk nog niet helemaal overtuigd.

'Ik heb wel een verrassing voor je,' zei Molly. 'Maar alleen als je wilt en eerlijk zeggen als je er geen zin in hebt.'

'Ik hoop maar dat het een heel dure tas is,' mokte Celine. 'Om het goed te maken. Ik kan gewoon niet geloven dat ik ineens een schatrijke vriendin heb!'

'Luister. Hoe zou je het vinden als ik je trouwjurk betaal?' vroeg Molly.

Ze hoorde Celine naar adem happen. Toen zei ze alleen: 'O. Ja, dat is natuurlijk fantastisch.'

Dat was niet helemaal de reactie die Molly had verwacht. 'Je mag ook iets anders kiezen, hoor,' zei ze snel. Door alle verhalen die ze had gelezen, was ze heel bang dat dit hun vriendschap zou veranderen. Het geld stond nog niet eens op haar rekening en nu al leek het ei iets kapot te hebben gemaakt. Ze had gedacht dat Celine meteen een gat in de lucht zou springen.

'Nee, dat wil ik heel graag,' antwoordde Celine. 'Alleen heb ik net mijn moeder een soort van beloofd dat ik haar oude trouwjurk ga dragen.'

'Hoe ziet die er dan uit?' vroeg Molly. Celine had haar de plaatjes van haar favoriete jurken laten zien. Strak, sexy met een diepe, open rug. Ze kon zich niet voorstellen dat haar moeder in zo'n jurk was getrouwd.

'Niet helemaal wat ik voor ogen had,' zei Celine. 'Hij is mooi en de stof is ook nog helemaal goed, en wonder boven wonder pas ik hem precies. Maar hij is niet echt sexy.'

'Weet je dan wel al hoe je wilt trouwen?' vroeg Molly.

Celine vertelde uitgebreid over de plannen die ze hadden. Het zou een bruiloft worden waarbij iedereen kon blijven slapen, met een diner op een binnenplaats, een enorme fontein en de ceremonie ergens in een tuin met uitzicht over een stad.

'Weet je wat jij moet doen?' zei Molly enthousiast. 'Je zorgt er gewoon voor dat je twéé jurken hebt! De jurk van je moeder voor tijdens het officiële gedeelte en een heel sexy jurk voor het diner en het feest. En die laatste krijg je dan van mij!'

'O, twee jurken is een top idee! Ik voel me helemaal gered nu. Dank je wel!'

Molly was opgelucht dat Celine een stuk blijer klonk.

'Kan ik toch ook de jurk aan die ik al jaren in mijn hoofd heb. Wat is handig? Zal ik afspraken maken bij een paar boetieks in Amsterdam?'

'Ik heb eigenlijk een veel beter idee,' zei Molly. 'Weet je nog dat tv-programma over trouwjurken waar we altijd samen naar keken?'

'Wat? *Say Yes to the Dress*? Over die zaak in New York?' vroeg Celine.

'Ja, dat! Laten we een trouwjurk gaan kopen in New York. Jij en ik samen!'

Celine begon te gillen. 'O mijn god! We gaan naar New York voor een trouwjurk!'

'Je mag alles kiezen wat je wilt. Hotel, waar we gaan lunchen en dineren, welke musea we gaan bezoeken.'

'Musea?' vroeg Celine. 'Daar hebben we natuurlijk echt geen tijd voor. Ik moet de hele dag trouwjurken passen. En we gaan lunchen in Bergdorfs met uitzicht over Central Park. En cocktails drinken in Brooklyn met uitzicht op de Brooklyn Bridge. En ik wil heel graag een keer aan dat zwembad liggen waar ze in *Sex and the City* werden weggestuurd.'

Samen maakten ze een lijst van dingen die ze allemaal wilden doen.

'Ik denk dat we drie weken tijd nodig hebben zo,' zei Molly.

'Misschien moeten we het een en ander schrappen. Vijf dagen? Vijf dagen kan ik wel vrij maken in mijn overvolle pr-schema.'

'Ik zal mijn agenda ook even checken,' grapte Molly. 'O wacht, ik zie het al... Ik kan altijd en wanneer je maar wilt.'

Molly was opgelucht dat Celine zo enthousiast was. De angst die ze voelde aan het begin van het telefoongesprek was volledig verdwenen. En ze was dolblij dat ze samen met Celine naar New York zou gaan. Haar lievelingsstad, haar beste vriendin, en een trouwjurk uitzoeken... Dat kon alleen maar fantastisch worden!

59

Molly zat achter haar laptop aan de keukentafel. Ze probeerde zich te concentreren op het verslag dat ze aan het tikken was over de wandeling in Horner Wood. De route was prachtig, maar de dag was niet helemaal gelopen zoals gepland. Na een paar kilometer was het keihard gaan regenen. De bospaden veranderden in kleine beekjes en algauw hadden ze tot aan hun enkels door het water gesjokt, want niemand had natuurlijk goede schoenen aan. Gelukkig had dat de pret niet mogen drukken. Het bos was eigenlijk alleen maar mooier geworden: de kleuren groen nog feller en de geur van bladeren en mos nog kruidiger.

Toen ze erachter kwamen dat ze verdwaald waren, werd de wandeling pas écht spannend. Door de regen leken sommige paadjes te zijn verdwenen; alles was immers veranderd in een grote modderpoel. Niemands telefoon had bereik en ze wisten zelfs met hun gezonde verstand de weg terug naar de auto niet te vinden. Uiteindelijk waren ze een man met een hond tegengekomen die ze had geadviseerd de rivier stroomopwaarts te volgen. Dan zouden ze volgens hem vanzelf bij de weg uitkomen en van daaruit was het nog maar een kort stukje naar de parkeerplaats. Dat leek makkelijker gezegd dan gedaan. Het wandelpad liep namelijk niet langs de rivier en om te voorkomen dat ze de weg opnieuw zouden kwijtraken, besloten ze dan maar door de rivier te lopen. Hoeveel natter konden ze worden?

Uiteindelijk hadden ze de auto weer gevonden en waren ze er allemaal rillend en nat tot aan hun middel in gekropen. 'Picknick?' had George nog half grappend gevraagd, maar iedereen wilde zo snel mogelijk naar huis voor een warme douche en droge kleren.

Molly wist dat dit soort gebeurtenissen een verslag alleen maar levendiger zouden maken en ze had het graag geschreven, maar ze was compleet afgeleid, want...

... ze had al bijna vier dagen helemaal niets van James gehoord. Eerst had ze dat nauwelijks doorgehad, zo druk was ze geweest met het nieuws over het ei delen en de hereniging met haar vrienden, maar nu begon ze zich toch zorgen te maken. Ze wist dat James niet het type was om heel veel berichtjes te sturen en hij hield ook niet van lange telefoongesprekken.

Molly daarentegen wel. Die zat het liefst elke avond met een kop thee en een deken op de bank uren te bellen met mensen. Maar als ze een langeafstandsrelatie met James wilde, dan had ze meer nodig dan af en toe een bezoekje en een sporadisch telefoontje. Het knaagde aan haar dat hij daar zo gemakkelijk over deed. Natuurlijk wist ze wel dat hij nu in een enorm drukke periode zat met de overname van de zaak, maar hoelang bleef dat zo? En hoe druk zou het zijn als Turner zich straks echt helemaal had teruggetrokken? Molly zag het somber in.

'Geef het tijd,' had Celine haar geadviseerd. 'Die overname zal hem de komende weken helemaal in beslag nemen. Ik weet er alles van. Soms ben ik zo druk dat ik 's avonds niet eens meer kan eten. Laat staan met iemand bellen. Dan ben ik blij dat ik het tot mijn bed red en in slaap mag vallen. Maar dat betekent echt niet dat hij niks om je geeft. Geloof me nou maar. Dit zit goed.'

Molly wilde haar graag geloven en ze deed ook heel erg haar best om van het positieve uit te gaan. Ze vond James veel te leuk.

Ze wilde net opstaan om een kop thee te zetten toen ze de brievenbus hoorde kletteren. Vreemd, dacht Molly. Er was al die tijd dat ze in de cottage had gezeten nog nooit post bezorgd. Ze stond op en liep richting de gang, waar een grote groene envelop met gouden letters op de mat lag. Even was ze bang dat het post was van een museum of een kunstdealer. Turner had haar op het hart gedrukt dat ze nooit haar privéadres moest geven. Maar toen ze dichter bij de deur kwam, zag ze twee namen in krulletters op de envelop staan. *Atlatticus & Helena.*

'Puh,' zei ze hardop tegen de envelop. Sinds ze in de cottage woonde, had ze er een gewoonte van gemaakt hardop te praten. Niet alleen tegen zichzelf, maar ook tegen elk voorwerp dat het maar horen wilde. 'Jij bent zeker een uitnodiging voor de bruiloft van de eeuw? Nou dat denk je maar, envelop. Maar ik ken toevallig een bruiloft die nog veel mooier gaat worden.'

Ze opende de envelop en bekeek de uitnodiging met een zo kritisch mogelijke blik. Hij was prachtig. In een perfecte kleur groen met dikgedrukte gouden letters. Toen ze iets beter keek, zag ze zelfs dat alles handgeschreven was met goudkleurige inkt. Het zou haar niets verbazen als het echt goud was.

Dear Miss Molly Winter,

Lady Helena Catherina von Bilt, daughter of Adam John and Catherina Juliette von Bilt,

and

Atlatticus George Sandringham, son of Atlatticus George and Elizabeth Maria Sandringham request the honour of your presence at their wedding on the 12th of July at two o'clock in the afternoon in the Library and Ballroom of Bossington House, Somerset.

Dinner and dancing to follow
Black tie required

Molly wilde de uitnodiging terugschuiven in de envelop toen ze nog een klein opgevouwen briefje zag zitten. Met kloppend hart maakte ze het open. Zou het een excuusbriefje van Atlas zijn? Of toch nog een stiekeme liefdesverklaring? Niet dat ze daarop zat te wachten; ze was eigenlijk nog steeds boos op Atlas. Of Atlatticus, whatever. Ze opende het briefje en begon te lezen.

Dear Molly,

Sorry for the short notice, we only just found out that you are the owner of Island Cottage in Porlock Weir.

Warmest wishes,
Elizabeth, mother of the groom

O. Geen persoonlijk briefje van Atlas dus. Maar het verklaarde wel waarom ze nu pas hoorde van de bruiloft, die al volgende week zou plaatsvinden. Dat hadden haar vrienden haar natuurlijk niet verteld, om haar te beschermen. Molly werd warm bij het idee dat de mensen die ze nog maar net kende nu al zo veel om haar gaven.

60

Celine had haar verzekerd dat het raar zou zijn als ze niet naar die bruiloft zou gaan. 'Twee redenen,' zei ze. 'Je bent een nieuwe vaste bewoner van het dorp. Ze hebben waarschijnlijk iedereen uitgenodigd, dus dit is je kans om al je dorpsgenoten in één keer te spreken. En twee, nog veel belangrijker: door erheen te gaan laat je zien dat die hele Atlas je niks meer doet. Het is juist heel stoer als je gaat. O, en dan heb ik nog een derde reden. Misschien wel de allerbelangrijkste: je moet honderdduizend foto's voor me maken zodat ik ideeën kan opdoen voor mijn eigen bruiloft.'

Dat telefoongesprek was inmiddels een week geleden. Er was een hoop gebeurd in de tussentijd. Op maandag had Molly een telefoontje gekregen van haar bank. Ze hadden vreemde activiteiten waargenomen op haar rekening. Molly had meteen haar laptop gepakt en gezien dat het enorme bedrag was gestort. Ze kon het bijna niet geloven. Meestal varieerde het saldo op haar rekening van min duizend euro tot maximaal achttienhonderd euro, op de dag dat haar salaris was gestort. Maar dit getal met zo veel nullen kon ze niet bevatten. Ze moest de medewerker van de bank heel duidelijk uitleggen waar het geld vandaan kwam en zelfs bewijsstukken opsturen.

Op dinsdag had ze eindelijk James te pakken gekregen. Die was, inderdaad zoals Celine al had geroepen, uitgeput van het harde werken. 'Sinds ik je heb gezien, ben ik geloof ik vier kilo afgevallen,' zei hij, hoorbaar vermoeid. 'Het is zo veel werk en ik moet zo veel leren. Ik twijfel af en toe of ik hier wel voor ben gemaakt.'

Molly had hem graag willen helpen, maar ze kon moeilijk zeggen dat hij moest stoppen met de overname en naar haar toe moest komen. Dit was zijn droom. Zijn leven. 'Zal ik morgen naar Londen komen?' had ze gevraagd. 'Ik verwacht geen uren van je tijd, maar dan kunnen we samen eten. Ik mis je en ik wil je zien.'

'Eten? Doen mensen dat nog?' had James lachend geantwoord.

Dus was ze die ochtend in de trein gestapt. Ze zou James pas om vijf uur treffen voor drankjes en een etentje, waardoor ze overdag genoeg tijd had om op zoek te gaan naar een outfit voor de bruiloft.

Deze keer geen koopjeshoek in Anthropologie. Met dat enorme bedrag op haar rekening had ze zin gehad om iets moois te kopen voor zichzelf. Oké, toegegeven, ze wilde vooral ook een fantastische indruk maken op Atlas en Helena. Dus had ze een afspraak gemaakt met de personal shopping-afdeling van Harrods, waar ze nu in een superzachte badjas in een pashokje zat te wachten. Met de dresscode 'black-tie' had ze ook een cocktailjurk kunnen kiezen, maar Molly had zich een beetje verdiept in de families van Atlatticus en Helena – oké, ze had echt urenlang naar ze gegoogeld – en die waren vast en zeker van de traditionele black-tie. Molly had dus een lange jurk nodig.

'Voor welke gelegenheid?' vroeg de personal shopper.

'Een hele chique *country wedding,*' antwoordde Molly.

'Zou je me iets over de locatie kunnen vertellen?' vroeg ze. 'Zo kunnen we de jurk nog beter afstemmen.'

'Het is in Bossington House, in Somerset,' zei Molly.

'*Shut up!*' riep de verkoopster. 'Ga je naar de bruiloft van Atlatticus?'

'Eh, ja, dat klopt,' zei Molly vertwijfeld.

De verkoopster had haar met open mond aan zitten staren en zei toen: 'Hij was jarenlang de meest begeerde vrijgezel van Londen!

Van heel Engeland! Ik had vroeger zelfs een foto van hem boven mijn bed hangen. Hij is zooo knap! Toen de kranten aankondigden dat hij aan het daten was met Lady Helena, was de hele vrouwelijke Engelse bevolking boos. Dat snap je wel.'

'Je snapt dan ook wel dat ik een killer outfit nodig heb?' vroeg Molly.

'Ik zorg ervoor dat niemand zijn ogen van je af kan houden. Maar dan zo dat het er compleet moeiteloos uitziet. Uiteraard moet niets suggereren dat je de bruid probeert te overtreffen.'

'Nee,' zei Molly verschrikt. 'En ik hoef ook niet zo nodig alle ogen op me gericht te hebben.'

'Komt goed!' riep de verkoopster.

Even later kwam ze terug bij de paskamer met een rek vol jurken. Molly zag er wel twintig hangen. Allemaal in haar maat, zonder dat ze die verteld had. Ze viel meteen voor een poederblauwe jurk, gemaakt van prachtige soepele zijde met grote pofmouwen en een strik in de taille. Feestelijk, vrouwelijk en tegelijkertijd onschuldig.

'Die hangen we opzij. Straks heb je een top drie en kun je beslissen,' zei de personal shopper.

Molly wilde de jurk het liefst meteen afrekenen, maar de verkoopster stond erop dat ze verder keek.

De tweede jurk die perfect zat was een smaragdgroene, getailleerde jurk met lange mouwen en een slanke taille. 'Die past echt perfect bij je huid en je haarkleur. Grote robijnen en smaragden in je oor. Gouden sandaaltjes en je bent klaar. Bovendien de perfecte kleur voor een landhuis, met zo veel groen in de omgeving.'

Molly was het met haar eens.

Na nog wat passen kwam er inderdaad een derde favoriet uit de selectie: een geelgouden jurk van een Franse designer met transparante mouwen. De jurk was over het hele lijfje en de rok versierd met gouden kraaltjes. Molly was er meteen verliefd op.

'Deze is prachtig en staat je ook fantastisch. Maar dit is meer een jurk voor de beste vriendin of de zus van de bruid. Hij valt iets te veel op voor iemand die gewoon gast is,' zei de verkoopster eerlijk.

Je moest eens weten, dacht Molly bij zichzelf. Maar ze zou haar natuurlijk niet vertellen dat ze meerdere keren seks had gehad met de bruidegom.

In haar twijfel paste ze alle jurken nog een keer. De verkoopster had al een paar keer op haar horloge gekeken toen Molly voor de zoveelste keer een foto maakte van zichzelf met de jurk aan. 'Ik kan echt niet beslissen,' zei ze.

De verkoopster keek haar inmiddels een beetje geïrriteerd aan. Ze dacht vast dat Molly zo'n meisje was dat dure jurken kwam passen en vervolgens zonder aankoop de deur uit liep. Maar ze wist het écht niet. Ze vond alle drie de jurken prachtig. De blauwe stond haar te gek. De groene was tijdloos en kon ze het hele jaar door dragen, ook naar een chic kerstdiner. En de gele, die zou ze zó dragen naar de bruiloft van Celine.

De verkoopster zuchtte een paar keer diep, ervan overtuigd dat ze haar tijd had verspild, toen Molly zei: 'Oké. Ik neem ze.'

'Hoe bedoel je?' vroeg de verkoopster.

'Ik neem ze alle drie.'

De mond van de verkoopster viel open. 'Echt?' vroeg ze met hese stem.

'Ja. En ik wil er heel graag mooie gouden sandaaltjes en een haarband bij.' Molly was dolblij en zenuwachtig tegelijk. In één klap kocht ze zomaar voor meer dan tweeduizend euro aan jurken. Ze voelde zich ook meteen schuldig. Was dit het moment dat ze de mist in zou gaan? Zoals die vrouw die haar volledige winst had ingezet in Las Vegas?

Nee, verzekerde ze zichzelf. Dit was anders. Dit waren jurken die ze zou dragen. Bovendien was de uitgave een fractie van wat er op haar rekening stond. Ze zou het verschil waarschijnlijk niet eens zien, zo veel getallen stonden er achter de eerste punt. Ze grijnsde naar zichzelf in de spiegel, maar keek zichzelf meteen daarna streng aan. Ze moest hier niet aan gaan wennen. Stel je voor dat dit straks als gewoon zou aanvoelen. Molly liet de jurken per koerier naar de cottage verzenden en liep blij en opgelucht naar buiten.

Die avond dineerde ze met James opnieuw bij Bob Bob Ricard. Ze vertelde James tijdens het eten over de bruiloft en de prachtige jurken die ze had gekocht.

'Mag je iemand meenemen?' vroeg hij.

'Dat denk ik wel. Maar ik ging ervan uit dat je te druk zou zijn,' zei Molly.

'Of wilde je me er soms niet bij hebben vanwege Atlas?' James knipoogde. Hij kende de hele geschiedenis en voegde er plagerig aan toe: 'Ik ben nu natuurlijk wel heel benieuwd naar die stoere gast.'

'Het is aanstaande zaterdag al. En natuurlijk wil ik je er heel graag bij hebben.' Molly keek hem hoopvol aan.

'Aanstaande zaterdag?' James keek verontschuldigend. 'Het spijt me, ik zit de komende weekenden vast op kantoor.'

Molly was niet teleurgesteld. Het was natuurlijk veel gezelliger geweest als ze samen met James had kunnen gaan. Maar ze had er niet op gerekend en ging nu niet ineens zitten sippen.

Die avond bleef ze voor het eerst bij James slapen. Ze was al weken benieuwd naar zijn huis. Zou het een echte *bachelor pad* zijn? Of een modern huis vol gadgets, flatscreens en een walk-in-closet waar al zijn pakken fris gestoomd op een rij hingen? Nee, dat laatste vond ze niet bij James passen. Een man die zo dol was op kunst en antiek zou toch zeker een huis vol verhalen hebben?

Toch was ze verrast toen ze die avond over de drempel stapte. De muren hingen vol met schilderijen. Niet een paar die hier en daar verspreid hingen, maar overal, op élk stukje muur, hing er een. Toen ze iets beter keek, viel het haar op dat elk schilderij een waterthema toonde. Boven de bank hing een enorm exemplaar in een gouden baroklijst met een ruwe zee erop. In de gang varieerden de afbeeldingen van zeilschepen tot kusten. En in zijn slaapkamer werden boerderijen aan brede rivieren afgewisseld door modernere werken van golven en de zee.

James haalde zijn schouders op. 'Ik was als kind al geobsedeerd door de zee en het is altijd mijn droom geweest om aan het water te wonen.'

'Hmm, en dat is nooit gelukt?' vroeg Molly.

'Nou, als je op het dakterras op een stoel gaat staan, kun je nog net de Thames zien schitteren, maar alleen op heldere dagen.' James lachte.

Bij een klein schilderij bleef Molly even staan. De golven waren ruig afgebeeld met dikke klodders verf in alle kleuren blauw, grijs en groen.

'Mijn favoriet. Geschilderd door mijn moeder,' zei James.

Molly's mond viel open. De juiste woorden kwamen maar niet in haar op, dus kneep ze hem zachtjes in zijn arm. Hij glimlachte warm terug.

Toen viel haar blik op het enorme hemelbed midden in de slaapkamer, dat niet had misstaan in een kasteel. Het bed was duidelijk haastig opgemaakt met nieuwe lakens, want onder het bed zag Molly de verpakking nog liggen. Ze moest een lach onderdrukken. 'Kom,' zei ze, en ze trok hem mee het bed op.

Die nacht sliep ze heerlijk, en ze stond de volgende ochtend tegelijk met James op om met de trein terug naar huis te gaan. Op het station pakte James haar handen en zei: 'Sorry dat ik zo ontzettend druk ben. Ik beloof je dat het beter wordt. Ik ben dol op je, dat weet je toch?' De kus die daarop volgde sprak boekdelen. Molly was weer helemaal gerustgesteld. Zij was verliefd op hem en hij op haar, en dit zat goed.

61

Molly bekeek zichzelf nog eens in de spiegel. Ze had de blauwe jurk aangetrokken en de bijpassende diadeem nonchalant in haar haar gestoken. Ze voelde zich prachtig en helemaal zichzelf. Maar ze was wel wat onzeker over het feit dat ze in haar eentje naar de bruiloft moest. Ze had nooit problemen gehad met alleen reizen, alleen ergens een terrasje pakken of in een restaurant zitten. Dat had ze tijdens haar reizen vaak genoeg gedaan. Maar in je eentje naar een bruiloft van een man die je volledig had bedonderd, dat was toch niet helemaal hetzelfde. Natuurlijk zouden George, Kate en Wilkie er ook zijn, maar die hadden alle drie hun partner mee en ze was bang dat ze zich het vijfde wiel aan de wagen zou voelen.

Even keek ze uit het raam van de slaapkamer aan de voorkant van het huis. Zou het haar romantische, spannende film niet perfect afmaken als James nu aan kwam galopperen op een wit paard? Molly zuchtte een keer diep, rechtte haar rug en liep zo goed en zo kwaad als dat ging de trap af met haar nieuwe hakken. In de winkel hadden ze niet zo hoog geleken, maar hier op de ongelijke vloer van de cottage had ze toch moeite om stevig op haar voeten te staan.

Ze checkte haar clutch: lipgloss, spiegeltje en een volledig opgeladen telefoon. Als ze inderdaad honderden foto's moest maken voor

Celine, had ze dat wel nodig. Buiten hoorde ze de taxi de parkeerplaats op draaien. Snel maakte ze een selfie van haar look en stuurde die naar Celine.

Stunner! stuurde die meteen terug. *Laat hem maar zien wat-ie heeft laten lopen!* typte ze erachteraan, gevolgd door een hele lijst emoji's van duimpjes omhoog, hartjes en smileys.

Molly moest lachen toen ze de deur achter zich dichttrok. 'Bossington House, *please,*' zei ze tegen de taxichauffeur.

'Je bent al de derde die ik daar vandaag moet afzetten,' zei hij. 'De bruiloft van de eeuw, geloof ik. Er staan zelfs allemaal paparazzi voor de deur.'

'Paparazzi?' vroeg Molly verbaasd.

'Ja, er wordt gefluisterd dat er iemand van het koningshuis zal zijn.'

Molly dacht even na. Tijdens haar onlinezoektocht naar de families van Atlatticus en Helena had ze niks gevonden over banden met het koningshuis. Aan de andere kant, was niet alle adel op de een of andere manier verbonden met een koning of koningin? Ze wist het niet precies.

Ze waren net links afgeslagen richting Bossington toen ze vast kwamen te zitten achter een kudde schapen, die door een herder en twee bordercollies van het ene veld naar het andere werden gedreven. Twee schapen waren ontsnapt en renden tussen de auto's door de berm in. De chauffeur deed zijn motor uit.

Molly draaide haar raampje open en bekeek het schouwspel. Daar zat ze dan, in een designerjurk in een taxi tussen de schapen op het platteland van Engeland. Ze snoof de geur van het gras op en genoot van het geluid van de blatende schapen. In Amsterdam zou je balen van een opstopping, maar hier kon ze er eigenlijk alleen maar van genieten.

Er was een auto achter hen komen staan, waarvan de chauffeur wild begon te seinen en toeteren. 'Tut, tut,' zei de chauffeur, terwijl hij zijn achteruitkijkspiegel ietwat bijstelde. 'Iedereen heeft haast geloof ik, terwijl we ruim de tijd hebben. Tenzij het de bruidegom zelf is, natuurlijk.' Hij moest lachen om zijn eigen grap.

Molly probeerde door het achterraam te zien wie er in de auto zat, maar het stof van de plattelandswegen gecombineerd met de reflecterende zon blokkeerden haar zicht.

De man bleef maar toeteren en Molly's chauffeur gebaarde naar hem dat hij moest stoppen. 'Hij maakt die schapen nog erger overstuur,' mopperde hij. 'Alsof we erlangs kunnen!' Inmiddels was er een hele rits auto's achter hen komen te staan. 'File op het platteland van Somerset! Kun je het geloven?' Weer moest de chauffeur hard lachen om zijn eigen grap.

Ineens hoorde ze iemand roepen in de verte: 'Molly!' Hoorde ze dat nou goed? 'Molly!' Weer diezelfde stem. Ze stak haar hoofd uit het raampje. In de verte zag ze een man in korte broek en sportshirt langs alle auto's rennen. Bij elke auto stopte hij om te kijken wie erin zat. Het bleek een man te zijn die ze heel intiem kende.

'James?' riep Molly verbaasd. Ze probeerde zo goed als dat ging uit te stappen, zonder haar jurk te kreuken.

James kwam vanuit de verte op haar af gerend. Zijn haar wild, een weekendtas over zijn schouder. 'Molly,' riep hij weer toen hij vlak bij haar was. 'Ik... Ik moest je zien. Je kunt... niet alleen... bruiloft.' Buiten adem boog hij voorover, met zijn handen op zijn knieën, helemaal bezweet.

Andere mensen waren nu ook uit hun auto gestapt om te kijken wat er aan de hand was.

'Ga even zitten,' zei Molly en ze duwde James de taxi in. Ze ging naast hem zitten en liet hem even bijkomen voordat ze vroeg: 'Wat doe jij nou hier?'

'Verrassing!' bracht James hijgend uit.

Molly wilde een arm om hem heen slaan en hem kussen, maar

hij was écht doordrenkt van het zweet en ze wilde haar make-up en jurk niet verpesten. In plaats daarvan klopte ze hem af en toe op zijn rug.

Toen James op adem was gekomen, begon hij te vertellen. 'Ik was op weg naar de gym en dacht: ik kan je toch niet alleen naar de bruiloft laten gaan? We zijn een stel. Dan hoor je dit soort dingen toch samen te doen?' James keek haar vragend aan.

Molly knikte en kreeg tranen in haar ogen van ontroering. 'Dus je gaat met me mee naar de bruiloft?' vroeg ze voor de zekerheid nog een keer, Ze kon niet geloven dat James hier ineens naast haar zat. Tegelijkertijd raakte ze een beetje in paniek. De dresscode was black-tie; misschien had ze dat erbij moeten zeggen.

Alsof James haar gedachten kon lezen, tikte hij op zijn tas. 'Pak,' zei hij alleen maar. 'Ik kleed me zo wel even om.'

Precies op dat moment was de weg weer vrij en reed de taxi richting het grote landhuis. Molly kon de lange oprijlaan vanuit de verte al zien. Die was versierd met sinaasappelboompjes met grote linten eromheen.

'Zal ik eerst maar even doorrijden?' vroeg de chauffeur. Iets verderop stopte hij op de parkeerplaats van het dorp, naast de openbare toiletten.

'Zo terug,' zei James, die met zijn tas het gebouwtje in liep. Vijf minuten later kwam hij strak in pak weer naar buiten gelopen. Zijn gezicht was opgefrist en zijn haar netjes gekamd.

'Vertel, hoe kwam je hier zo opeens bij? En hoezo kon je zomaar ineens weg?' vroeg Molly, die in zijn hand kneep en zijn heerlijke aftershavegeur opsnoof.

'Ik werd wakker vanochtend en wilde gaan sporten, maar miste je zo erg. Ik dacht: dit moet anders. Ik heb mijn spullen bij elkaar geraapt, ben naar het station gerend en wonder boven wonder was ik precies op tijd voor de trein. Je kent de verbinding: drie keer overstappen voor je er bent. Vanaf Taunton had ik een taxi genomen naar je cottage. Maar je was denk ik net weg. Gelukkig had ik onthouden dat de bruiloft in Bossington House was, anders was ik misschien niet op tijd geweest.'

Nee, dacht Molly. Stel je voor…

62

Een half uur later zat Molly schaamteloos om zich heen te kijken in de banken van de enorme bibliotheek van Bossington House. Overal stonden witte bloemen en sinaasappelbomen. Alles was versierd met groene linten in dezelfde kleur als de uitnodiging.

Atlas, pardon, Atlatticus, stond voor in de zaal zenuwachtig naar de deur te kijken, net als de rest van de aanwezigen. Molly bekeek hem eens goed. Hij droeg een zwarte smoking met zwarte lakschoenen eronder. Zijn haar zat strak naar achteren gekamd en leek iets korter dan ze op de foto's op internet had gezien. Dit was niet de man voor wie ze als een blok was gevallen een paar maanden geleden: de man met het lange haar, een gescheurde jeans, grof gebreide trui en een boek van Tolstoj in de hand.

De muziek begon te spelen en de deuren van de zaal gingen langzaam open. Molly keek om en zag zes bloemenmeisjes in schattige groene jurkjes met mandjes gevuld met witte rozenblaadjes over de lichtgroene loper komen. De muziek werd iets harder gezet en Helena kwam tevoorschijn aan de arm van haar vader. Er ging een collectieve *aaaah* door de zaal en Molly moest toegeven dat ze er adembenemend mooi uitzag. De jurk was van crèmekleurig tule gemaakt in een prinsessenmodel. Het kanten lijfje was versierd met honderden parels en de enorme tulen rok had minuscule gouden kraaltjes, die flikkerden bij elke stap die ze zette. Helena's lange lokken waren half opgestoken onder een tiara, die ook versierd was met parels. En ten slotte droeg ze een sluier die meters achter haar aan sleepte. Het was prachtig. Als het niet de bruiloft van Atlas was geweest, had Molly vast een traan moeten laten.

Na de ceremonie werd de taart aangesneden in de tuin met champagne en live harpmuziek op de achtergrond. Het diner werd opgediend in de balzaal van het landhuis, waar de ronde tafels prachtig waren gedekt. De familie van bruid en bruidegom had uitgebreid gespeecht. Het duurde zo lang dat Molly zo nodig had moeten plassen dat ze bij het laatste applaus was opgesprongen en de gang in was gesprint, zo goed en kwaad als dat ging op haar onhandige hakken.

Toen ze de toiletten uit kwam, hoorde ze een stem vanuit de garderobe: 'Psssst.'

Ze wilde er eigenlijk geen aandacht aan besteden, maar toen hoorde ze het weer. Een stem fluisterde: 'Molly, hier.'

Molly keek langs de balie en zag Atlas tussen een grijze bontjas en een geruite trenchcoat staan. *Wie doet er in hemelsnaam een bontjas aan met dit warme weer*, wilde ze zeggen, maar ze kon even niets uitbrengen.

'Kan ik heel even met je praten?' Hij smeekte het bijna.

Molly keek over haar schouder. Stel dat iemand ze zou zien samen? Ze had geen zin in praatjes, zeker niet nu mensen eindelijk vergeten leken te zijn wat er tussen hen was gebeurd. Ze kroop onder de balie door en wurmde zich door de rij jassen.

'Het spijt me verschrikkelijk. Ik wilde je echt niet zo misleiden. Maar...'

'Maar wat?' zei Molly feller dan ze bedoeld had.

Atlas keek haar geschrokken aan. 'Ik ben een enorme zak geweest. Sorry. Maar ik wil dat je weet dat ik je echt heel leuk vond. Vínd.'

Molly keek hem met opgetrokken wenkbrauwen aan. Atlas vervolgde: 'Ik had geen keus. Beloof me dat je dat begrijpt. Ik moest...'

Op dat moment ging er een deur open en stroomde het geroezemoes van de enorme eetzaal de gang in.

'Atlas?' De stem van Helena galmde door de hal.

'Shit. Ik meende wat ik net zei. Hier.' Hij duwde een prop keukenrol in Molly's hand. 'Ik dacht dat dit ding mijn familie uit de schulden kon helpen. Maar ik heb me vergist. Sorry, echt waar.'

Molly keek naar de prop in haar hand. Ze vouwde de lagen papier open en staarde naar een roze ei. Haar roze ei met de nepdiamantjes. 'Hoe kom je hieraan?' vroeg ze verbouwereerd, maar ze was te laat; meters bij haar vandaan liep hij met Helena hand in hand de eetzaal weer in.

Molly sloeg een hand voor haar mond en zuchtte een paar keer diep. Ze probeerde haar gedachten te ordenen. Stel dat Atlas het juiste ei had gejat? Hij moest eens weten. En wanneer had hij dit eigenlijk gepakt? Was hij dan toch nog een keer naar binnen geslopen? Ze nam zich voor vanaf nu altijd de deur op slot te doen.

En nog iets: hij vond haar echt leuk? Dat had hij gezegd. Ze bleef nog even stilstaan om te peilen wat deze informatie met haar deed.

Helemaal niks.

Opgelucht haalde ze adem, propte het ei in haar clutch en liep met opgeheven hoofd terug naar haar tafel. Naar James.

Na het diner volgde een groot feest met een big band, speciaal ingevlogen uit New Orleans. De tuin was veranderd in een festivalterrein met barretjes verspreid over het grasveld. Wie nog niet genoeg gegeten had, kon zich tegoed doen aan fish and chips, taco's en Parijse crèpes. Overal werd gedanst en wie iets verder de tuin in liep, kon zomaar tegen een zoenend stel aanlopen.

Molly had de hele dag door nieuwe mensen ontmoet. Ze dacht al heel wat van haar dorpsgenoten te kennen, maar elke tien minuten schudde ze een nieuwe buur de hand. En bijna iedereen vroeg haar: 'Ga je weer verder met je boekenuitleenservice? Ik hoor er zulke goede verhalen over.' En: 'Zolang het dorp geen boekenwinkel heeft, is het voor ons de enige manier om aan boeken te komen.'

Molly had iedereen beloofd dat ze ermee verder zou gaan. Wat had ze anders te doen? En er was ook geen betere manier om contact te maken met mensen. Ze zou meteen de dag erna beginnen met het uitzoeken van de boeken. Misschien kon ze van het tuinhuis een minibibliotheek maken. De ene helft van de tijd zou ze aan haar eigen boek schrijven. De andere helft zou ze de bieb openen. Ze kon zich eigenlijk geen betere combi voorstellen.

'Weet je wat ik net hoorde?' Kate was bij George, Molly en James komen staan. 'Dat er een of ander wereldberoemd Fabergé-ei is ontdekt!'

'Dat las ik inderdaad in de krant,' zei George. 'De gelukkige vinder schijnt het voor heel veel geld verkocht te hebben.'

'Ja, maar weet je waar dat ei is gevonden?' Kate wachtte niet op antwoord. 'Hier op de country fair!'

'In Porlock?' George keek James vragend aan. 'Weet jij daar meer over, als kunstexpert?'

James keek even snel naar Molly. Die probeerde verbaasd te kijken, maar haar wangen brandden.

'Ik weet soms dingen die ik maar beter voor me kan houden,' zei James cryptisch.

Molly frummelde aan haar tasje, alsof ze iets zocht, maar ze voelde dat Kate haar indringend aankeek. 'Ik lust wel iets te snacken,' zei ze uiteindelijk en ze trok James naar het dichtstbijzijnde barretje.

De rest van de avond gonsde het van de geruchten. Kate had haar nog een paar keer nieuwsgierig aangekeken, maar had haar uiteindelijk met rust gelaten.

'Ik kan niet meer,' zei Molly. Het was twee uur 's nachts en ze had de hele avond met James staan dansen.

'Laten we naar huis gaan,' zei James.

'Naar huis?'

'Of wil je blijven om het boeket te vangen?' vroeg James plagerig.

'Wíl je dan dat ik het boeket vang?' Molly schrok van haar eigen moed. Normaal zou ze zoiets nooit zeggen. Maar ze had behoorlijk wat champagne gedronken en voelde zich al de hele dag euforisch. Blij dat James haar had verrast en vol energie over haar boek en haar plan om een minibieb te openen.

'Voordat ik daar iets op zeg, moet ik je nog iets vertellen,' zei hij voorzichtig.

Molly hield haar adem in.

'Ik, eh...' James krabde in zijn nek. Hij haalde een keer diep adem.

'Nou?' vroeg ze. Ondanks de champagne en wijn die ze had gedronken, voelde ze zich ineens ontzettend helder en stond ze op scherp.

'Ik ben gestopt met mijn werk,' zei James.

'Wat?'

'Ik speelde al eerder met de gedachte om te stoppen,' vertelde James. 'Maar ik durfde niet. Dit was altijd mijn droom geweest. Dacht ik. Maar werken voor iemand met een eigen zaak is heel anders dan zelf die zaak runnen. En jij bent er ook. En je woont hier. Daar wilde ik niet te ver bij vandaan zijn.'

Molly gaf hem een knuffel.

'Wacht, het verhaal wordt nog beter.' Hij keek Molly aan. 'Ik kreeg van de week een telefoontje van de televisiezender. Ze willen dat ik de vaste presentator wordt van *Antiques Roadshow*. Dat betekent dat ik drie dagen per week ergens in het land moet zijn voor opnamen en me de rest van de tijd kan voorbereiden vanuit huis of een eigen kantoor.'

Molly kon bijna wel huilen van blijdschap. Uiteraard was ze buiten zinnen, maar tegelijkertijd had ze ook nog zó veel vragen. 'En waar zijn dat huis en dat kantoor dan, denk je?' begon ze voorzichtig.

'Nou, dat wilde ik dus met jou overleggen. Hoe zou je het vinden als ik hier in de buurt een kantoor zou zoeken?'

'Waar ga je dan wonen?' Molly durfde het eigenlijk niet te hopen. En ze durfde het ook niet aan hem te vragen. Zou samenwonen te snel zijn? Of zou dat gewoon kunnen slagen als je zo verliefd was op iemand? Ze wist het gewoon zeker. Dit was de man voor haar. Voor de rest van haar leven. En ze hoopte dat hij er net zo over dacht.

Gelukkig bleek dat inderdaad het geval. 'Bij jou?' vroeg hij voorzichtig.

Als antwoord gaf Molly hem een lange kus. Haar hart liep over van geluk.

Vanaf het terras hoorde ze ineens een hoop gegil; de dj had aangekondigd dat alle vrouwen zich moesten verzamelen voor het gooien van het boeket.

'Ga dan!' riep James.

'Weet je het zeker?'

'Vang hem nou maar. Ik ben er klaar voor.'

En dat was zij ook.

Dankwoord

Als kind gingen we elke zomer op vakantie naar Engeland. Met de boot, met een oranje-bruine vouwwagen achter onze auto. Ik herinner me nog goed hoe mijn vader in de regen de vouwwagen horizontaal probeerde te stellen op de heuvelachtige camping in Somerset. Hoe we 's ochtends met trui, regenjas en kaplaarzen aan de campingtafel zaten met thee met melk. En hoe we op het strand van Porlock Weir zochten naar platte pebbles, die we 's middags beschilderden tot presse-papiers.

Het was altijd weer spannend of onze oude auto de steile berg naar het strand wel opkwam. Voor we de rit begonnen moest eerst het cd'tje met dat ene nummer worden opgezet: Porlock Hill van de Barry Walsh Band.

Als kind was ik vooral geïnteresseerd in het bouwen van dammen, paardrijden op de boerderij van de camping en ijsjes eten, maar toen ik later terugkeerde naar deze plek werd ik pas echt verliefd op het landschap, de dorpjes en natuurlijk de overheerlijke scones. Ik hoop dat ik jullie met dit verhaal een beetje mee heb kunnen nemen naar deze prachtige omgeving.

Dit boek was er niet geweest zonder hulp van een heleboel fantastische mensen, van wie ik er een paar in het bijzonder wil bedanken. Allereerst mijn agent, Marianne Schönbach, die vanaf het begin vertrouwen in mij en mijn boek had. Marianne, ik weet nog goed dat we onze eerste kop koffie dronken in Amsterdam. Ik was meteen dol op je en ben zo blij dat jij dit avontuur met mij bent aangegaan. Ook heel veel dank aan het team van Xander Uitgevers. Sander, jij wist mij te overtuigen met jouw verhalen, visie en werkwijze en ik kan mij geen fijnere uitgeverij wensen. Mijn topduo van redacteuren, Lotte en Amber, dank, dank, dank. Door jullie scherpe blik en feedback heb ik elke dag wel iets bijgeleerd. En ook al begonnen de comments in de zijlijn vaak met: "Daar is je vervelende redacteur weer..." ik heb ze (bijna) altijd met plezier gelezen. Ook dank aan de rest van het team: Anke, Margot, Robin, Rosita, Simone, Eric, Martien en Renee. Zonder jullie kennis, passie en inzet zou dit boek niet bestaan.

Ik kreeg ooit de tip van een schrijver om een writing buddy te zoeken. Iemand die je elke week nieuwe teksten stuurt en scherp houdt. Dominique, dank voor jouw tijd en support. Wat begon als een mailwisseling op de zondagavond is uitgegroeid tot een mooie vriendschap en ik kijk nu alweer uit naar onze volgende lunch op een of ander dakterras.

Dan natuurlijk mijn familie. Laat ik beginnen bij mijn moeder, een van de grootste anglofielen die ik ken. Mam, als jij niet zo dol was geweest op Laura Ashley, William Morris, cottages, Somerset, het Britse koningshuis, scones, Selworthy, Miles Tea en *Escape to the Country*, dan was ik het ook niet geweest. En fijn ook dat je me niet elke dag belde of je mijn boek vast mocht lezen.

Dit boek is ook mede mogelijk gemaakt door mijn twee allerliefsten, Maarten en Mimi. Jullie geduld (en uren uitslapen) gaven mij de kans om te tikken. Ik verheug me nu alweer op de zondagochtenden aan de eettafel. Jullie aan het schilderen en ik achter mijn laptop voor mijn volgende boek.

Ten slotte, dank aan mijn zussen en vriendinnen en niet te vergeten: jullie! Een boek is natuurlijk nergens zonder lezers. Ik kan niet wachten jullie te ontmoeten en ben heel benieuwd wat jullie van mijn eerste roman vonden.

Liefs, Hilde

Het volgende deel in de *Cottage aan zee*-serie:

Maretak

Molly zit volledig op haar plek in Porlock Weir. Haar idyllische cottage is de perfecte warme basis om haar boek te schrijven, haar beste vriendin staat op het punt om te trouwen, en Molly droomt zelf weg bij het idee van haar eigen bruiloft. Kan niet beter, toch? Niets blijkt minder waar: wanneer James wordt gekoppeld aan een knappe presentatrice en Molly knallende ruzie met Celine krijgt, knapt haar geluksbubbel ineens uit elkaar.

Terwijl het dorpje zich opmaakt voor de winter, probeert Molly wanhopig ook buiten de kerstlampjes om lichtpuntjes te vinden. Met de bruiloft van Celine in het verschiet en genoeg grootse ideeën over de toekomst van het dorp zit haar hoofd overvol. Maar dan maakt ze een overhaaste beslissing… die een enorme impact op haar leven zal hebben. Kan Molly de balans weer terugvinden, en haar droomman bij zich houden?